⑲ 倪匡珍藏限量紀念版

衛斯理傳奇之

木炭

（含：木炭・影子）

倪匡 著

無窮的宇宙，
無盡的時空，
無限的可能，
與無常的人生之間的永恆矛盾，
從倪匡這顆腦袋中編織出來。

——金庸

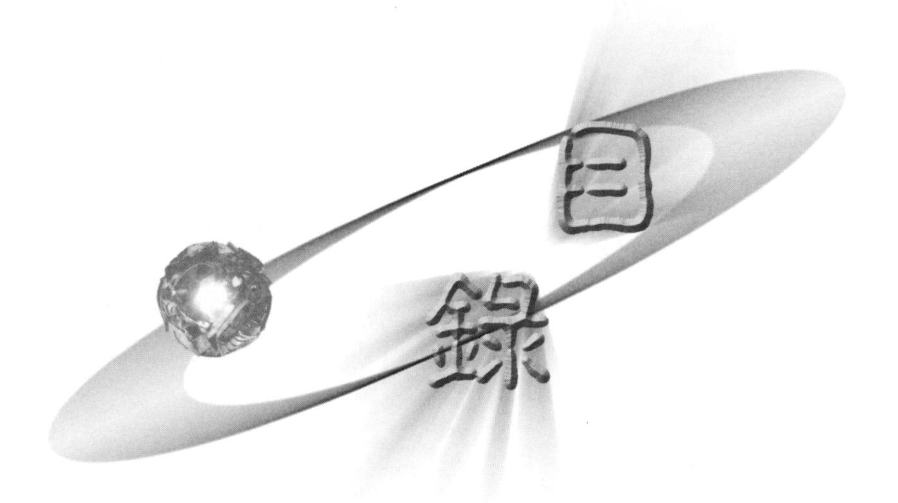

木炭

影子

木炭

木炭
木炭

序言

「木炭」這個故事，由於在台灣報上連載，和「頭髮」被改名為「無名髮」一樣，被改名為「黑靈魂」，這次刪訂校正，自然也把它改還原名，因為整個故事，都環繞木炭發生，正名之後，可以在一個看來十分普通的書名之下，看到一個詭異莫名的幻想故事，自然是一件極其有趣的事。

這個故事，是衛斯理幻想故事之中，第一個承認了靈魂存在的故事。不對靈魂存在的現象做似是而非、根本無法解釋的所謂「科學解釋」，而直接了當，承認人的生命之中，有靈魂這一部分，這一部分在人的肉體死亡之後，以不可知的方式存在。

這是一個十分重要的突破，以後，有許多故事，都以此為基礎發展，和在這個基礎上，用各種不同的設想，構成故事，假設靈魂存在的情形。

自然，到目今為止，一切的設想，還都只是假設，但只要承認了那種異象是事實，探索下去，總有一日，可以真相大白，這正是書中主角衛斯理一貫的行事原則。

「木炭」的時代背景拉得極長，故事結構宏偉，本身對之十分喜歡，又，在這個故事首次出現的陳長青先生，後來成為衛斯理故事中相當重要的一個人物，一直到他「上山學道」之後，他的屋子還發展出了一個十分奇特的故事。

倪匡

第一部：木炭一塊交換同體積的黃金

報紙上刊出了一段怪廣告：「茲有木炭一塊出讓，價格照前議，有意洽購者，請電二四一二一五二七二四一八。」

我並沒有看到這段廣告。廣告登在報紙上，看到的人自然很多，其中有一個，是我的朋友，這位朋友是幻想小說迷。自己也寫點故事，以有頭腦的人自居。他在廣告登出的第一天就看到了，當天下午。他打了一個電話給我。

當我拿起聽筒來時，我聽到了一個明顯是假裝出來的，聽來沙啞而神秘的聲音：「衛斯理，猜猜我是誰？」

我又好氣又好笑：「去你的。除了是你這個王八蛋，還會是誰麼?!」

電話中的聲音回復了正常：「哈哈，你猜不到了吧！我是陳長青！」

我立時道：「真對不起，我剛才所指的王八蛋，就是說你。」

陳長青大聲抗議：「你這種把戲瞞不過我！你可以說每一個人都是王八蛋，事實上，你絕對未曾猜到是我。第一、我很少打電話給你。第二、以前在電話中，我從來也未曾叫你猜一猜我是誰。第三、剛才我在電話中的聲音分明是偽裝的，而平時我給人的印象，絕不作偽。從這三點，可以肯定你剛才未曾猜到是我！」

這一番故作縝密推理的話，真聽得我無名火起，我對著電話，大喝一聲：「陳長青，有話請說，有屁請放，沒有人和你討論這種無聊的事！」

陳長青被我罵得怔了半晌，才帶著委屈的聲音：「好了，幹麼那麼大火氣。」他頓了頓，才又道：「你對那段廣告的看法怎麼樣？」

我問道：「什麼廣告？」

陳長青「啊哈」一聲，道：「我發覺你腦筋退化了！這樣的一段廣告，如果在若干年之前，一定會引起你的注意，而現在，你竟然——」

我不等他講完，就道：「你乾脆說吧，什麼廣告？」

陳長青笑著：「我不說，考考你的推理本領，給你一點線索：我平時看什麼報紙？為什麼你竟然會沒有看到這段廣告，為什麼——」

我不等他再「為什麼」下去，老實不客氣，一下子就放下了電話，不再去理會他，因為我實在沒有什麼心情，來和他作猜謎遊戲。

我估計陳長青可能會立時再打電話來，痛痛快快將他要告訴我的事說出來。是以在放下了電話之後，等了片刻。

可是電話並沒有再響起來，我自然也不加理會，自顧自又去整理書籍。當天下午，將不要的書，整理出一大綑來，拎著出了書房，抛在後門口的垃圾桶旁。

這時，已經是將近黃昏時分了，我放下了舊書，才一轉身，就看到一輛汽車，向著我直駛了過來。

我住所後面，是一條相當靜僻的路，路的一端，是下山的石級，根本無法通車。那輛汽車，以這樣高的速度駛過來，如果不是想撞死我，就一定是想自殺。

我一看到那車子直衝了過來，大叫了一聲，立時一個轉身，向側避了開去。

車子來得極快，我避得雖然及時，但車子在我的身邊，貼身擦過，還是將我的外衣鉤脫了一大幅。

我才一避開，看到車子繼續向前衝去，眼看要衝下石級去了，才聽得一陣尖銳之極的煞車聲。整輛車子，在石級之前，連打了幾個轉，才停了下來。

剛才我避開之際，由於匆忙，並未曾看到駕車的是什麼人。這時，車子停了下來，我心中充滿了怒意，站著，望定了那輛車子。

車子才一停下，車門就打開，一個人，幾乎是跌出車子來的。他出了車子之後，仆跌了一下，但立時挺直了身子。

只見他不住地喘著氣，口和眼，都睜得極大，神情充滿了驚恐，面色煞白。由於他的神情是如此驚駭，以致我一時之間，竟認不出他是什麼人來。直到他陡地叫了一聲：「天！衛斯理！」

他叫了一聲，我才認出他就是陳長青！又好氣又好笑，向他走了過去：「你幹什麼？想殺人？還是想自殺？」

我一來到他的身前，他就陡地伸手，抓住了我的手臂。

他抓得我如此之緊，就像是一個將要溺死的人，抓住了一塊木板一樣。

陳長青這個人，平時雖然有點神經過敏，故作神秘。可是照如今這樣的情形來看，卻也不像是做作，他一定是遇到了什麼極其異特的事，才會如此驚駭。

一想到這一點，我便原諒了他剛才的橫衝直撞：「什麼事？慢慢說！」

事實上，這時我要他快說，他也說不出來，因為他只是不斷喘著氣，面色煞白，我伸手拍著他的肩頭，令他安定。

過了好一會，他才緩過氣來：「我——剛才幹了些什麼？」

我揚著被扯脫了一半的上衣：「你看到了？剛才你差一點將我撞死！也差一點自己衝下石階去跌死！」

陳長青的神情更加駭然，四面看著，他那種緊張的神情，甚至影響了我，連我也不由自主，變得緊張起來。可是街上根本沒有人，我也不知道陳長青在緊張些甚麼。

陳長青仍在喘著氣：「我們——我們——進屋子去再說！」

我和他一起回到我的住所，他一直緊握著我的手臂，一直到關上了門，他才鬆開了我的手，吁了一口氣。

我先給他倒了一杯酒，他一口將酒喝完，才瞪著我：「那段廣告！」

那段廣告！我早已將它的電話忘了，也根本不知道那是什麼廣告！

我只好說道：「哦，那段廣告！」

陳長青自己走過去，又倒了一杯酒，再一口喝乾，才抹著嘴：「你難道不覺得這段廣告很古怪？」

我攤著手：「真對不起，我很忙，不知道你說的那段廣告是怎麼一回事！」

陳長青瞪大了眼望著我，像是遇見了什麼奇怪的事一樣。我笑道：「你平時就有點神經過敏，我不能為了你的一個電話，就去翻舊報紙！」

陳長青叫了起來：「不必翻舊報紙，它就登在今天的報紙上！」

我坐了下來，隨手在沙發旁邊的几上，拿起今天的報紙來，問道：「好，這廣告登在什麼地方？」

陳長青在我對面坐了下來：「分類廣告的第三頁，出讓專欄上。」

我翻看報紙，找到了他所說的那一欄。報紙上的分類廣告，沒有什麼人會去詳細閱讀它，除非有特別目的。陳長青何以會注意到了這一段廣告，也很奇怪，因為廣告很小，廣告的內容是：「茲有木炭一塊出——」

我看了那段廣告，皺著眉。

的確，廣告很怪。「木炭一塊出讓」。木炭值什麼錢，登一天分類廣告的錢，可以買好幾斤木炭了！根本不值錢的木炭，有什麼理由弄到要登報出讓？

任何人一看到這段廣告，都可以立即想到這段廣告的內容，一定另有古怪，絕不是真正有一段木炭要出讓。

而且，廣告上的電話號碼，也是開玩笑，長達十二個字。世界上，只怕還沒有什麼地方的電話號碼，是十二位數字的。

我抬起頭來：「嗯，是古怪一點。但是再怪，也不至於使你害怕到要自殺！」

陳長青尖聲道：「我沒有想自殺！」

我道：「可是你剛才這樣駕車法——」

陳長青道：「你聽我說！」

廣告登在報上，看到的人一定很多，每一個看到的人，都會心中覺得奇怪。但也一定止於奇怪而已，事不關己，不會有什麼人去採取進一步的行動。

但是看陳長青的情形，他顯然不只心中奇怪，一定還做了些什麼。

我道：「你在看到了這段廣告之後，做了些什麼？」

陳長青道：「首先，木炭沒有價值，所以，在這段廣告之中，我斷定，木炭只不過是某一種物品的代名詞。」

我點頭。陳長青這時，神態已經漸漸恢復了常態。看到我點頭同意他的推論，他更十分高興：「其次，雖然說這是一段廣告，但實際上，只是一個人對另一個人的通訊。」

我「嗯」地一聲，稍有疑惑之意。陳長青忙道：「你看：『價格照前議』。有一個人，用甲來代表。甲，有一樣東西要出賣，已經和買家接過頭，但是交易沒有完成。過了若干時候，甲又願意出讓了，所以才登了這段廣告，目的是想通知曾經和他談過交易的買家。」

我在他的膝頭上用力拍了一下：「了不起，你的推理能力，大有長進！」

陳長青咧著嘴，笑了起來，道：「我覺得十分好奇，想明白『木炭』究竟代表了什麼，所以，我就打電話去問。」

我眨著眼：「等一等，那十二個字的電話號碼，你可以打得通？」

陳長青現出一種狡獪的神情來：「只要稍為動點腦筋，就可以打得通！」

我悶哼了一聲，他老毛病又來了，不肯直說！要是他陳長青動了腦筋就可以想出來的事，我想不出來，那好去死了。

我低頭看著廣告上的電話號碼，十二個數字。本地決沒有十二個字的電話號碼，本地的電話號碼，是六個字。那也就是說，刊出來的電話號碼，每兩個字，才代表一個字。

將這十二個字分成每兩個字一組。我立時發現，每兩個數字，都可以用三來除。而且，每兩個數用三一除之後，就變成一個數字，結果是得到了六個字的電話號碼。

我笑了笑：「不錯，每兩個數字除三，你得到了電話號碼！」

陳長青望著我，好一會，他才道：「你想得比我快，我花了足足一小時。」

我揮著手：「你打電話去，結果怎麼樣？」

陳長青苦笑了一下：「我——現在十分後悔，真不應該那麼多事！我惹了麻煩了！」

我揚了揚眉：「嗯，黑社會的通訊？」

陳長青搖頭道：「我不能肯定。我推算出了正確的電話號碼，心中十分興奮，就打電話去。電話鈴響了很久，才有人來接聽，對方是一個老婦人的聲音，問我找什麼人。我道：『有木炭出讓？我有興趣！』那婦人停了片刻，在這段時間中，她像是捂住了電話聽筒，在和另一個人在商議。然後，她才道：『價錢你同意了？』」

我盯著陳長青，陳長青又苦笑了一下：「我這時若放下電話，那就好了，可是我卻繼續下去，因為我覺得十分好玩，我道：『同意了。』」

我插了一句口：「究竟是什麼價錢？」

陳長青道：「當時我心中也這樣在問自己，是什麼價錢？如果知道了是什麼價錢，對木炭代表著什麼，就可以有一個概念。可是我卻不能直接問對方是什麼價錢，因為『價格如前議』，真正的買家，應該知道價錢。」

我道：「那你可以採取迂迴的方法。」

棟長青用力拍了一下沙發的扶手：「我就是採取這個方法，我問道：『價錢我同意了，但是怎麼付款？你們要支票，還是現金？』」

我笑道：「對，這辦法可不錯。」

陳長青瞪了我一眼，道：「不錯！我幾乎出了醜！我的話才一出口，那邊的老婦人聲音就道：『黃金！同樣體積的黃金！』」

我陡地一呆，望著陳長青，陳長青也望著我。我不明白「同樣體積的黃金」是什麼意思，從陳長青那種神情看來，他和我同樣不明白！

我「哼」了一聲：「怪事，木炭和黃金，同樣用體積來計算，真是天下奇聞！」

陳長青道：「可不是，當時我呆了一呆。一聽得這樣的價錢，我心中的好奇更甚，幾乎不假思索，便道：『好的，我帶黃金來，在什麼地方一手交金，一手交貨？』，我故意說『一手交貨』，不說『一手交炭』，是暗示對方，知道木炭只不過是一種掩飾，一定另有所指。那老婦人並沒有說什麼，只是道：『老地方！』」

我笑了起來：「你又有麻煩了，老地方，你怎麼知道什麼地方才是老地方？」

陳長青道：「是啊，我根本不知道『老地方』是什麼地方。還好我應變快，我幾乎考慮也不考慮，就道：『老地方不好，我想換一個地方，在公園的噴水池旁邊，今天下午四時，不見不散。』」

我皺著眉：「陳長青，公園的噴水池旁？你當是和女朋友約會？你要進行一宗交易，這宗交易，充滿了神秘的色彩！」

陳長青瞪著眼：「一定要立時給對方一個肯定的建議，使對方不堅持老地方，你還有什麼更好的提議？」

我道：「有三千多個比噴水池旁更好的地方，我想對方一定不接受你的提議！」

陳長青一副勝利者的姿態：「你錯了！對方一聽就道：『好！』」

我多少有點感到意外，「哦」地一聲：「算我錯了。你去了？見到那個出讓木炭的人嗎？」

陳長青點著頭，卻不出聲。

我看了看鐘，現在才五點多鐘，而陳長青和我已談了二十分鐘，他駕車橫衝直撞而來的時候，是四時三刻左右，公園到我住所的途程，是十來分鐘，那也就是說，當他臉色煞白，駭然之極，駕車衝過來之際，應該恰好是四點鐘的那個約會之後。

再推論下去，結論是：他在這個約會之中，遇到了極不尋常的變故！

我吸了一口氣：「那是一次極其可怕的約會？」

陳長青又不由自主喘起氣來，連連點著頭。我道：「詳細說來聽聽。」

我一面說著，一面離座而起，又倒了一杯酒給他。他捧著酒杯，轉動著：「我放下電話，就準備出發。我當然沒有黃金，但那並不重要，因為目的想知道對方要出讓的究竟是什麼。而且，我想，事情多半和犯罪事件有關，不然，何必這樣神秘？所以，也想到了可能會有意外。我駕車前去，將車子就停在離噴水池最近的地方。」

他一面說，一面將几上的煙灰碟移了一移：「這是噴水池！」然後，他又放下了酒杯：「我將車停在這裡，相距大約一百公尺。我到得早，三點五十分就到了，我不下車，在車中，望著噴水池，看著對方是不是已經來了。」

我讚許道：「你的辦法很好，如果對方凶神惡煞，你可以立時就逃！」

陳長青嘆了一聲：「就算對方不是凶神惡煞，我只要看到對方不容易對付，我也不會貿然下車。可是，可是——」

他講到這裡，猶豫了一下：「噴水池旁邊人並不多，有幾個人，我肯定他們不是我要見的人，就一直等看。等到三點五十八分，我看到了一個老婦人，提著一隻方形的布包，向噴水池走去，一面在東張西望。我立即肯定了我要見的就是她！」

我覺得有點好笑：「一個老婦人，你就覺得好欺負，容易對付？」

陳長青攤著手：「別說笑，只是一個老婦人，我當然沒有害怕的理由。我立時下了車，向噴水池走過去。當我走過去的時候，那老婦人已經在噴水池的邊上坐了下來。我裝成若無其事的樣子，走向前去，並且在她的身前走了過去，仔細觀察著她。」

我道：「你可以這樣做，因為她以為打電話給她的人，一定是上次交易談不成的那個買家，而不會是一個陌生人，她不會注意你。」

陳長青道：「的確，我在她身前經過之後，她只是望了我一眼，並沒有十分留意。而我，卻有很好的機會打量她，我愈看她，心中愈奇怪。」

我道：「是一個樣子很怪的老巫婆？」

陳長青大聲道：「絕不──」

我有點好笑：「不就不，何必那麼大聲？」

陳長青道：「因為你完全料錯了。那老婦人，我看已超過七十歲，穿著黑緞的長衫，同色的外套，戴著一串相當大，但已經發黃了的珠鍊，滿頭銀髮，神態極其安詳，有一股說不出來的氣勢。這種氣勢，絕不是一般暴發戶所能有。」

我點著頭，道：「你的意思是，這位老婦人，有著極好的出身？」

陳長青道：「一定是，她的衣著、神情，全顯示著這一點，我在她的身前經過之後，心中在暗暗對自己說：不應該戲弄這樣的一位老太太，還是和她直說了吧！可是我看到她手中的那個包裹，卻又疑惑了起來。」

我喝了一口酒：「包裹有什麼特別的地方？」

陳長青道：「包裹是深紫色的緞子，上面繡著花，雖然已經相當舊，但是還可以一眼就看出，繡工十分精美。這種專門用來包裹東西用的包袱布，在現代化的大城市中，根本已找不到的了！」

我道：「老人家特別懷舊，保留著舊東西，也不是什麼奇怪的事。」

陳長青道：「當然，但是令我疑惑的，是包裹的體積相當大，足有三十公分見方！」

我立時道：「你曾說過，包裹是方形的，我猜紫緞子之中，一定是一隻箱子。」

陳長青道：「自然是一隻箱子，我也想到了這一點。可是，那『木炭』，放在這樣大的一隻箱子之中，體積也不會小到什麼地方去吧？而她在電話中，曾告訴我，『木炭』的價格，是同體積的黃金！」

我「哈哈」笑了起來：「一隻大箱子，可以用來放很小的東西。」

陳長青瞪了我一眼：「體積如果真是小的東西，價值通常在黃金之上！你難道沒有想到這一點？」

我被他駁得無話可說，只好道：「那怎麼樣？總不成箱子裡，真是一塊木炭！」

陳長青道：「所以我才覺得奇怪。我覺得，無論如何，至少要看看那箱子之中，放的是什麼東西才好。於是，我轉過身走向她，來到她的面前。我道：『老太太，我就是你在等的人。』她抬起頭，向我望來，道：『咦，怎麼是你？你是他的什麼人？』」

我苦笑了一下，遇到這樣的場面，相當難應付。老太太口中的「他」，自然是上次議價之後交易不成的那個買主。她登那段廣告，根本是給那買主一個人看的，自然想不到有人好奇到來無事生非！

陳長青道：「當時，我並沒有猶豫，說：『他沒有空，我來也是一樣。』老太太好像很不滿意，但是也沒有說什麼，只是打量了我一下：『不是說好帶金子來的麼？金子在什麼地方？』我道：『金子帶在身邊，我總不能將金子托在手上！』」

陳長青講到這裡，略停了一停，才苦笑了一下：「我自以為這樣回答，十分得體。因為就算是一百兩黃金，我也可以放在身邊而不顯露的。誰知道我這樣一說，那老婦人立時面色一沈，站了起來，道：『你少說瞎話，金子不在你的身邊！』」

我望著陳長青：「你知道她為什麼立即可以戳穿你的謊話？」

陳長青道：「當時我想不透，但是我立即知道了！」

我沒有再說下去，陳長青續道：「當時我道：『是的，金子不在我身上。在車子裡！』我一面說，一面向車子指了一指。那位老太太望著我，神情十分威嚴，我心中有點發虛，只好道：『我是不是可以看一看那塊木炭？』」

陳長青說到這裡，拿起酒杯來，大大喝了一口酒，才續道：「我只當老太太一定不肯，誰知道老太太聽了我的話，嘆了一口氣：『誰叫我們等錢用，只好賣了它，實在我是不願意賣掉它的！』她一面說，一面解開了包裹的緞子，在緞子裡面，果然是一隻箱子，那是一隻十分精緻的描金漆箱子，極精緻，上面還鑲著羅甸。箱子露出來之後，老太太取出了一串鑰匙來。箱子上的鎖，是一種古老的中國鎖，我也留意到，她取出來的那一串鑰匙，也幾乎全是開啟古老中國鎖用的。她在那一串鑰匙中，立即找到了一枚，插進了箱子之中——」

我一揮手，打斷了他的話頭：「別廢話了，箱子中是什麼？一顆人頭？」

陳長青瞪大了眼：「如果是一個人頭，我也許不會那麼吃驚！」

我道：「那麼，是什麼？」

陳長青大聲答道：「一塊木炭！」

我眨了眨眼，望著他：「一塊木炭！你——看清楚了？」

陳長青道：「那還有什麼看不清的，一塊木炭，就是一塊木炭，有什麼特別，任何人都可以看得出，這是一塊木炭！」

我立時道：「木炭有多大？」

陳長青道：「那是一塊相當大的木炭，四四方方，約莫有二十公分見方，是一塊大木炭——」

我「嗯」地一聲：「我早知道不論是什麼，體積一定相當大，所以老太太一眼就可以看出，你沒有將同體積的黃金，帶在身上！」

陳長青道：「是啊，我一看到這一大塊木炭，我也明白了，這麼大的一塊炭，同體積的黃金，重量至少超過一百公斤！這位老太太一定是瘋了，一塊木炭，怎麼可以換一塊同樣大小的黃金？當時，我叫了起來：『真是一塊木炭！』」

陳長青又道：「老太太有了怒意：『當然是一塊木炭！』我叫道：『「真是一塊木炭！』我一面說，一面伸手去取那塊木炭，我才一拿起那塊木炭來，老太太一伸手，在我手背上重重打了一下，木炭落回了箱子之中，老太太又推了我一下子，將我推得跌退了一步——」

我忙道：「等一等！你體重至少六十公斤，一個老太太一推，將你推得跌退了一步？」

陳長青道：「是的，或許當時，我全然不曾預防，太驚訝了，或許，她的氣力十分大。」

我皺著眉，心中突然之間，想到了一件事。

我沒有將我想到的講出來。陳長青道：「我一退，老太太就合上了箱蓋。我指著箱子：『老太太，那——真是一塊木炭！』我剛才已將木炭拿起了一下子，所以我更可以肯定那是一塊木炭。老太太怒道：『你究竟是什麼人？』我想解釋，可是還沒有開口，雙臂同時一緊，已經在身後，被人捆緊了雙臂。」

我坐直了身子，陳長青因為好奇，所以惹麻煩了！對方可能早已知道陳長青不是他們要見的人，所以才派了一個老太太，帶了一塊真正的木炭來。本來，這宗不知道是什麼交易，但無論如何，陳長青得到了他好奇的代價：他要吃苦頭了！

陳長青喘著氣：「那在背後抓住了我雙臂的人，氣力極大，我掙了一掙，未曾掙脫，而我的尾骨上，卻捱了重重的一擊，我想是我背後的那個人，抬膝頂了我一下，那一擊，令我痛徹心肺，眼淚也流了出來。」

我點頭道：「是的，在你身後的那個人，是中國武術的高手，他擊中了你的要害，如果他出力重一點，你可能終身癱瘓！」

陳長青道：「別嚇我！當時我痛得叫了起來。老太太道：『放開他算了，這個人一定是看了我們的廣告，覺得好奇。』我身後一個聲音道：『不能便宜了這傢伙！』老太太道：『放開他！』我身後那人，不情願地哼了一聲，推得我身不由主，向前跌出好幾步，一下子仆倒在地上，當我雙手撐著地，準備站起來時，我看到了在我身子後面的那個人！」

他講到這裡，臉色又轉得青白。

我也不禁給他這種極度驚怕的神情，影響得緊張了起來，忙道：「那個人——」

陳長青吞了一口口水，發出了「格」地一聲：「那個人——那個人——只有半邊臉！」他略停了一停，又尖聲叫了起來：「這個人只有半邊臉！」

他的叫聲之中，充滿了恐懼感，可是我卻呆了一呆，不知道他這樣說法，是甚麼意思。

一個人只有「半邊臉」，這是很難令人理解的一種形容方法，所以我一時之間，不知道說什麼才好，只是怔怔地望著他。

陳長青又連喘了好幾下，才道：「你不明白麼？他只有半邊臉？」

我搖了搖頭：「我不明白。」

陳長青自己抓過酒瓶來，對著瓶口喝了一大口酒，用手指著他自己的臉：「他——只有半邊臉，這個人的臉，只有——」

我打斷了他的話頭：「我明白了，你的意思是說，這個人只有一邊臉！一邊，不是半邊！」

陳長青顯得又是惱怒，又是著急：「誰和你來咬文嚼字！這個人，他的臉，半邊——一邊和常人一樣，另一邊，根本沒有！」

我皺起了眉：「對不起，請你靜一靜，我有點明白你的意思了，可是還不十分明白。這個人，他的一邊臉，是和常人一樣的？」

陳長青連連點著頭。

我又問道：「這個人的另一邊臉，完全沒有？」

陳長青又連連點著頭。

我笑得有點無可奈何：「這，不單我不明白，我想任何人都不明白。你所指的臉，是單指面頰呢？還是指包括了鼻子、眼睛其他器官？如果這個人根本沒有另一邊臉。是用什麼來代替他原有的半邊臉的？或者你的意思是他沒有半邊頭？另一半頭不見了？」

我發出一連串的問題，可是陳長青的神情卻愈來愈是惱怒，我才說完，他就用力在几上，重重拍了一下：「別再說下去了！」

我又是好氣，又是好笑：「你自己敘述不清，我想問清楚，你發什麼脾氣？」

陳長青大聲道：「本來，我清清楚楚知道，這個人沒有半邊臉，可是給你一夾纏，連我自己也糊塗起來了！」

我搖著頭：「這更狗屁不通了，你見過這個人，你應該可以形容出這個人確切的樣子來！」

陳長青怒道：「誰會看到了一個只有半邊臉——一邊臉的人之後，再仔細打量他？」

陳長青說來說去，可是我仍然無法明白那個「只有半邊臉」的人是什麼樣子，而且我也看出，在陳長青餘悸未了的情形下，我也無法進一步問得出！

我揮著手：「好，先別理這個人了，你看到了他之後，又怎麼樣？」

陳長青長長地吁了一口氣：「當然是逃走，這個人的樣子，太可怕了！他只有半邊臉！我當時只覺得自己的心像是要從口中跳了出來，我想我開始逃走的時候，根本是急速地在地上爬出去的。等到爬出了若干距離之後，才能站起來，奔向車子。我聽到那個人，在我的身後，發出可怕的笑聲，他竟一直追了上來！」

我道：「其實你只要稍為冷靜一下，就不該如此害怕的。那個人既然放開了你，他就不會害你！」

陳長青瞪了我一眼：「冷靜！冷靜！一個只有半邊臉的人，在你身後追過來，你還能冷靜？」

我在這時，始終弄不明白那個「半邊臉」的人是什麼樣子的，這自然要怪陳長青，因為他始終未曾說清楚這個人的樣子。

我道：「然後你——」

陳長青道：「我進了車子，居然發動了車子，當我開著車子，準備逃走之際，那個人——那個半邊臉的人，竟然不知用什麼方法，攀住了車子，且將他的頭，自窗中伸進來——」

陳長青講到這裡，俯身，伸過頭來接近我，一直到他的臉，和我的臉相距不過十公分的距離才停止，神情驚恐莫名。

這一下，他雖然沒有再說什麼，但是我倒明白了他的意思。我道：「他一直伸頭進來，距離你就像現在你和我一樣？」

陳長青縮回頭去，坐直了身子，點著頭。

我道：「你和他曾隔得如此之近，那麼一定可以看清他是什麼樣子的了？」

陳長青叫了起來：「你怎麼啦？我早已看清他的樣子，也告訴過你了，他是一個——」

我不等他說完，就接上了口：「只有半邊臉的人！」

陳長青瞪著我，我道：「好了，以後呢？」

陳長青道：「我還有什麼做的？我閉上了眼睛，不去看他！」

我吃了一驚：「當時，你在駕車！」

陳長青道：「是的，而且車速很高，我閉上眼睛，向前直衝，當然，偶然也睜開一下眼睛來，那人在我第一次睜開眼睛來的時候，已經不在了，我也不知道他是什麼時候走的。可是，我怕他再出現，所以，一面向你家裡駛來，仍然是睜一會眼，閉一會眼！」

我站了起來，這就難怪陳長青剛才來的時候，差點駕車將我撞死了。

我道：「行了！你這樣駕車法，沒有撞死人，沒有撞死自己，運氣太好了！」

陳長青也站了起來，走近我，吸了一口氣，神情極其神秘：「衛斯理，這個人，我看不是地球上的人！」

我聽了陳長青的話，實在有點啼笑皆非！

「不是地球上的人」這句話，是我慣常所說的！

第二部：縱橫淮河流域的炭幫

自然我不是否定在地球上有「不是地球上的人」，事實上，我還極肯定這一點。可是在陳長青講述的事件中，我卻看不出那個「半邊臉的人」有任何跡象來自外星。

我仍然不知道這個人的確切樣子，但這個人一定對中國武術有極高的造詣。陳長青由於喜歡冒險生活，所以他也學了不少武術，甚麼劍道柔道空手道跆拳道，一應俱全，身手也不算不靈敏，可是他卻一下子就受制於那個人。

而且，那個人抬膝撞了陳長青脊椎骨末端一下，那地方是人體神經的總樞，十分脆弱的所在。專門攻擊人體脆弱所在，正是中國武術的特點。我不以為一個外星人也會中國武術。

所以，我一聽得他那麼說，立時揮了揮手：「別胡說八道了，哪有這麼多外星人！」

陳長青眨著眼：「那麼，他是什麼人？為什麼他只有半邊臉？」

我道：「那位老太太呢？她也只有半邊臉？」

陳長青有點惱怒：「老太太和常人一樣。她一定受那個半邊臉的外星人所控制！」

我忍不住笑了起來：「當然不是，在你剛才的確述之中，那半邊臉的人捉到了你，聽了老太太的話，才將你放開，可知老太太的地位比半邊臉高！」

陳長青眨著眼。他的「推理」觸了礁，這令得他多少有點尷尬。但是他還是不死心：「我向你提供了這樣怪異的一件事，你難道沒有興趣探索下去？」

我想了一想：「那段木炭，你肯定它真是木炭？」

陳長青道：「當然！我難道連木炭也認不出來？」

我沒有再說什麼，只是心中在想：真是怪得很，一段木炭，其價值是和它體積相同的黃金！這段木炭之中，究竟有什麼古怪？

而且，這段木炭，一定有買主，因為在廣告上說：「價格照前議」。非但曾有買主，而且，看起來還像是以前買主曾出到了這個價錢，而木炭主人不肯出讓！

我在想著，一時之間，想不出一個頭緒來，陳長青道：「你不準備採取行動？」

我道：「無頭無腦，怎麼採取行動？」

陳長青嚷了起來：「你怎麼了？有電話號碼，你可以打電話去聯絡！」

我又笑了起來：「和你一樣，約人家會面，再給人家趕走？」

陳長青氣惱地望著我：「好，你不想理，那也由得你！我一定要去追查，那半邊臉的人，一定不是地球人，我要找出他的老家來！」

他講到這裡，用挑戰的神情望著我：「衛斯理，這件事，我只要追查下去，和外星人打交道，就不單是你的專利了！」

我又好氣又好笑：「我從來也未曾申請過這個專利，你也不必向我挑戰！」

陳長青再喝了一口酒，然後又望了我半晌，我則裝出全然不感興趣的樣子來。陳長青終於嘆了一口氣：「好，那我就只好獨自去進行了！」

我冷冷地道：「祝你成功！」

陳長青憤然向外走去，他到門口的時候，略停了一停，我道：「陳長青，有了電話號碼，就等於有了地址一樣！」

陳長青沒好氣道：「不用你來教我！」

我道：「我提醒你，這件事，神秘的成分少，犯罪的味道多，本來不關你事，你偏擠進去，你又不是善於應變的人，要鄭重考慮才好！」

我這樣提醒陳長青，真正是出自一片好意，誰知道他聽了，冷笑一聲：「看，你妒嫉了！不必嚇我，我已經下定決心了！」

我攤了攤手，對他來說，我已經盡了朋友的責任，他不聽，我也無話可說！

當晚，白素回來，晚飯後我們看報，閒談間，我正想提起這件事，白素忽然指著報紙：「看，這段廣告真怪，你注意了沒有？」

我笑了起來：「有木炭一段出讓？」

白素點了點頭，皺著眉，我知道她是在看那一長串的數字，那登在報上的電話號碼。

我道：「你可知道這段木炭要什麼價錢？」

白素笑道：「當然不會是真的木炭，那只不過是另外一樣東西的代號！」

我說道：「你錯了，真是木炭！」

白素抬起頭向我望來：「你已經解開了電話號碼的啞謎，打電話去過了？」

我道：「不是我，是陳長青！你記得陳長青？」

白素道：「記得，他的推理能力不錯，這電話號碼——我想是兩個字一組，每一個兩位數，都可以用三來除，是不是？」

我鼓了幾下掌：「對！你可想聽聽陳長青的遭遇？倒相當有趣！」

白素放下了報紙，向我望了一眼，但立時又拿起報紙來：「一定不會有趣，如果有趣的話，你聽了他的故事之後，不會坐在家裡了！」

我忙道：「真的很有趣！我沒有和他一起去調查這件事，是因爲他認爲其中有一個外星人，他更向我挑戰和外星人打交道的資格！」

白素笑了起來：「好，講來聽聽！」

我便將陳長青打了電話去之後的事，全部向白素轉述了一遍。

白素聽完了之後，皺著眉：「那『半邊臉的人』，是什麼意思？」

我聳了聳肩：「誰知道，我也曾就這一點問過陳長青，可是他卻說不上來，只是說那個人只有半邊臉。他見過那個人，可是根本形容不出來。也許是當時他太驚駭了，也許是他的形容能力太差！」

白素對我這兩點推測，好像都不是怎麼同意，她只是皺著眉不出聲。過了一會，她突然欠身，拿過了電話來。我吃了一驚，忙道：「你想幹什麼？」

白素道：「我照這個電話號碼，打去試試看！」

我覺得有點意外：「咦，你什麼時候變得好奇心這樣強烈的？」

白素將手按在電話上，神情很是猶豫：「連我自己也不知道，我——感到和陳長青會面的那位老太太，好像，好像——」

她講到這裡，略停了一停，像是不知該如何講下去才好，我聽得她這樣講，心裡也不禁陡地一動。因為，當我在聽到陳長青詳細講述那個和他會面，手中捧著一隻盒子的老太太之際，我也感到有一種異樣的感覺。

當時這種感覺襲上我的心頭，形成一種十分模糊的概念，使我想起什麼，但是卻又沒有確切的記憶。

這時，再經白素一提，我這種感覺又來了，而且，比上一次還強烈得多，在白素不知道該如何說之際，我已經陡地想到了！

我失聲叫了起來：「那位老太太，好像是我們的一個熟人！」

白素站了起來，立時又坐下去：「對了，你也有這樣的感覺？這真奇怪，你和我，都覺得她是一個熟人，至少是我們知道的一個人，可是偏偏想不起她是誰！」

我也皺著眉，道：「一定是有什麼東西使我們聯想起了這位老太太。究竟是甚麼東西引起了我們的聯想呢？是她的衣著？是她的那串發黃了的珍珠項鍊？」

我在自己問自己，白素一直在沈思，過了片刻，她道：「我想，如果讓我聽聽她的聲音，我一定立即可以想起她是誰！」

我望著她：「所以，你才想打電話？」

白素點了點頭，望著我，像是在徵詢我的同意，我作了一個無可無不可的神情，白素吸了一口氣，拿起電話聽筒來，撥了那個號碼。白素撥了這個號碼後，就將電話聽筒，放在一具聲音擴音器上，這樣，自電話中傳來的聲音，我和她都可以清楚地聽得到。

電話鈴響著，大約響了十來下，就有人接聽，我和白素都有點緊張，不由自主，直了直身子。

電話那邊傳來一個男人的聲音：「喂！」

陳長青曾說過，他一打電話去，聽電話的就是一個老婦人的聲音，現在卻是個男人的聲音。我向白素望去，白素的神情很鎮定，她立時道：「老太太在不在？」

電話那邊略呆了一呆，反問道：「哪一位老太太？」

白素道：「就是有木炭出讓的那位老太太！」

那男人像是怔了怔，接著又道：「價格不能減！」

白素道：「是，我知道，同樣體積的黃金。」

那男人「嗯」地一聲：「等一等！」

我和白素互望了一眼，過了極短的時間，就聽到了一個老婦人的聲音傳了出來：「你如果真想要，那麼，我們盡快約定時間見面！」

那老婦人只講了一句話，我和白素兩人，陡地震動了一下，我不等白素有什麼反應，立時伸手抓起了電話聽筒，同時，像是那聽筒會咬人一樣，立時掛斷了電話。同時，我和白素兩人，不約而同，失聲道：「是她！」

白素在叫了一聲之後，苦笑了一下：「使我們想到她可能是一個熟人的東西，就是木炭！」

我也道：「是啊，真想不到，是木炭！」

我和白素這樣的對話，聽來毫無意義，但是當明白了內情之後，就可以明白我們這時的反應，十分自然。只不過在電話中聽出那老婦人講了一句話，就立時認出她是什麼人，這是由於那老婦的聲音，是一種相當獨特的方言。

該死的陳長青，他向我講述了整件事的經過，就未曾向我提及那位老太太講的是什麼地方的語言，不然，我早該知道她是誰了！

中國的地方語言，極其複雜，粗分，可以有三十多種，細分，可以超過一萬種。我和白素對於各地的方言，都有相當程度的研究。對於東北語言系統、吳語系統、粵語系統、湘語系統、閩南、閩北語系統，也可以說得十分流利。有一些冷僻地區的獨特方言，即使不能說到十足，聽的能力方面，也決無問題。

同樣是山東話，我就可以說魯南語、膠東語、魯北語，以及接近河南省的幾個小縣份的語言。安徽話，我也會皖北語、合肥語、蕪湖語等。

這位老太太在電話中的那句話，我一聽就聽出，她說的是地地道道、安徽省一個小縣的話，而且，我還可以肯定，她講的是那縣以北山區中的語言，那種語言，在說到「時」、「支」這幾個音的時候，有著強烈的鼻音，是這種方言的特點。

一聽到那位老太太說的是這種話，我和白素，立刻就想到了她是什麼人。這一點，也得要從頭說起，才會明白。

該從哪兒說起呢？還是從白素的父親說起的好。白素的父親白老大，是中國幫會中的奇人。幫會，是中國社會的一種奇特產物。

一般而言，幫會是一種相同職業的人組成的一種組織，這種組織，形成了一種勢力，可以在某種程度上，對於從事這種職業的人，有一定的保障，而從事這種職業的人，也必須對所屬的幫會，盡一定的義務。當然，也有的幫會，性質完全不同，那不在討論之列，也和這個故事，全然沒有關係。

在職業而論，愈是獨特的職業，愈是容易結成幫會，像走私鹽的，結成鹽幫；碼頭挑伕，結成挑伕的幫會。在安徽省蕭縣附近的山區，林木叢生，天然資源十分豐富，而且山中所生長的一種麻栗木，木質緊密、結實，樹幹又不是太粗，不能作爲木材之用，所以是燒炭的好材料。麻栗木燒成的木炭，質輕，耐燃，火焰呈青白色，是上佳品質的木炭。所以，蕭縣附近，尤其是北部山區一帶，炭窯極多，很多人以燒炭爲生，靠木炭過活，其中包括了直接掌握燒炭的炭窯工人、森林的砍伐工人、木炭的運輸工人等等。

這一大批靠木炭爲生的人，自然而然組成了一個幫會，那就是在皖北極其著名的炭幫。炭幫中，有很多傳奇性的故事。我會在這裡，在不損害故事整體的原則下，盡量介紹出來。

炭幫究竟有多少幫眾，沒有完整的統計，粗略估計，幫眾至少有三萬以上，炭幫根據燒炭過程中不同的工序，可分爲許多「堂」。例如專在樹林中從事砍伐工作的，就是「砍木堂」，等等。

炭幫一共有多少堂，我也不十分清楚，堂又管轄著許多再低一級的組織，而在整個炭幫之中，位置最高的，自然就是幫主。

不過炭幫對他們的幫主，另外有一個相當特別的名稱，不叫幫主，而稱之爲「四叔」。

這是一個十分奇怪的稱呼，全中國大小幾百個幫會之中，沒有一個幫會用這樣奇怪的稱呼來叫他們的幫主。爲什麼叫幫主作「四叔」，而不是「二叔」、「三叔」，我對這一點，曾感到很大的興趣，曾經問過白老大，但是白老大也說不上來。

而當我一而再，再而三地向白老大問及這一點時，白老大很不耐煩：「叫四叔，就叫四叔，有什麼道理可講的？你爲什麼叫衛斯理？」

我道：「總有原因的吧，爲什麼一定是『四』，四字對炭幫，有什麼特別的意義？」

白老大揮著手：「我不知道，你去問四嬸好了，四嬸就在本地。」

我真想去問四嬸，四嬸，當然就是四叔的妻子，也就是炭幫的幫主夫人。可是當時，我卻因爲另外有事，將這件事擱下了，沒有去見四嬸。

後來，我倒有一個機會見到了四嬸，那是我和白素的婚宴上。白老大交遊廣闊，雖然我和白素竭力反對鋪張，但還是賀客盈千，白老大在向我介紹之際，曾對一個六十歲左右，看來極其雍容而有氣派的婦人，對我道：「四嬸。」

我跟著叫了一聲。白老大忽然笑了起來，拍著我的肩：「這孩子，他想知道你爲什麼叫四嬸，哈哈！」

當時，那婦人——四嬸並沒有笑，神情還相當嚴肅。我雖然想問她，究竟爲甚麼是「四」而不是「三」，但是在那樣的場合之下，當然不適宜問這種問題。

她給我的印象是，她有十分肅穆的外貌，看來相當有威嚴，打扮也很得體，不像是草莽中人，倒像是世家大族，那天，四嬸的唯一飾物，也就是一串珍珠項鍊，珠子相當大。

印象相當淡薄，所以陳長青在講述時，我只有一種模糊的感覺。而且，木炭，在陳長青的確述之中，以及在那段怪廣告之中，一直給人以爲是其他某種東西的代名詞，也不會使人在木炭上聯想起什麼來。

直到在電話中聽到了那一句話，才陡地使人想了起來，陳長青見過的那位老太太，就是四嬸！

一時之間，我和白素兩人，更是莫名其妙，心中充滿了疑惑。

我一聽到了老太太的一句話，就立時忙不迭掛上了電話，也是因爲這個緣故。因爲中國的幫會，各有各的禁忌和規章。這些禁忌和規章，用現代的文明眼光來看，極其落後，甚至可笑。但是對於這些幫會本身來說，卻都奉爲金科玉律，神聖不可侵犯。

而且，每一個幫會，都有它本身的隱秘，這些隱秘，絕不容許外人知道，外人去探索這些隱秘，會被當作是最大的侵犯！

既然知道要出讓木炭的，竟是原來的炭幫幫主夫人，其中究竟有什麼隱秘，自然不得而知，但是四嬸他們，決不會喜歡人家去探索他們的隱秘，那是絕對可以肯定的事情！

雖然，所謂「炭幫」，早已風流雲散，不復存在，但是當年炭幫的勢力，如此龐大，甚至控制了整個皖北的運輸系統，連淮河的航權，也在他們控制之中，幫中積聚的財富也十分驚人。雖然事隔多年，四嬸的手下可能還有一些人在。而幫會的行事手段，是中世紀式的，一個習慣於現代文明的人，根本不可想像。我不想惹事，所以才立時掛上了電話。

而這時，我和白素，立時想到了同一個人：陳長青！

白素忙道：「快通知陳長青，事情和他所想像的全然不同！千萬別再多事！」

我道：「是！希望陳長青聽我們的話！」

白素道：「將實在的情形講給他聽，告訴他當年炭幫爲了爭取淮河的航權，曾出動三千多人，一夜之間，殺了七百多人！」

我苦笑道：「對陳長青說這些有什麼用？就算他相信有這樣的事，但那畢竟是幾十年之前的事！他不會因之而害怕！」

白素道：「那麼，就告訴他，整件事情，和外太空的生物無關，只不過有關中國幫會的隱秘，他一定不會再追究下去！」

我點了點頭，總之，一定要切切實實告訴陳長青，決不要再就這段怪廣告追究下去，不論這段怪廣告代表著的是什麼樣的怪事，和我們都沒有任何關係，追查，絕對沒有好處。

我拿起了電話來，撥了陳長青的電話號碼。陳長青獨居，有一個老僕人，聽電話的是老僕人，說陳長青不在。我千叮萬囑，吩咐那老僕人，陳長青一回來，立時打電話給我，才放下了電話。

白素望著我：「剛才，先聽電話的那個男人，不知道是什麼人？希望他認不出我的聲音來！」

白素說得如此鄭重，令我也不禁有一股寒意。我咳一下：「你怕什麼？」

白素道：「我也說不上怕什麼，可是中國的幫會，大都十分怪誕，尤其是炭幫，自成一家，更是怪得可以，我不想和他們有任何糾葛。」

我笑了起來：「炭幫早已不存在了！」

白素卻固執地道：「可是四嬸還在！」

我有點不耐煩：「四嬸在又怎麼樣？她現在，和一個普通的老太太沒有任何不同！」

白素瞪了我一眼：「有很大的不同，至少，她還有一段木炭，而這段木炭的價値，和它同體積的黃金相等！」

我不禁苦笑，因爲說來說去，又繞回老問題上面來了。我道：「我們決定不再理會這件事，是不是？」

白素道：「對，不理會這件事！」

她一下子將報紙揮出了老遠，站了起來，表示下定決心。

而我，在接下來的時間，就在等陳長青的電話。可是當天，陳長青並沒有電話來。

我十分擔心，又打了好幾個電話去，老僕人一直說陳長青沒有回來。白素看到我這種擔心的樣子，安慰我道：「你放心，四嬸不會像當年那樣行事！陳長青的安全，沒有問題！」

我搖頭道：「未必，這種人，一直頑固地維持著自己那種可笑的觀念，他們根本不懂得什麼叫法律。而且，炭幫之中，有許多武術造詣極高的高手，陳長青不堪一擊，卻偏偏要去多事！」

白素仍然不同意我的說法。儘管她堅持陳長青不會有什麼意外，可是當晚，我至少有四次，在夢中陡地醒過來，以為自己聽到了電話聲。陳長青一直沒有打電話來，到了第二天早上，我一坐起身，就打電話去找他，可是他的老僕人卻說他一晚上沒有回來過。

我放下了電話，再向白素望去，白素道：「你那樣不放心，不如去找他！」

我有點無可奈何：「我上哪兒找他去？」

白素嘆了一聲：「我知道，你坐立不安，其實並不是關心陳長青！」

我跳了起來：「是為了什麼？」

白素又嘆了一聲：「不必瞞我。我知道你在關心這件怪事，無數問題盤踞在你的心中，這些問題如果得不到答案，你就會一直坐立不安！」

我瞪著白素，一時之間，說不出話來。

的確，無數問題盤踞在我的心中。例如，四嬸為什麼要出讓那段木炭？那段木炭又有什麼特別，何以要同等體積的黃金才能交換？曾經有人和四嬸接洽過，這個人又是什麼人？陳長青口中的「半邊臉的人」，究竟是怎樣的一個人？等等，等等，問題多得我一下子數不出來。

面對這些問題，我所知的，只是一切全和若干年前，在皖北地區盛極一時，勢力龐大而又神秘的炭幫有關！

我呆了半晌，嘆了幾聲。是的，白素說得對，我關心這些問題的答案，多於關心陳長青的安全。陳長青會有什麼事？至多因爲想探索人家的秘密，被人打了一頓。炭幫行事的手段，在若干年之前，雖然以狠辣著名，但是如今時過境遷，炭幫早已不存在了，他們絕不會胡亂出手殺人！

我坐立不安，全是因爲心中充滿了疑問之故。那也就是說，不應該坐在家裡等，坐在家裡，問題的答案不會自己走進門來，我應該有所行動！

我點著頭：「你說得對，我應該採取行動！」

白素諒解地笑了起來，她知道我的脾氣，所以才能猜中我的心事。她道：「照我看來，最好的辦法，只有一個，那就是——」

我不等她講出來，便搶著道：「直接去找四嬸！」

白素點頭道：「正是！只有見了四嬸，才能夠解決一切的疑問。」

我感到十分興奮，來回走了幾步：「如果直接去見四嬸，你和我一起去，四嬸是你父親熟人，你去了，情形比較不會尷尬！」

白素攤了攤手：「但願有更好的辦法，可是我看沒有了！」

我一躍而起，抱住了她吻了一下，然後，急急去洗臉、換衣服，草草吃了早餐，在早餐中，我問白素：「我們是不是要先打一個電話去聯絡？」

白素道：「當然不必，四嬸一定還維持著以前的生活方式，她不會習慣先聯絡後拜訪！」

我道：「好，那我們就這樣去，可是，多少得帶一點禮物去吧！」

白素道：「我已經想好了，我們以自己的名義去拜訪，不一定會見得著四嬸，所以——」

我笑了起來：「所以，要借令尊的大名！」

白素道：「是的，父親早年，印過一種十分特別的名片，這種名片，唯有在他拜訪最尊貴、地位最高的客人時才使用，我還有幾張存著，可以用得上！」

白素所提到的這種「名片」，我也見過。她的父親白老大，當年壯志淩雲，曾經想將全中國所有的幫會，一起組織起來，形成一股大勢力。爲了這個目的，努力了很多年，也算是有點成績，而他本人，在幫會之中，也有了極高的地位。白老大是一個有著豐富現代知識的高級知識分子，他的宏願是想以現代的組織法，來改進幫會中的黑暗、落後、怪誕的情形，使之成爲一個全國範圍內勞動者的大組織。

可是他的願望，未曾達到。那種特殊的「名片」，白老大當年，要來拜會幫會中最高首腦時使用，如今用來去拜訪四嬸，當然十分得體。

我又道：「可是，我們總得有點藉口才是。」

白素道：「那就簡單了，我可以說，我正在搜集中國九個大幫會的資料，準備寫一部書。皖北的炭幫是大幫，所以請四嬸提供一點資料！」

我笑起來：「好藉口，我相信四嬸近二三十年來的生活，一定十分平淡，她也一定極其懷念過去輝煌的生活，話匣子一打開，就容易得多了！」我講到這裡，略頓了一頓道：「可是，她住在什麼地方呢？」

白素笑了起來：「在你坐立不安之際，我早已根據那個電話號碼，查到了她的住址。當然，我們要說，地址是父親苦訴我們的！」

我大聲喝采，放下了筷子，就和白素興沖沖地出了門。白素駕著車，車子駛出了市區，向郊區進發，在沿海公路，行駛了約莫二十分鐘，就轉進了一條小路。

小路的兩旁，全是一種品種相當奇特的竹子。在這個地方，我還是第一次見到這樣的竹子，那種竹子長得很高，可是相當細，竹身彎下來，每一枝竹都呈半圓形，形狀就像是釣到了大魚之後正在提起來的釣桿。竹身蒼翠，竹葉碧綠，長得極其茂盛，幾乎將整條路都遮了起來，車子在向前駛之際，會不斷踫到垂下來的竹枝。

我看著這些竹子：「這些竹子，用來當盆栽倒挺不錯。」

白素道：「這是蕭縣山中的特產，我相信這些竹子，一定是當年四嬸從家鄉帶來，一直繁殖到如今。」

我沒說什麼，只是感到一種深切的悲哀。像四嬸這樣身份的人，離開了她的家鄉，來到了一個完全陌生的地方，卻又堅持著她原來的身份，過她原來的生活，這件事的本身，就是一個悲劇。

車子仍在向前駛，不久，就看到了一幢相當大的屋子。屋子的形式相信在本地也絕無僅有。不用說，當然也是初來到這裡時，照原來的家鄉屋子的形式建造起來的了。屋子至少已有三十年歷史，有點殘舊。屋子外面的圍牆上，爬滿藤蔓，可能這些植物，也是四嬸從家鄉帶過來的。

白素將車子在離正門還有一百碼處，就停了下來，然後我們下車。

我和她一起向前走去，一面問道：「對於炭幫的事，你究竟知道多少？我只知道，炭幫最近一任的幫主，也就是四嬸的丈夫，姓計。他是什麼時候死的？在任多久了？」

白素道：「我也不很清楚，約略聽父親說起過，說計四叔二十六歲那年，就當上了炭幫幫主，一直到四十三歲，時局起了變化，父親曾特地派人去通知計四叔，叫他及早離開。但是計四叔卻只聽了父親的一半勸告，他派了幾個手下，護著四嬸離開了家鄉，他自己卻留下來，沒有走！」

我「哦」地一聲：「他留了下來？那當然是凶多吉少了！」

白素道：「可不是，開始的一年，還當了個什麼代表，第二年，就音訊全無了！」

我們說著，已經來到了大門口，大門是舊式的，兩扇合起來的那種，在大門上，鑲著老大的，足有六十公分見方約兩個大字，一個是「計」字，另一個是「肆」字。這兩個字，全是黃銅的，極有氣派，擦得錚亮。

第三部：謁見炭幫幫主夫人

到了門前，真使人有回到了當年炭幫全盛時期的感覺。

白素在門前看了一會，找到了一根垂下來的銅鍊子，她伸手拉了一下銅鍊子，在大門內傳來了一下聽來奇特的「梆」地一聲響，我無法斷定這種聲響是什麼東西撞擊之後所發出來的。四周圍極靜，在響了一下之後，就聽到了一陣犬吠聲，犬吠聲持續了大約三分鐘，我等得有點不耐煩，想伸手再去拉那銅鍊子，卻被白素將我的手推了開去。

對於各種古怪的幫會規矩，她比我在行，所以我也只好耐心等著。又過了幾分鐘，才聽到有腳步聲傳了過來，在門後停止，接著便是拉門栓的聲音，然後，門緩緩打了開來。

門一打開，我看到的是一個個子極高的漢子。足足比我高一個頭，而且，身形粗壯，腰板挺直，氣派極大。

這樣的大漢，在年輕的時候，一定更加神氣，更加令看到他的人心怯。但現在，畢竟歲月不饒人，他的臉上，滿是皺紋，我估計他已在六十以上。他的目光也十分疲倦，他用一種極其疑惑的神情，望著我們。

白素早已有了準備，大漢才一出現，她就雙手恭恭敬敬地將一張大紅燙金，大得異乎尋常的名片，遞了上去：「這是家父的名片，我有點事，要向四嬸討教，請你通傳！」

那大漢一見名片，整個人都變了！

他像是在突然之間，年輕了三十年。雙眼之中疲倦的神色，一下子消失無蹤，而代之以一種炯炯神采，他挺了挺身子，先向白素行了一個相當古怪的禮，然後，雙手將名片接了過來。

他並沒有向名片看，顯然白素一將名片遞過去，他已經知道名片是什麼人的了。而這張名片，一定又使得他在剎那之間，回復了昔日生活中的光采，他變得容光煥發，姿態極其瀟灑地一轉身，嗓子嘹亮，以典型的蕭縣口音叫道：「白大小姐到訪！」

我不知道當年，如果他在大門口這樣一叫，是不是會有好幾十人轟然相應，但這時，他叫了一聲之後，四周圍仍是一片寂靜，一點反應也沒有。

這種情形，令得他也怔了一怔，一時之間，不知該如何才好。

白素走進了門：「四嬸在麼？」

那大漢這才如夢初醒：「在！在！白大小姐，難得你還照往日的規矩來見四嬸！唉！」

他那一聲長嘆，包含了無限的辛酸。不過我心中並不同情他。因為我對於一切幫會，並沒有多大的好感，在這裡，不必討論我為什麼對之沒有好感的原因，簡言之，幫會是一種十分落後的組織，但是那人的這一下嘆息，卻真是充滿了感慨。

看那人的情形，像是還想依照過去的一些規矩來辦事，但即使是他這樣的人，也看出如今再來擺那些排場，十分滑稽，所以他無可奈何地擺了擺手：「白大小姐，請跟我來！」

直到這時，那人才注意到我的存在，他向我望了一眼，問白素道：「這位是——」

白素道：「是我的先生！」

那人「哦」地一聲，一時之間，像是不知該如何稱呼我才好。白素是「白大小姐」，我是白大小姐的丈夫，應該如何稱呼呢？當然不是「白先生」！我笑了笑：「我姓衛。」

那人「哦哦」地答應著，神情尷尬。顯然在他的心目中，我微不足道，白大小姐才是主要的。他道：「請跟我來！請跟我來！」

他一面說，一面轉身向內走去，我和白素，就跟在他的後面。

花園相當大，我們走在一條青磚鋪出的小路上，磚縫之中長滿了野草，連磚身上也全是青苔。整個花園，當年可能曾花費過一番心血來佈置，如今看來，荒蕪雜亂，顯然有相當長的一段時間，未曾整理了！

一直來到了建築物的門口，走上了四級石階，來到了大廳的正門，正門上鑲嵌的，是如今要在古董店裏才可以找得到的花玻璃。而這種花玻璃，在五六十年之前，北方的大戶人家之中，十分流行。

帶我們走進來的那人，推開了門，門內是一個十分大的大廳。

這個大廳，給人以極大的感覺，倒不是因爲它本來就大，而是因爲十分空洞，幾乎沒有什麼陳設，牆上，有著明顯地懸掛過字畫的痕跡，但如今字畫都不在了。應該有傢俬陳設的地方，也都空著，傢俬也不見了。

那人帶著我們進了大聽之後，神情顯得更尷尬，口中喃喃地，不知在說什麼。我和白素，全裝出一副十分自然的樣子，一點也沒有詫異之狀。

我們知道，大聽中的陳設、字畫，全賣掉了。陳長青曾轉述四嬸的話：要不是等錢用，也不會出賣！由此可知，可以賣的東西，一定全賣掉了。

大廳中的傢俬，如果是古老的紅木傢俬，相當值錢，如今一定是賣無可賣了，所以四嬸才出讓那一段木炭。然而，木炭怎麼可以賣錢，去交換與之同體積的黃金呢？

我想到了一個可能：這一段被安放在錦盒中的木炭，是當年炭幫幫主的信物？是一種的崇高身份的象徵？但即使如此，時至今日，也全無作用，還有什麼人會要它？

那人在尷尬了一陣之後，苦笑道：「這裡——這裡——白大小姐還是到小客廳去坐吧！」

白素忙道：「哪裡都一樣！」

那人又帶著我們，穿過了大廳，推開了一扇門，進入了一個小客廳中。小客廳中有一組十分殘舊的老式沙發，總算有地方可坐。

當我們坐下來之後，那人捧著名片，說道：「我去請四嬸下來。」

白素道：「大叔高姓大名，我還未曾請教！」

那人挺了挺身：「我姓祁，白大小姐叫我祁老三好了！」

看他那種神情，像是「祁老三」這三個字，一講出來，必然盡人皆知。白素的反應也出乎我的意料之外，她一臉驚喜的神情：「原來是祁三伯，真是有眼不識泰山！」

我心裏咕噥著，口中也隨口敷衍了幾句，祁老三卻高興得不得了，轉身走了出去，我和白素坐了下來。老式的沙發，有鐵絲彈簧，一舊了之後，彈簧就會突出來，令得坐的人極不舒服。

我問道：「那祁老三，是什麼人物？」

白素瞪了我一眼，道：「你真沒有常識，炭幫的幫主，一向稱四叔，他居然可以排行第三，他是炭幫中的元老，地位極高！」

我有點啼笑皆非：「為什麼炭幫幫主要叫四叔，你還不是一樣不知道！」

白素道：「等一會，我們可以問四嬸。」

我忙道：「我們不是為了炭幫的歷史而來的，我們是要弄明白什麼半邊臉、祁老三，是不是曾對多事的陳長青有過不利的行動！」

白素壓低聲音：「你少說話，也不可對任何人無禮，讓我來應付！」

我沒好氣道：「當然，你是白大小姐，我算是什麼，不過是你丈夫而已！」

白素笑道：「別孩子氣，這有什麼好妒嫉的？」

我忍不住道：「妒嫉？我只覺得滑稽！」

白素還想說什麼，但已有腳步聲傳了過來，白素忙向我作了一個手勢，示意我站起來，我們才站起，門打開，祁老三已經陪著四嬸，走了進來。

陳長青的形容能力，算是好的，四嬸就是他曾經見過面的那個老婦人，這一點毫無疑問。

四嬸一進來，祁老三便道：「四嬸，這位就是白大小姐！」

四嬸向白素點了點頭，神情莊嚴，高不可攀，當祁老三又介紹我之際，她連點一下頭都省了，只是向我淡然望了一眼，像是以我這樣的人，今天能夠見到她這位偉大的四嬸，是一生之中額外的榮幸一樣，所以，當她先坐下來之際，我倒真希望舊沙發中的彈簧在她屁股上刺一下，看看她是不是還能這樣擺譜。

坐下之後，四嬸問白素：「你爹好吧，唉，老人都不怎麼見面了。」

白素道：「好，謝謝你。四嬸，你氣色倒好，我記得我很小的時候，曾經見過你！」

四嬸笑了一下，道：「可不是，那時候，你還要人抱著呢！」

白素道：「是啊，有兩位叔伯，當場演武，大聲呼喝，我還嚇得哭了！」

白素和四嬸，老是說幾十年前的陳年八股，真聽得我坐立不安，聽到後來，實在忍不住了，踫了白素一下，白素會意，停了下來。

四嬸的年紀雖然大，我估計已在七十左右，可是對於她身邊發生的事，都還保持著十分敏銳的觀察力，而且反應也十分靈敏。

白素才一停止講話，她反手自一直站著的祁老三手中，接過了水煙袋來，吸了一口，一面噴煙出來，一面問：「你來找我，爲了什麼？」

白素忙道：「四嬸，是一件小事，我有一個朋友，姓陳，叫陳長青。」

四嬸皺了皺眉，道：「我們的境況，大不如前了，只怕不能幫人家什麼。如果這位朋友以前和四叔有交情，我們應該盡力而爲，不過──」

白素道：「不是，不是要四嬸幫什麼，這個陳長青，多事得討厭，行事無聊，昨天和四嬸見過面──」

白素的話，當真是說得委婉到了極點，我甚至一直不知道白素有這麼好的說話本領。她的話還沒有講完，四嬸的臉，就陡地向下一沈，臉色也變得鐵青，轉過頭去：「老三，你們將那個人怎麼了？」

祁老三被四嬸一喝，神情變得十分惶恐，忙彎下了腰：「四嬸，老五說，有一個人，鬼頭鬼腦，在圍牆外面張望。他又說，那個人不知怎麼，知道我們的電話，曾經騙過四嬸一次──」

祁老三囉囉嗦嗦講到這裡，我已經忍不住道：「這個人，你們將他怎麼樣了？」

祁老三吞了一口口水：「老五說──說是要教訓他一下──所以──」

我聽到這裡，真有忍無可忍之感，陡地站了起來：「你們用什麼方法教訓他！」

祁老三在說的時候，一直在看著四嬸的臉色，四嬸的臉色也十分難看。可是這時，當我站起來，大聲責問祁老三之際，四嬸居然幫著祁老三，向我冷冷地望來，語音冰冷：「我們怎樣教訓他，是我們的事！」

白素向我連連作手勢，要我坐下來，別開口，我雖然看到了，可是卻裝成看不到，因為心中的怒意，實在無法遏制。這些人，以為自己還生活在過去可以為所欲為的時代裡——他們喜歡生活在夢中，旁人不能干涉，但是當事情涉及到了傷害他人的身體之際，卻絕不容許他們胡來！

我立時冷笑了一聲：「只怕不單是你們的事，也是整個社會秩序的事，這裡有法律！而且，是現代的法律！」

我的話一出口，四嬸的神情，變得難看之極，伸手指著我，口唇掀動著，面肉抽搐，神情可怕，不過她卻沒有發出聲音來。

我索性一不做二不休，又冷笑道：「你想下什麼命令？是不是要吩咐祁老三將我拖到炭窯去燒死！」

這句話一講出來，四嬸陡地站起，一句話也不說，轉身向外就走。白素也站了起來，狠狠瞪了我一眼：「太過分了！」

四嬸一走，祁老三也待跟出去，可是我卻不讓他走，一步跨向前，伸手搭住了他的肩頭。

在我伸手搭向他的肩頭之際，我已經有了準備。因爲這個祁老三，在炭幫之中的地位既然相當高，他的武術造詣一定不會差。可是我卻未料到他的反應，來得如此之快！

我的手指，才一沾到了他的衣服，他身形不停，右肩一縮，已一肘向我撞了過來。

我陡地吸一口氣，胸口陷下了少許，同時一縮手，伸手一彈，彈向他的肘際。

誰都知道，在人的手肘部分，有一條神經，如果受到了打擊，整條手臂，如同電殛一樣麻痺。可是我這一下，並沒有彈中，他半轉身，逃開了我這一彈，而且立時揮手，向我的胸口拂來。

我還想再出手，可是白素已叫了起來：「住手！」

她一面叫，一面陡地一躍向前，在我的身上，重重一推，令我跌出了一步。她向滿面怒容的祁老三道：「自己人，別動手！」

祁老三吁了一口氣：「白大小姐，要不是看你的份上，今天他出不去！」

我誇張地「哈哈」、「哈哈」笑了起來：「我經不起嚇，求求你別嚇我！」

祁老三額上青筋暴綻，看樣子還要衝過來，我也立時擺好了準備戰鬥的架勢，但白素卻橫身在我們兩人之間一站，不讓我們動手。

祁老三悶哼一聲，轉身便走，我大聲道：「祁老三！你們將陳長青怎麼了？要是不告訴我，十分鐘之內，就會有大批警方人員到這裡來調查。看你們炭幫的法規，沒有什麼用處！」

祁老王陡地站定，轉過身來，盯了我半晌，才冷冷地道：「你的朋友沒有什麼事，他不經打，捱了兩拳就昏了過去，我們將他拖出馬路，現在多半躺在醫院裡，至多三五天就會復原。」

我吸了一口氣，陳長青的下落已經弄明白了，我自然也沒有必要和這些妄人多糾纏下去，是以我悶哼一聲：「要是他傷得重，我還會來找你！」

祁老三沒有回答我的話，只是向白素道：「白大小姐，你嫁了這樣的一個人，真可惜！」

白素有點啼笑皆非，想解釋一下，但是又不知道該如何出口才好，祁老三一到了門口，作出了一個「請出去」的手勢。

事情弄得如此之僵，我和白素，自然只好離去。我們一起走出去。祁老三多半是看在「白大小姐」的份上，寒著臉，居然送我們到了大門口。

我們經過了那條小路，回到了車子旁，白素說道：「你滿意了？」

我沒好氣地道：「白大小姐，我沒有做錯什麼！」

白素悶哼了一聲：「人家可能在進行一件十分重要的事，但是好管閒事的陳長青，卻像小丑一樣夾在裡面搗蛋，這種人，應該讓他受點教訓！」

我道：「那要看對方究竟給了他什麼樣的教訓！」

白素道：「祁老三說了，至多在醫院躺三五天！」

我道：「在未曾見到陳長青之前，我不能肯定！」

白素道：「我可以肯定！他們這些人，行事的法則和我們不一樣，但是斬釘斷鐵，說的話，絕對可信！」

我帶點嘲諷意味地道：「當然，我忘了他們是江湖上鐵錚錚的好漢了！」

白素沒有再說什麼，我們一起上了車，回到市區，一路上，我和她都有點賭氣，所以並不說話。一到了市區，白素就先要下車，我則到幾家公立醫院去找陳長青。找到了第三家，就看到了陳長青。

陳長青是昏迷在路邊，被人發覺，召救傷車送進醫院來的。傷勢並不重。照我看，明天就可以出院。問起了經過，也和祁老三說的一樣，他根據電話號碼，找到了地址，摸上門去，想爬過圍牆時被人掀了下來，捱了一頓打。

我指著他還有點青腫的臉：「陳長青，你別再多管閒事了！」

可是陳長青卻一臉神秘：「閒事？一點也不！我發現了一幢極古怪的屋子！屋子附近，有些植物，根本不應該在本地出現，那屋子，我看是一個外星人的總部！」

我真是又好氣又好笑，手指直指在他的鼻尖上：「決不是，陳長青，你再要搗亂，叫人家打死，可別說我不事先警告你！」

陳長青眨著眼，顯然不相信我的話：「那麼，他們是什麼人？」

我本來想講給他聽，可是那得從炭幫的歷史講起，其中有許多細節連我也不是十分清楚，要陳長青這個糊塗蛋明白，自然更不容易。所以我只是嘆了一聲：「你記得我的話就是了，我不想你再惹麻煩！」

我不管陳長青是不是肯聽我的勸告，就離開了醫院。回家時，白素還沒有回來，大約一小時之後，她才回來，看她的樣子，還在生氣。

在那一小時之中，我已經知道了陳長青沒有什麼大不了，想起我在四嬸那裡的行動，的確太過分了，所以我的氣早平了。一看到白素，我就笑道：「我已見過陳長青，並且警告他不要再多事！」

白素只是淡淡地應了一聲。我攤開手：「白大小姐，犯不上為了那幾個人，而影響我們夫婦間的感情吧？」

白素又瞪了我一眼：「誰叫你插科打諢！」

我無可奈何地道：「我也變成小丑了？」

白素坐了下來，嘆了一聲：「我去見父親，要他向四嬸道歉。」

我聳了聳肩，不想再就這個問題，討論下去。白素又埋怨地道：「都是你，事情給你弄糟了，本來，我們可以問出那段木炭究竟為什麼可以交換同等體積的黃金，和許多有關炭幫的秘密！」

我心中也有點後悔，因爲我知道，在那塊木炭的背後，一定隱藏著許多曲折離奇，甚至怪誕不可思議的故事。本來，爲了知道這一類事的真相，我不惜付出極高的代價，因爲我是一個好奇心十分強烈的人。

但如今，顯然無法再追究下去了！

我裝出一點也不在乎的神情來，道：「算了吧，世界上神奇而不可思議的事太多！我不可能每一件事都知道，放棄一兩件又算得了什麼！」

白素冷冷地說道：「最好這樣！」

在我想來，「怪廣告」和「怪木炭」的事，告一段落了。可是事態後來的發展，卻不是如此。

當天晚上，家裡來了一個客人。客人其實不是客人，而是白素的父親白老大，不過因爲他極少出現在我的家裡，是以有稀客的感覺。

白老大已屆七十高齡，可是精神奕奕，一點老態也沒有。而且他永遠那麼忙，誰也不知道他忙完了一件事之後，下一步在忙些什麼。

他可以花上一年時間，在法國的葡萄產區，研究白蘭地迅速變陳的辦法，也可以一天工作二十小時，試圖發明人工繁殖冬蟲夏草。所以，當我開門，迎著他進來之後，第一句就問道：

「最近在忙些什麼？」

白老大嘆了一口氣：「在編目錄！」

我道：「編什麼目錄？」

白老大道：「將古典音樂的作曲家作品，重新編目。現在流行的編目，太混亂了，以貝多芬的作品而論，就有兩類編目法，我要將之統一起來！」

我半轉過身，向白素伸了伸舌頭，白老大當然是在自討苦吃了，就算是較著名的作曲家，從西元一六七九年出生的法蘭卡算起，算到蕭斯塔科維奇，或是巴托爲止，有多少作曲家？他們的作品又有多少？

要重新加以整理編目，那得花多少心血？

白素笑了一笑：「爸，你不是來和我們討論這個題目的吧？我和他，對古典音樂，所知不多！」

白老大瞪著眼：「不多？你至少也可以知道，爲什麼貝多芬的許多作品，都以『作品』編號，但是一些三重奏，卻又以另一種方式編號？」

我道：「我不知道！」

白老大坐了下來，喝了一口我斟給他的酒，放下酒杯：「你們可以籌多少現錢出來？」

我和白素互望了一眼，神情都十分奇怪。白老大等錢用？這真是怪事，他像是永遠有花不完的錢一樣，何以忽然會等錢用？

我道：「需要多少？」

白老大皺著眉，像是在計算，十餘秒之後，他才道：「大約兩百萬美元。」

兩百萬美元，當然不是一個小數目，但是，我還是沒有說什麼，只是道：「好，你什麼時候要？」

白老大攤著雙手，道：「愈快愈好！」

白素道：「爸，你要來什麼用？買音樂作品？」

白老大瞪了白素一眼，道：「誰說是我要用錢？」

他這樣一說，我和白素更不明白了，白素道：「可是你剛才說——」

白老大揮了揮手：「你想到哪裡去了，我要你們籌出這筆現錢來，是要你們自己去買一樣東西！不是我要這筆錢用！」

我和白素心中更加奇怪，我道：「去買什麼？」

白老大道：「當然是值得購買的，錯過了這個機會，以後再也買不到！交易，我已經替你們安排好了，只要有了錢，就可以一手交貨，一手交錢！」

白素笑問道：「好，可是究竟是買什麼，我們總該知道才是啊！」

白老大有點狡獪地笑了起來：「我以爲你們可以猜得到！」

我不禁苦笑，他突然而來，無頭無腦，要我們準備兩百萬美金，去買一樣東西，還說我們應該猜得到要買的是什麼，這不是太古怪了麼？

白老大並不說出來，看他的神情，像是想我們猜上一猜。我根本沒有去動這個腦筋，因爲我斷定這是無法猜得到的事。兩百萬美金可以買任何東西。一粒鑽石，一架飛機，一艘大遊艇，一隻宋瓷花瓶，或是一張古畫，等等，怎麼猜得出來？

可是白素的神情，卻十分怪異，我聽到她陡地吸了一口氣：「那塊木炭？」

我陡地一震，白老大已呵呵笑了起來，大力拍著白素的頭，將她當作小孩子一樣：「還是你行！」

他又拍著我：「你想不出來，是不是？」

一聽得白素那樣說法，我的驚詫，實在到了難以形容的地步！

那塊木炭！四孀的那塊木炭！那塊要體積相同的黃金去交換的木炭！

白老大要我們準備兩百萬美元，就是爲了去買一段木炭！這段木炭之中，難道藏著什麼奇珍異寶？

我呆了片刻：「我不明白——」

白老大的回答更不像話：「我也不明白，但是四孀既然開出了這個價錢，就一定有道理！你先去買了下來，我看不消幾天，一轉手，至少可以賺兩成，或者更多！」

我心中有幾句話，可是當然我不敢說出來。我心中在想的是：他一定是老糊塗了，不然，怎麼會講出這樣的話來？

我當然沒有出聲，白老大已站了起來：「我很忙，走了！四嬸的電話你們知道？籌齊了錢，就和她聯絡。本來她不肯賣，一定要同體積的黃金，算起來不止兩百萬美元，但我們是老相識，我已經代你們講好了價錢。記著，交易愈快進行愈好！」

我不禁有點啼笑皆非：「我可以知道你和四嬸談判的經過？」

白老大一面向外走，一面道：「在電話裡和四嬸談的。」

白老大說到這裡，已經出了門口，門外停著一輛車，司機已打開了車門，白老大揮了揮手，就上了車。

我和白素站在門口，目送白老大的車子離去，互望了一眼，我道：「我們去買那段木炭，不知道是不是算我得罪了四嬸的代價？」

白素嘆了一聲：「當然不是，一定有原因！」

我道：「我希望你明白，我要知道原因！」

白素的回答輕鬆：「買了來，就可以知道原因了！」

我實在有點啼笑皆非，我們回到了屋子，一起進入書房，我和白素算了算，不足兩百萬美元，我從來也未曾爲錢而擔心過，因爲錢，只要可以維持生活，就是足夠，可是，這時卻爲了錢發起愁來。

白素嘆了一聲：「我們應該告訴爸，我們的錢不夠，買不起。」

我心裡直罵「見鬼」，就算夠，我也不願意以那麼高的價錢，去買一塊木炭！就算世界上可以要來燃燒的東西全絕跡了，一塊木炭也決不值兩百萬，它只值兩角！

白素道：「看來，我們只好錯過機會了！」

我呆了一呆：「我認識的有錢朋友不少，只要肯去開口，別說兩百萬，兩千萬也可以籌得到！」

白素道：「好，先去借一借吧！可沒有人強迫你一定要買！」

我攤了攤手：「純屬自願！我倒真要弄明白這塊木炭，有什麼古怪！」

當晚的討論到這裡為止，我們已決定向四嬸去買下這段木炭來。決定之後，我就打電話給一個姓陶的富翁，這位大富翁，若干年之前，因為他家祖墳的風水問題，欠了我一次情。

電話在經過了七八度轉折之後，總算接通了，我想首先報上名，因為對方的事業遍及全世界，是第一大忙人，我怕他早已將我忘記了。

然而，我還未曾開口，他就大叫了起來：「是你，衛斯理，我真想來看看你，可是實在太忙！唉！這時候，旁人不是早已睡覺了，就是在尋歡作樂，可是偏偏我還要工作！」

我笑了一下：「那是因為你自己喜歡工作。閒話少說，有一件事，請你幫忙！」

他道：「只管說！」

我道：「請你準備一張二百萬美元面額的支票，我明天來拿，算是我向你借的。」

他大聲道：「借？我不借！你要用，只管拿去！」

我有點生氣：「你當我是隨便向人拿錢用的人？」

他苦笑了一下：「好，隨你怎樣說。不過不用你來拿，我立刻派人送來給你！」

第四部：蘊藏在一塊木炭後面的隱秘

半小時後，有人按鈴，那張支票由專人送到。

我收了支票，伸指在支票上彈了彈：「明天，我們一早就出發！你當然還是和我一起去？」

白素道：「當然，而且，我還要你一見到四嬸，就向她道歉！」

我笑了起來：「怎麼，怕她惱了我，不肯將那塊木炭賣給我？」

白素有點生氣：「你不明白那塊木炭的價值，可是一定有人明白，你以爲四嬸一定要賣給你？我看不是父親去說了好話，你一定買不到！」

我沒有再說什麼，只是道：「好的，我道歉！」

當晚我不曾睡好，翻來覆去想著許多不明白的事，想到我上次去，並沒有看到那個「半邊臉的人」。但是在對方的交談之中，我至少知道，那個「半邊臉」，一定就是四嬸和祁老三口中的「老五」，是他發現了陳長青，才將陳長青打了一頓的。

第二天一早出門，不多久，車子又駛進了那條兩旁全是彎竹的小路。白素仍然將車子停在相當遠處，這多半是爲了表示對四嬸的尊敬。

到了門前，用力拉了一下那銅鍊，門內傳來了「梆」地一聲響，那一下聲響十分怪異，但這一次，我已經知道，那是一段圓木，撞在另一段空心圓木上，所發出來的聲響。

這種特殊的「門鈴」，當然也是炭幫的老規矩，炭和樹木有著不可分割的關係，炭幫幫主的住所，用木頭的撞擊聲來作門鈴，當然由於木頭和炭的關係深切。在「梆」的一聲之後，過了不久，門就打了開來，開門的仍然是祁老三。

祁老三看到了白素，神情十分客氣，可是卻只是向我冷淡地打了一個招呼。我心中感到好笑，反正我等一會，要向四嬸道歉，何不如今將功夫做足？

我立時向祁老三道：「祁先生，真對不起，上次我要是有什麼不對的地方，全是因為我不懂規矩，請你多多原諒！」

祁老三一聽，立時高興起來：「沒有什麼，沒有什麼！」

白素向我笑了一下，像是在罵我「滑頭」。我看到祁老三的態度好了許多，在他和我一起走向屋子去的時候，我趁機問道：「上次我們來，沒有看到老五！」

這只不過是隨隨便便的一句問話，而且我在問的時候，也特意將語氣放得如同完全是順口問起的一樣。可是儘管如此，祁老三還是陡地震動了一下！

祁老三在一怔之後，似乎不知道怎麼回答才好，我已經想用旁的話，將問題岔開去，祁老三忽然道：「是的，老五自從那次出事之後，根本不肯見陌生人，兩位別怪！」

祁老三如果根本不答，我倒也不會有什麼疑惑，因為這個「老五」的樣子一定很怪，不喜歡見人，也不是什麼奇怪的事。

可是，祁老三卻說他「出了事之後，根本不見陌生人」。他出的是什麼事呢？如果說他不見陌生人的話，他爲什麼又跟四嬸去見陳長青？

我實在耐不住心中的好奇：「不對啊，他見過陳長青！那個捱了你們打的人。」

祁老三的神情十分惱恨：「那傢伙！他騙了我們，老五和四嬸，以爲他是熟人！」

我「哦」地一聲，沒有再問下去，因爲我們已經進了屋子。在祁老三的話中，我至少又肯定了一點：在那段廣告之中，有「價格照前議」這樣一句話，如今可以肯定，曾和四嬸議價的，一定是他們的熟人。

穿過了大廳，仍然在小客廳中，我們還沒有坐下，四嬸就走了進來。四嬸的手中，捧著一隻極其精緻的盒子——陳長青曾說，他從來也未曾見過那麼好的盒子，可是他還是未能看出這隻盒子好在什麼地方，而我卻一眼就看了出來，這隻盒子，用整塊紫檀木挖出來，並不是用木板製成的。

盒子上，鑲著羅甸，貝殼的銀色閃光，和紫檀木特有的深紅色，相襯得十分悅目，一看便給人以一種極其名貴之感。

我和白素，一起向四嬸行禮，四嬸沈著臉，一直等我用極誠懇的語調，作了歷時兩分鐘的道歉之後，她的臉色才和悅了許多，她作了一個手勢，令我們坐下，她自己也坐了下來。

她坐下之後，將盒子放在膝上，雙手按在盒上，神情十分感慨：「白老大和我說過了，錢，你們帶了沒有？」

白素忙道：「帶來了！」

她又嘆了一聲：「不必瞞你們，事實上，你們也可以看得出來，我的境況不是很好，不然，我絕不會出賣這塊木炭的！」

她一面說，一面望著我們。我心中實在是啼笑皆非！我用二百萬美元，向她買一塊木炭，可是聽她的口氣，還像是給我們佔了莫大的便宜！

白素說道：「是的，我們知道！」

四嬸又嘆了一聲，取出了一串鑰匙來，打開了盒子。

看四嬸的神情，她倒是真的極其捨不得。這種神情，絕對假裝不來。

盒子打開，是深紫色緞子的襯墊，放著一塊方方整整的木炭。我可以清楚地看到，毫無疑問，那是一塊木炭。

那塊木炭和世界上所有的木炭一樣。如果硬要說它有什麼特異之處，就是它的形狀十分方整，是二十公分左右的立方體。但就算是一塊四四方方的木炭，也不是什麼特別的東西！

盒蓋打開之後，四嬸伸出手來，像是想在那塊木炭上撫摸一下，她的手指在發著抖，而且，她的手指，在將要碰到木炭之際，又縮了回來，然後，又嘆了一口氣，雙手捧住了盒子，向我遞了過來。

我看到她的神情這樣沈重，連忙也雙手將那隻盒子，接了過來。

我向白素望去，白素向我使了一個眼色，我忙從口袋之中，取出了那張支票，雙手交給了四嬸，道：「這是二百萬美元的支票！」

四嬸接了過來，連看也不看，就順手遞給了在她身後的祁老三，顯然在她的心目之中，那塊木炭，比那張支票，重要得多。

這種情形，使我相信這塊木炭，對炭幫來說，一定有極其重大的感情上的價值。四嬸將支票交給了祁老三：「該用的就用，你去安排吧！」祁老三道：「是！」四嬸一講完之後，立時站起身來，又道：「老三，你陪客人坐坐！」她一面說，一面向外走去，我不禁發起急來，我至少想知道一下這塊木炭究竟有什麼特異的來龍去脈，可是如今四嬸竟什麼也不說就要走了！

我忙也站了起來，叫道：「四嬸！」

四嬸停了一停，轉過頭來，望了我一眼，我發現她的雙眼，眼角潤濕。我心中不禁暗罵了一聲「見鬼」！有人以幾乎體積相當的黃金來換她一塊木炭，她居然還要傷心流淚！

我說道：「四嬸，這一塊木炭——」

四嬸揚了揚眉，望著我，我一時之間，真不知道該如何問才好。四嬸見我不出聲，又待向外走去，我趕前一步：「四嬸，這塊木炭，究竟有什麼特別，是不是可以告訴我？」

我不管這句問話，是不是又會得罪她，我實在非問不可！

我問完了之後，也不向白素看去，唯恐她阻止。四嬸一聽得我這樣問，呆了一呆，像是我這個問題十分怪誕。而事實上，我這個問題，卻再合情合理不過。

她在呆了一呆之後：「木炭就是木炭，有什麼特別的地方？」

我不禁倒抽了一口涼氣：「難道它就是一塊普通的木炭？」

四嬸道：「我以前也不知道他收著這樣的一段木炭，在離開家鄉的時候，他才取出來給我，對我道：『你要走了，到那地方去，人生地疏，雖然你手頭上有不少錢，可是事情也難說得很，到了有一天，手頭緊了，這塊木炭，可以賣出去，不過你記得，一定要同樣大小的黃金，才是價錢！』」

我不禁苦笑：「四嬸，你當時難道沒有問一問四叔，何以這塊木炭這樣值錢？」

四嬸道：「我爲什麼要問？四叔說了，就算！他一句話，能有上萬人替他賣命，這樣的小事，我聽著，照他的話辦就是，何必問？」

聽得四嬸這樣說，實在不知道該如何才好。

四嬸像是她的責任已完，再向我多說一句都屬多餘，又向外走去，我忙又趕上兩步：「上次和你談過要買這塊木炭的是什麼人？」

四嬸真的惱怒了，大聲道：「你問長問短，究竟是什麼意思？老三，將支票還他！」

祁老三居然立時答應了一聲，四嬸也伸手，要在我的手上，將木盒取回去！白素在這時候，閃身站了在我和四嬸之間：「四嬸，他脾氣是這樣，喜歡問長問短，你別見怪！」

四嬸向祁老三望了一眼，說道：「白老大怎麼弄了一個這樣的——」

她沒有說完這句話，可是不必說完，也可以知道，她想說的是「白老大怎麼會有這樣的一個女婿」！

我忍不住又想發作，但白素立時向我作了一個手勢。四嬸講了這句話之後，又發出了一聲冷笑，走了出去，祁老三跟著出去，白素轉過身來，我苦笑道：「這不是太不合情理了麼？」

白素道：「你目的是什麼？」

我道：「買一塊木炭！」

白素道：「現在，木炭在你手裡！你還埋怨什麼？」

我給白素氣得說不出話來，就在這時，祁老三又走了回來。

祁老三對我的印象，有不少改善：「衛先生，四嬸一看到這塊木炭，就想起四叔，所以她——她的心情不很好！」

我悶哼了一聲：「祁先生，她生活在過去，你應該明白如今是什麼世界！」

祁七三嘆了一聲：「是，我知道，有什麼問題，問我好了，我一定盡我所知，講給你聽！」

我道：「好！就是這塊木炭！」我一面說，一面用手指著這塊炭：「它有什麼特別？」

祁老三呆了片刻，坐了下來，我在等他開口，可是他卻一直不出聲，坐了下來之後，只是用手不住在臉上用力撫著。

我在等了大約三分鐘之後，忍不住又將問題重複了一遍。祁老三抬起頭來，望著我：「這個問題，我也說不上來，可是這塊木炭當時出窯的時候，我在，那一窯出事的時候，我也在。」

我愈聽愈糊塗，不知道祁老三在講些什麼，我還想問，祁老三已經道：「兩位等一等，我去叫老五來，這件事，他比我更熟悉，他就是在那一窯出事的。」

我和白素互望了一眼，祁老三已經走了出去。我「哼」地一聲：「我們至少可以看到那半邊臉究竟是什麼樣子的了！」

白素道：「祁老三多次提到『出事』，不知道那是一次什麼事故？」

我道：「老三和老五快來了，是什麼事故，很快就可以知道！」

我的話才說完，外面已有腳步聲傳來，同時聽得祁老三的聲音道：「老五，白大小姐不是外人！衛先生是他的丈夫，也不是外人！」

在祁老三的話之後，是一下嘆息聲，我想這下嘆息聲，是老五傳出來的。

接著，門推開，祁老三在前，另外還有一個人在後，一起走了進來。

跟在祁老三身後的那個人，身形甚至比祁老三還要高，我只向那個人看了一眼，就呆住了。我的僵呆突如其來，我本來看到有人進來，站起來，可是只站到一半，一看到那個人的臉面，就僵住了，以致我的身子是半彎著，而我的視線則盯在那個人的臉上。

這樣地盯著人看，當然十分不禮貌，但是我卻無法不這樣做。

一看到那個人，我就可以肯定，那人就是陳長青口中的「半邊臉」，也就是老五。同時，我也直到這時，才明白陳長青口中的「半邊臉」是什麼意思。這個人，我所能看到的，只是他左半邊的臉：左眼、左半邊的口、左半邊的鼻子、左邊的耳朵、左邊的頭髮。這個人的右半邊臉，或者說是右半邊的頭，齊他整個頭的中間，全罩在一個灰白色，一時之間看不出是什麼質地組成的網下。這情景真是怪異之極，那張罩住了他半邊臉的網，織得十分精密，在貼近皮膚處，簡直一點縫也沒有，所以可以看到的，只是他的半邊臉。

陳長青在向我敘述之際，並沒有向我說這個人的另一半臉是有東西遮著的，但是這半邊臉的人，給人以詫異的感覺，真是到了極點！

祁老三帶著他向前走來，我一直半彎著身子看著他，直到白素在我身上，重重踫了一下，我才如夢初醒，挺直了身子。

同時，白素已經開了口，道：「這位一定是五叔了？不知道五叔貴姓？」那半邊臉的人開了口，他一開口講話，我自然只能看到他左半邊的口在動著，而且他講話快而聲音低，使我無法看到他口中的舌頭或是牙齒，是不是也只有左邊的一半。

他道：「我姓邊，白大小姐叫我老五好了！」

爲了掩飾我剛才的失態，我忙伸手去：「邊先生，幸會，幸會！」

我準備伸出手去和他握手，可是才伸出去，我就驚住了！

邊五的上衣的右邊袖子，掖在腰際，空蕩蕩地，他的右臂，已經齊肩斷去，他不但是一個半邊臉的人，而且還是一個獨臂人！

我已經伸出了右手，而對方沒有右臂，尷尬可想而知！我一面心中暗罵陳長青該死，他竟然不知道邊五只有一條手臂，一面又慌忙縮回右手來。沒等我再伸出左手，邊五已經揚起左手，同我行了一個手勢相當古怪的禮。

我忙道：「對不起，我不知道——」

我在這樣說的時候，目光不由自主低了一低，我實在按捺不住心頭的好奇心，想去看看他是不是連右腿也沒有。邊五的反應相當敏感，他立時看穿了我的心意，拍了拍他自己的右腿：「右腿還在！」

我更加尷尬，只好搭訕著道：「邊先生當年，一定遭受過極其可怕的意外！」

邊五嘆了一聲，沒有說什麼，祁三道：「大家坐下來，慢慢說！」

邊五坐了下來，他坐下來之後，目光一直停留在那塊木炭之上。四個人誰也不開口，氣氛相當僵。我首先打破沈寂：「邊先生知道這塊木炭的來龍去脈？」

邊五又呆了一會：「這塊木炭，也沒有什麼特別，所有的木炭，全是炭窯裡燒出來的！」

我一聽得他那樣講，心中不禁發急，忙道：「一定有什麼特別的？」

邊五又呆了片刻，從他驚呆的神情來看，我可以肯定，他一定知道這塊木炭有什麼與眾不同之處，但是在呆了一會之後，他又搖著頭：「沒有什麼特別，不過是一塊木炭！」

我不禁啼笑皆非，正想再問，白素忽然道：「別提這塊木炭了——」

我狠狠向白素瞪了一眼！

白素假裝看不到我發怒的神情，又道：「我一直不明白，爲什麼炭幫的幫主，要稱四叔？四字對炭幫有什麼特別的意義？」

一聽得白素這樣問，祁三和邊五的態度活躍了許多，祁三道：「當然是有道理，燒炭的人，和『四』字有很大的緣分——」

祁三接下來，滔滔不絕地講著有關炭窯的事情，而邊五卻很少開口，只是在祁三向他詢問時，他才偶然說一兩句。

祁三講的事，雖然並沒有當時立即觸及那塊木炭，但是那是有關炭窯的事和整個故事，有著相當密切的聯繫。發生在邊五身上的那一次「出事」，神秘而不可思議，如果先對炭窯有一定的瞭解，對明白整件奇事的過程，有極大的作用。所以，我不厭其煩，將祁三的話覆述出來。祁三所講，有關燒炭的事，本身也相當有趣味，不致於令人煩悶。

在祁三的敘述中，有一些事，用現代的科學眼光來看，十分簡單，但是在知識程度極低的燒炭者眼中看來，卻變成十分可怕，遇有這種情形，我用括弧來作簡單的解釋。

以下，就是祁三和邊五口中的若干和炭幫有關的事。

燒炭，並不是容易的事，第一道程式，當然是採木。採木由伐木組專門負責，這組人，在伐下了樹木之後，將之鋸成四尺長的一段一段，然後，根據樹木的粗細、分類，歸在一起。這一點十分重要，同樣粗細的樹木要放在一起。

因爲這些木頭，要放進炭窯中去燒，使木頭變成木炭，一定要粗、細分類，才能掌握火候，使一個窯中粗細不同的木頭，在同一時間內，同時變成木炭。

炭窯，一般來說，兩丈高，有四個火口，那是燒火用的，火從四個洞口送進炭窯之內，火口在炭窯下半部，在炭窯中堆放木頭之際，也十分有講究，最粗的，堆在下面，最細的堆在上面。

堆木，是燒炭過程中一門相當高深的學問，由專人負責，稱爲堆木師傅。

（祁三在說到這裡的時候，十分驕傲地挺了挺胸：「有人說我是炭幫堆木的第一把手！」）

堆木有什麼學問呢？木和木之間的空隙，不能太大，空隙太大，空氣流通過多，通風太好，木頭得到充分的燃燒，就會燒成灰燼。堆得太密，空氣流通不夠，木料得不到需要的燃燒，就不會變成炭。

所以，堆木師傅有一句口訣，叫「逢四留一」，意思是四寸直徑的木料，就留一寸的空隙。

每一個炭窯之中，可以堆四層木料，最上層的最細。木料一堆好，就封窯口。窯口留下四寸直徑大小，然後，開始生火，四個火口，日夜不斷地燒，要燒四日四夜。在這四日四夜之中，負責燒火的火工，緊張得連眼都不能眨一眨，要全神貫注，把握火候。火太大，木料成灰；火太小，燒不成炭。

火工和他的助手，住在炭窯附近，其餘的人，就要遠離炭窯，因爲說不定什麼時候，會有毒氣，自炭窯之中噴出來，中者立斃，事先一點跡象也沒有，等到中毒的人感到呼吸困難，臉色轉爲深紅之際，已經來不及了，十個十個死，沒有一個能救活。

（祁三在說到這裡的時候，神情極其嚴肅，他甚至不知道那種中人立死的毒氣是什麼，但是我卻知道，那是一氧化碳。）

（整個燒炭過程，事實上是要木料在氧氣不充足的情形下燃燒，燃燒的熱力，恰好使木料中的水分抽乾，而使碳質完整地保留下來，成爲木炭。也就是令得碳水化合物的碳和水分離的一種過程。）

（在這樣的過程之中，會產生大量的一氧化碳，那是無色無嗅的氣體，性質極其不穩定，一和氧氣混合，立時化為二氧化碳。如果人吸了一氧化碳，這種性質極不穩定的氣體，就與人體內的氧結合，使人迅速缺氧而死，死者的皮膚，會呈現可怕的紫色。）

（炭窯的構造儘管緊密，但是在經年累月的使用之中，可能有一點裂縫，使充滿在炭窯中的一氧化碳逸出，在窯旁的人，自然首當其衝，極易中毒。）

在經過了四天四夜的加熱之後，用窯工的方式來說，就是燒了四天四夜之後，最重要的一個步驟來臨了。這個步驟，就是開窯。開窯，是所有燒炭的工序之中，最大的一件事，一定由炭幫的幫主四叔，親自主持。

在祁三的敘述中，開窯有很多神秘的色彩，例如四叔在開窯之前，一定要在神像前膜拜——我曾問祁三，炭幫崇拜的是什麼神，可是祁三只說是火神，可能是祝融氏。由於炭窯和火的關係實在太大，他們崇拜火神，也很自然。

拜神之後，所有參加開窯的人，都用在神前供過的水，浸濕毛巾，紮住口鼻，這樣，神就會保祐他們。

（這更容易解釋了，在氧氣不充足的情形之下，木料在窯中燃燒，整座窯內，充滿一氧化碳，一旦開窯，大量的一氧化碳，趁機逸出，自然造成極大的危險。而用濕毛巾紮住口鼻，正是防止吸入一氧化碳的最簡單的方法，用什麼水來濕毛巾都可以，供不供神，並無關係。）

四叔要來開窯的是一柄斧頭，這柄斧頭，是炭幫歷代相傳下來的。大斧一揮，封住的窯口劈開，四支人馬，早已準備好，立刻連續不斷，以極快的速度，傳遞水桶，向窯中淋水。

這是最驚心動魄的一刻，窯中冒出來的毒氣沖天，水淋進窯中去的聲響，震耳欲聾，再加上參加淋水的人，動作又快，一路吆喝。一窯炭是不是成功，就要靠這時的工作是不是配合得好。

等到水淋進窯中，再沒有白氣冒出來，整個燒炭過程就完成了，好幾萬斤的精炭，就可以出窯了。

在祁三的敘述中，我多少明白了何以炭幫的幫主，稱爲「四叔」，因爲在整個燒炭的過程之中，「四」這個數字，佔著極重要的位置。每一段木料，是四尺長短，炭窯的火口是四個，木料在窯內，堆成四層，燒炭的時間，是四日四夜，幾乎每一個程式，全和四有關，「四叔」的尊稱，大概由此而來。

祁三在講述的時候，十分囉嗦，有的時候，還雜亂無章，有時更加上很多無謂的敘述，像在拜神之類的儀式，他就連比帶說，足足講了近半小時，這些，我全將之略去，只要明白簡扼要的燒炭過程就可以了，其餘的，對整個故事，沒有太大的關係。

當祁三講完之後，我已經明白了燒炭的過程，也明白了「四叔」這個稱謂的由來。可是，最主要的一件事，祁三卻沒有說明，而且他也像是在故意規避這個問題一樣。這個問題就是：

那塊木炭，究竟有什麼特別呢？

這個問題，我一定要問。不過我知道，如果我直截了當地問出來，對方一定不會回答，在這塊木炭身上，不知道有什麼隱秘，祁三和邊五似乎都不想提及，他們只提到過「出事」，可是究竟出過什麼事，他們也沒有提起。我略想了一想，想到了一個比較技巧一點的問法。我問道：「這塊木炭，也是在剛才你所講的情形之下，燒出來的？」

這個問題的好處是，如果這塊木炭，真的沒有任何特別之處，那麼祁三只要答一個「是」字就可以了。而如果真有什麼特別，祁三一定十分難以回答，我就可以肯定，這塊木炭究竟是不是有古怪了。

果然，祁三和邊五兩人，一聽得我這樣問，都怔了一怔，顯然一時之間，不知該如何回答才好，祁三道：「這塊炭——這塊炭——這塊炭——」

祁三一連說了三次「這塊炭」，但就是沒有法子接著說下去。

祁三和邊五互望了一眼，兩個人都不出聲。邊五的那半邊臉上，一片木然，一點喜怒哀樂的表情都沒有，真叫人想不透他心中在想些什麼。而祁三則一臉爲難的神色。

我當然不肯就此放過，因爲我肯定這塊木炭有古怪！我又道：「邊先生是不是因爲一次出事——而——」

邊五一聽得我這樣說，震動了一下：「是的，我——破了相。」

我道：「男子漢大丈夫，又不是娘們，破點相，算不了什麼大事！」

我這句話，倒真是迎合了邊五的胃口，他震動了一下：「謝——謝你！」

我又道：「那次意外一定很不尋常？和這塊木炭有關？」

這個問題，又沒有得到立即的答覆，祁三和邊五又互望了一眼，祁三才嘆了一聲：「衛先生，白大小姐，本來，我們應該告訴你，可是——可是不知道四嬸是不是願意！」

白素直到這時才開口，她的語氣，聽來全然不想知道那塊木炭的秘密，但是她講的話，卻十分有力：「四嬸當然心許了，不然，她怎麼會讓你們兩個和我們談那麼久？」

白素的話才一出口，祁三和邊五兩人，就一起「啊」地一聲，祁三道：「對啊！」他接著又望向邊五：「老五，是你說還是我說？」

邊五道：「你說吧，我講話也不怎麼俐落，反正那個人來的時候，你也在！」

祁三連聲道：「是！是！」

我極其興奮，因為我知道，這塊木炭的後面，真有一個十分隱秘的故事在！而他們快要講出來了！在邊五的那句話中，我已經至少知道了事情和一個人有關，而邊五在提到那個人的時候，神情極古怪，聲音也不由自主在發著顫，連祁三似乎也有一種極度的恐怖之感。他在應了邊五的話之後，好一會不出聲，我也沒有去催他，好讓他集中精神，慢慢將事情想起來。

過了好一會，祁三才吸了一口氣：「那是好多年以前的事了！」

邊五道：「是四叔接任後的第二年！」

祁三道：「對，第二年。」他講到這裡，又頓了一頓：「我還記得那一天，四叔在一天之內，連開了七座窯，到日落西山的時候，他已經極疲倦，開窯那種辛苦緊張法，真是鐵打的漢子也受不住！」

邊五又插了一句，道：「那天，我們陪著四叔回去的時候，太陽才下山，天邊的火燒雲，紅通了半邊天，我對四叔說：『四叔，你看這天，明天說不定會下大雨，該封的窯，得早點下手才好！』我還記得，我這樣一說，四叔立刻大聲吩咐了幾個人，去辦這件事！

祁三道：「是的，天悶熱得厲害，我們一起到了四叔的家──衛先生，白大小姐，四叔在家鄉的宅子和這所宅子完全一樣！」

我和白素點著頭，我心中有點嫌他們兩人講得太詳細了。但是他們的敘述詳細，也有好處，我可以更清楚地知道當年發生的一切。

祁三又道：「我們進了門，一干兄弟，照例向我們行禮，老七忽然走過來──」

我問道：「老七又是誰？」

邊五道：「我們幫裡，一共有八個人，是全幫的首腦，管著各堂的事。」

我點頭道：「我明白了！」

邊五道：「只怕你不明白，幫主是四叔，三哥因為在幫中久，又曾立過大功，所以才可以排行第三，幫裡沒有一、二兩個排行！」

邊五在這樣介紹解釋的時候，祁三挺直了胸，一副自得的樣子。我不追問祁三立過什麼大功，只怕一追問，又不知道要說多久。事實上，所謂「大功」，對一般幫會而言，無非是爭奪地盤，爲幫中的利益而與他人衝突之際，殺過對方的很多人而已！我沒有興趣去知道，只是點頭，表示明白。

祁三又道：「老七走過來，向四叔行了禮，他臉上的神情不怎麼好：『四叔，有一個人，下午就來了，一直在等你！』經常從各地來見四叔的人十分多，四叔也愛交朋友，朋友來，他從來也不令朋友失望。可是那天，他實在太疲倦，怔了一怔，對我道：『老三，你代我去見一見，我想歇歇！』我當然答應。老七又道：『那人在小客廳！』小客廳，就是我們現在在的這一間。」

我和白素都明白他的意思，因爲他曾說過，舊宅的房子，和如今這幢房子，在格局上一樣。

祁三又道：「四叔一吩咐完，進了客廳之後，就逕自上樓，我，老五和老七，老五，是你發現老七的神色有點不怎麼對頭的，是不是？」

邊五道：「是，老七的神色很不對頭。白大小姐，你沒見過老七？老七是幫裡最狠的一個人，不論是多麼危險的事，他從來不皺一皺眉，他受過不知多少次傷，身上全是疤，他的外號，叫花皮金剛！」

我聽著邊五用十分崇敬的口吻介紹「老七」，啼笑皆非，這種只是在傳奇小說中的人物，實際上竟存在，真是怪事！

邊五又道：「我看到老七，在望著四叔上樓梯的背影時，欲語又止，而且似乎很有爲難的神色，我就問道：『老七，什麼事？』老七沒立即答我，只是向小客廳的門指了一指，我忙道：『來的那人，是來找岔子的？』衛先生，炭幫的勢力大，在江湖上闖，自然不時有人來找岔子！」

我道：「我明白，在那年頭，誰的拳頭硬，誰就狠！」

我這樣說，對他們多少有點諷刺，可是，他們兩人卻全然不覺得。

邊五道：「老七當時道：『看來也不像是來找岔子的，可是總有點怪！』三哥笑了起來，道：『見到他，就知道他是什麼路數了。』我也點頭稱是，我們三個人，一起走進了小客廳。」

邊五說到這裡，向祁三望了一眼。邊五的「望一眼」，是真正的「一眼」，因爲他只有一隻眼睛露在外面。另外一隻眼，和他的整個另外半邊臉，都在那種特殊面罩下。

在邊五向祁三望一眼之際，他那一隻眼睛之中，流露出一種茫然不可解的神情來。顯然，當年他們三人，進了小客廳之後見到的那人，有什麼事，是令得他至今不解的。

祁三接了下去：「我們三人一起進了小客廳，一進去，就看到一個人，背對著門，站著，在看看那邊角几上的一隻小香爐——」

祁三講到這裡，向一角指了一指。我向那一角看去，角落上確然放著一隻角几。可知道這屋子的格式不但和以前一樣，連屋中的陳設位置也一樣。

祁三道：「我們一進去，見到了那人，邊五就道：『朋友，歪線上來的，正線上來的？』」

我聽到這裡，和白素互望了一眼，心中覺得好笑。這一類的話，我好久沒聽到了，那是淮河流域一帶幫會中的「切口」。所謂「切口」，就是幫會中人自行創造的一種語言，有別於正常的用語。中國各地幫會的切口之多，種類之豐富，足足可以寫一篇洋洋大觀的博士論文，邊五這句話的意思，就是在問那個人，是存著好意來的，還是不懷好意來的。

祁三繼續道：「老五一問，那人轉過身來，他一轉過身來，我們三個人全怔了一怔。那個人，樣子十分斯文，穿著一件白紡長衫，几上放著一頂銅盆帽，當然也是他的，他甚至還穿著一雙白皮鞋，不過鄉下地方，沒有好路，他的白皮鞋已經變成泥黃色了。看他的情形，分明不是幫會中的人！」

我插言道：「那麼，他一定聽不懂邊先生的切口了！」

邊五道：「是的，他完全聽不懂，他轉過身來，一臉疑惑的神色，問道：『甚麼？』我當時笑了起來，向三哥和老七道：『原來是空子！』就是不屬於任何幫會組織的人！那人又道：『哪一位是炭幫的——四叔？』他一面說，一面搓著手，神情像是很焦切。」

祁三道：「我回答他，道：『四叔今天很疲倦，不想見客，你有什麼事，對我說吧！我叫祁三。』衛先生，白大小姐，不是我祁三自己吹牛，我的名字，兩淮南北，一說出來，誰不知道！但是那人像根本未曾聽過我的名字一樣，只是『哦哦』兩聲：『我想見四叔，他能拿主意，不然要遲了！只怕已經遲了！』我十分生氣，大聲道：『你有什麼事，只管說，我就能拿主意！』」

邊五道：「不錯，幫中之事，三哥是可以拿主意的。可是再也想不到，那人聽得三哥這樣說，向三哥走了過來：『祁先生，那麼，求求你，秋字號窯，還沒有生火，能不能開一開？』」邊五說到這裡，低下了頭，他的一隻手，緊緊握著拳，手指節骨之間，發出格格的聲響，顯然事隔多年，他一想起了那陌生人的要求，心中仍是十分激動。

祁三的神情，也相當奇特，這使我有點不明白。那陌生人的要求，雖然奇特一點，可是也沒有什麼大不了。祁三望了我一下，道：「衛先生，你不明白，那天，四叔開了七座窯，我也沒有閒著，我是負責堆窯的，那天我堆了四座窯，是秋、收、冬、藏，我們的窯，是依據千字文來編號的。」

炭窯居然根據千字文來編號，這倒頗出人意表之外，或許因爲千字文全是四個字一句，合了「四叔」的胃口之故。

我點了點頭：「那人的要求是特別一點，可是——」

祁三不等我講完，就激動地叫了起來：「堆好了木材，窯就封起來了，只等吉時，就開始生火。那天，吉時已經選好，是在卯時，在這樣的情形下，已經封好了的窯，萬萬不能打開！」

我和白素齊聲問道：「為什麼？」

祁三道：「那是規矩！」他的臉也脹紅了，重複道：「那是規矩。封了窯之後，不等到可以出炭，絕不能再打開窯來，那是規矩！」

我吸了一口氣：「如果封了窯之後，沒有生火，又打開窯來，那會怎樣？」

我這樣一問，邊五睜大他的單眼望定了我，祁三無意義地揮著手：「絕不能這樣做，也——從來沒有人這樣做過！」

白素踫了我一下，示意我別再問下去。我也不想再問下去了，因為任何事，一涉及「規矩」，幾乎就是沒有什麼道理可講的。

第五部：陌生人奇怪之極的要求和行動

我沒有再說什麼，邊五和祁三，顯然在等激動的情緒平靜下來。

過了好一會，祁三才道：「那人提出了這樣的一個要求，我們三個人，當時就怔住了！這是炭幫最大的禁諱，這人竟然毫不避忌地提了出來，這不是分明要我們炭幫好看？老七年輕，沈不住氣，一伸手，就抓住了那人的手臂，喝道：『你來找岔子，得拿真本事出來！』老七是擒拿手的名家，他一抓住了那人的手臂，只當那人一定會反抗，所以先下手爲強，立時出手，手腕一翻——」

祁三講到這裡，我就「啊」地一聲：「這下子，那陌生人的手臂，非脫骱不可！」

祁三和邊五一齊吃了一驚：「衛先生，你認識這個人？」

我道：「當然不認識！不過從你們形容之中，我想這個人一定不懂武術，他不會武術，老七使的這一招是虎爪擒拿中的殺著，那人還不糟糕？」

邊五嘆了一聲：「是！誰知道那人竟然一點不懂武功，老七一出手，『拍』地一聲響，那人的手臂便脫了骱，連老七也一呆，那人痛得臉色煞白。三哥在一旁看出不對，忙道：『老七，快替他接上，來者是客，怎麼可以這樣魯莽！』三哥是在替老七的突然出手找場子，老七呆了一呆，伸手一托，將那人的臂骨托上了節，那人痛得坐了下來，好一會出不了聲。三哥心細，走過去，拍著那人的肩：『朋友，你剛才的話，再也別提，這是我們幫裡的大忌！雖然你是空子，可是叫幫裡的兄弟聽到了，我們也難保你的安全！』那人聽了三哥的話，哭喪著臉，好一會不說話。」

祁三接上去道：「我們還以為那人就此不提了，這時，我認為他多半是受了甚麼人的攛掇，來找麻煩的，想好言好語在他口中套出究竟是誰指使他來的。可是，那人緩過氣來之後，竟然又道：『求求你們，開秋字號窯，我有十分要緊的事！』」

祁三說到這裡，略頓了一頓：「到這時候，老五也沈不住氣了，喝道：『滾你媽的蛋，你再說一句，將你腦袋揪下來！』別看那人文弱，倒還挺倔強的，他道：『就算將我腦袋揪下來也不要緊，可是我的要求，希望你們答應！』」

我聽到這裡，忍不住問道：「那陌生人要開窯，究竟是想幹什麼啊？」

祁三道：「是啊，那人這樣堅決，我們倒也不便一味呼喝他。一個人拚著掉腦袋，也要幹一件事，總有他一定的道理！」

白素道：「或許，他以為你只是恫嚇他！」

祁三一聽，立時向邊五望了一眼，邊五一言不發，一伸手，就拿起了几上的一罐香煙來，伸手一捏，香煙罐被捏得成了一束，鐵皮像是紙頭一樣！

邊五雖然沒開口，可是他的意思，再明白也沒有。

他在當時，用「把你腦袋揪下來」的話去嚇那個陌生人之際，一定有著同樣的動作，表現了他超特的手力。那時他當然雙手俱全，這樣的動作，叫人深信他可以毫不費力地將一個人的腦袋揪下來。而那陌生人居然不怕，自然使邊五他們，對這個陌生人另眼相看。

祁三又道：「我就問他：『你要開窯，究竟是想幹什麼？』那人立即回答：『我要在窯中，取一樣十分重要的東西出來！』老七吐了一口口水，道：『呸！窯裡面有什麼重要的東西，除了木頭，還是木頭！』那人道：『就是一段木頭！』」

祁三說到這裡，長長地嘆了一口氣。

我和白素互望了一下，心中也莫名其妙，心想這個陌生人實在太古怪，木頭，在當地滿山遍野都是，何必硬要去犯人家的忌諱，將封好的窯打開來，在窯中取一塊木頭！

邊五道：「當時，我們三個人都忍不住了，大聲喝罵著，也許是由於我們的聲音，驚動了四叔，四叔走了進來，問：『什麼事？這位是——』老七一見四叔，就將那人的要求，轉述給四叔聽，四叔的臉色十分難看，厲聲道：『朋友，你和我們有什麼過不去？』那人道：『你別誤會，我只是想取回一段木頭！』四叔厲聲道：『什麼木頭，你說清楚點！』」

祁三接上了口：「真怪，那人的行動，我到現在，還如同在眼前一樣！」

他一面說，一面站了起來，來到一張几旁，指著几：「那人一聽得四叔這樣問，就來到了這張几旁，在几上，放著一隻黑色的小皮箱，他打開——當他打開皮箱的時候，我們真的還很緊張，怕他從中抽出什麼傢伙來。可是，他只取出一隻紙袋，又從紙袋中，取出一疊折好了的紙。」

邊五也道：「是的，真是怪到了極點，我們都不知道他要幹什麼。他取出了那張紙之後，攤了開來：『幾位請過來看！』我們一起走過去，那張紙上，畫著許多圓圈，也寫著很多字，看來像一張地圖！」

祁三道：「就是一張地圖，那人指著紙上，一面指一面說著，他對北山的地形，聽起來比我還熟，指著一處圓圈：『這裡是貓爪坳。』我一聽就愣了一愣，貓爪坳是一個小山坳，除了土生土長的人，外地人根本不可能知道有這樣的一個地名的，可是那人居然說了出來。他又道：『這裡北邊的一片林子，全叫採伐了。』老七大聲道：『是的，那是上個月的事情。』」

祁三又嘆了一聲：「當時，那人又嘆了一聲：『真是造化弄人，我要是早一個月來，甚至於早一天到，就什麼事也沒有了！』」

祁三道：「四叔很不耐煩：『你究竟想要什麼？』那人道：『在這片林子中，有一株樹，叫伐了下來，我就是要找這株樹，我已經查明白了，這一片林子伐下來之後，堆在東邊場上，就在今天上午，木料被裝進了秋字號的窯中。』那人說到這裡，四叔向我望了過來，我攤著手道：『木料全是一樣的，你怎麼知道你要找的木料，進了秋字號窯？』那人的回答，古怪到了極點。」

邊五道：「是啊，他只是說：『我知道，我知道，定是在秋字號窯中，求求你們，開了窯，我只要一將它取出來，立刻就走！』唉，白大小姐，你想想，那人這樣子，我們該怎麼樣？」

白素說道：「當然應該問他，那段木料，那株樹，有什麼特別！」

祁三道：「四叔問過了，他卻不回答，樣子又古怪。四叔實在忍不住了：『老七，這人是神經病，將他攆出去！』老七早就在等這個命令，一伸手，抓住了那人的手，再一扯，抓住了他的衣領，提著他，連推帶拖，將那人直攆了出去。等到趕走了那人之後，才發現那人的皮箱留了下來，未曾帶走。當時，誰也不介意，以爲他一定會回來取的。」

祁三和邊五輪流敘述著，他們講得十分詳細，到此爲止，我還是未曾聽出一個頭緒來。雖然覺得事情怪異，但是以後會如何發展，根本無從料起。所以，我只是問了一句：「那陌生人後來沒有回來？」

祁三和邊五沈默了好一會。祁三才答非所問：「幫裡事忙，我們都不再提這個人，晚飯過後，我、老五、四叔又去巡窯，火工已經堆好了柴火，有十四口窯，要在卯時一起生火，生火的吉時愈近，就愈是緊張，一切全要準備妥當，一點也馬虎不得。眼看卯時漸近了，四叔大聲發著號令，突然——突然——」

祁三講到這裡，聲音有點發顫，竟然講不下去，用手推了推邊五。

邊五道：「突然，秋字號窯那裡，有人叫了起來，我們奔過去一看，看到了那個瘋子，在拚命向窯頂上爬著，已經爬了有一半以上。生火的吉時快到了，這瘋子——就是要我們開窯，好讓他自窯中取出一段木料來的那個人，竟然要爬上窯頂去。他的背上，還繫著一柄斧，顯然他是要不顧一切將封好的窯劈開來。這種事，在炭幫裡，從來也沒有發生過。當時，不知道有多少人在一起叫著：『下來！下來！』可是那瘋子卻一個勁兒向上爬！」

祁三緩過了氣，才又道：「四叔也急了，叫道：『老五，抓他下來！』老五一聽，連忙向上爬去。就在這時，那人已到了窯頂，窯頂有一個洞，他一看到那個洞，就湧身跳了下去，也就在這時，鑼聲響起，吉時已到了！」

我聽到這裡，忙道：「等一等！」

我也有緩不過氣來的感覺，在叫了一下之後，隔了一會，才道：「吉時到了，是什麼意思？」

白素的聲音很低：「吉時一到，就要生火！」

祁三道：「是的，吉時一到就要生火，火口旁的火工，早已抓定了火把在等著——」

我聽得有點不寒而慄：「可是，可是有人跳進了窯去！」

祁三吞了一口口水：「是的，所以鑼聲響了之後，秋字號的火工頭，一時之間決定不下，望著四叔，四叔也呆住了，這是從來也沒有發生過的事，鑼聲在響著，一下，兩下，三下，鑼聲只響四下，吉時就要過去，四叔下令：『投火！』」

我霍地站了起來。

我不但是震驚，而且是憤怒。有一個人進了窯裡，四叔居然還下令投火？要將這個人活活燒死？我用極其嚴厲的眼光，望定了祁三和邊五。

我想，他們兩人，多少也應該有一點慚愧才是。可是出乎我意料之外，他們也望著我，竟然毫無內咎之色。

我大聲說道：「你們——你們想將一個人活活燒死在炭窯裡面！」

祁三立即道：「四叔是看到老五已經爬到了窯頂，才下令投火的！」

我道：「那又怎麼樣？」

白素緊握著我的手，顯然是她的心中，也感到了極度的震駭。

祁三道：「以老五的身手而論，他可以將那人拖出來，而不延誤吉時。」

我咕噥了一聲，想罵一句「見鬼的吉時」，但是沒有罵出來。

祁三停了片刻，望著邊五，好一會才道：「火工立時將火把投進火口，老五也從窯頂的洞中，跳了進去。老五一跳進去，所有人全靜了下來。我不知道過了多久，老五，你可知道自己在窯裡多久？」

邊五道：「我不知道，我一跳進去，火已經從四面八方，轟撞了過來。四個火口，一著了火，只有窯頂上有一個洞，火就先集中在窯的中間，然後向上竄，煙和火薰得我什麼也看不見，我不知道自己在窯中耽了多久，甚至連自己是怎樣爬出窯來的也不知道！」

祁三的神情極激動，說道：「老五一跳進去，四叔、我、老七，還有好多人，就一起向窯上爬，去接應他，一直到我們上了窯頂，才看到一隻手，自窯頂的洞口伸出來，我伸手一抓一拉——」

祁三說到這裡，面肉抽搐，神情驚怖之極，轉過臉去，走向屋角。

他在走向屋角之後，背對著我們，肩頭還在抖動，甚至發出了一陣類如抽噎似的聲音來。

這真使我愕然，如果不是當年發生的事，真是可怕之極，他決不會在隔了那麼多年之後講起來，還如此之激動！

邊五看來，神色慘白，但是他反倒比祁三鎮定一點：「三哥，事情已經發生，不必難過！」

我聽到祁三深深的吸氣聲，接著看到他轉過身來，伸手指著邊五的空衣袖，面肉抽搐著，過了好一會，才道：「我一看到有一隻手自窯頂的洞中伸出來，立時伸手去抓，我一握住了那隻手，想用力將他拉出窯來。可是，可是——我用力一拉，我整個人向後一仰，一個站不穩，自窯上，直滾下來——」

祁三講到這裡，聲音發顫，他一定要極大的勇氣，才能繼續敘述下去。

他喘了幾口氣，續道：「我不知道發生了什麼事，我明明抓住了老五的手，爲什麼我會摔下來呢！一直到我著了地，我才看清楚，不錯，我仍然抓住了老五的手。我那一拉的力道太大了，將老五的一條手臂，硬生生地拉了下來！當我一看清這一點，我叫了起來——」

祁三講到這裡，又不由自主，叫了一下。

我當然知道，他如今的這一下叫聲，絕不能和當年，他以爲抓到了一個人，但結果發現只是抓下了一條手臂時發出的那下叫聲相比，但聽來，仍是令人不寒而慄。

祁老三在叫了一下後，雙手掩住了臉，身子劇烈地發著抖。

我和白素，也聽得呆了。雖然我未曾親身經歷，祁三的敘述也不見得如何生動，但是我仍然可以想像得到，當時在這座秋字號炭窯附近驚心動魄的那種情形。

祁三在講到他滾跌到了地上，發現他手中抓著的，只是邊五的一條手臂之際，他心中一定以爲是自己將邊五的手臂，硬生生扯下來的了！

白素忙說道：「三叔，五叔一定先受了傷，不然，你一拉之下，不可能將他的手臂拉下來的！」

邊五道：「是這樣，那麼多年來，我一直告訴他，是我在窯裡受了傷。我一進窯，火勢猛烈，我想我的手臂，根本已經燒焦了一截，因爲我急著逃命，所以也不覺得痛，三哥這一拉，就將本來已燒焦的手臂拉斷了！」

我不能不佩服邊五，他在說這件事的時候，像完全和他無關！

祁三放下雙手來：「老五，是我害了你！」

邊五道：「你救了我！你那一拉，雖然我失去了一條手臂，可是身子也向上聳了一聳，老七一伸手，抓住了我的頭髮，使我的身子不致再向下落去，接著，四叔就撈住了我的肩頭，將我拖了出來。」

祁三吞了一口口水：「我一看到自己手中抓到的只是一條手臂，抬頭向窯頂看去，看到老七和四叔，已經七手八腳，將你抱了出來，我還聽得你尖叫了一聲！」

邊五道：「是的，我才從窯洞中出來時，還有知覺，外面的風一吹，我才感到痛，就叫了一聲，在叫了一聲之後，我就昏了過去。」

祁三道：「我跳了起來，四叔他們，已經將老五搬了下來，老五斷了一條膀子，肩頭上一片焦糊，還有一截白骨，也被燒焦了，沒有血，他的半邊臉——」

邊五進入了著火的炭窯之中，時間雖然短，但是猛烈的火焰，已將他的肩頭和手臂連接之處燒斷，他半邊被燒傷的臉，傷勢如何可怖，可想而知！

邊五道：「據四叔說，我昏迷了半個來月，才醒過來，這條命，居然能揀回來，真是天老爺沒眼，嘿嘿！」

邊五這樣說，當然是死裡逃生之後的一種氣話，我們都不出聲，我又向邊五露在外面的半邊臉望了一眼：「還好，只是一邊受了灼傷！」

邊五道：「傷是全傷了的，不過炭幫，對於各種灼傷的治療，一向十分有經驗，而且，也有不少獨步單方，只要燒得不是太凶，可以痊癒。」

我點了點頭，炭幫和火，有著密切關係，受火灼的機會自然也特別多，經年累月下來，當然有治燒傷的好藥。

祁三漸漸鎮定下來。由於他剛才講述那些事，實在太令人驚心，是以一時之間，沒有人再開口。

我正在想像著當時的情形，陡地想起了一件事來，失聲道：「那個陌生人，邊先生跳進窯去，是準備去拉他出來的，結果邊先生出了事，那個陌生人——」

其實，我在想到這個問題之際，也立即想到了答案。

因爲那陌生人先邊五跳進窯中，以邊五的身手而論，尙且一跳進炭窯之中，就被烈火燒掉了一條膀子，何況那個在祁三的口中形容起來，是「文質彬彬」的陌生人！他簡直不是凶多吉少，而是肯定有死無生！

祁三和邊五兩人，都好一會不出聲，過了好一會，祁三才竭力以平淡的聲音道：「那陌生人，當然死在炭窯裡了！」

這是我早已知道了的答案，我實在忍不住想責備他們幾句，可是我一看到了邊五這種樣子，他已經付出了極大的代價，又不忍心開口。雖然整件事，看來有點陰錯陽差，但是歸根結蒂，還是由於炭幫幾百年來積下來的愚昧迷信所造成，似乎不應該責備任何人！

我嘆了一聲，有點無可奈何地道：「以後呢？事情又有點什麼新發展？」

祁三又呆了片刻：「我跳起來，他們已經將老五抬下來，我像是瘋子一樣，想將老五的斷臂，向他的肩頭上湊去，像是那樣就可以使他的膀子，重新再長在他身上。幾個兄弟硬將我拉了開來，幾個人七手八腳，抬走了老五，這時，有人叫道：『窯頂！窯頂！』我在慌亂之中，抬頭看去，看到有一股火柱，直從窯頂的破洞中，衝了上來！」

邊五道：「炭窯的頂上，在封窯之後，只有四寸徑的一個小洞，那人在爬上去的時候，也不知道他哪裡來的蠻力，在跳下去之前，用雙足踹穿了將近半尺厚的封泥，踹出了一個一尺見方大小洞，他從那個洞中跳下去，我也是從這個洞中跳下去的。」

祁三又道：「由於窯頂的洞大了，而火口又一直有火在送進去，所以火從窯頂冒了出來，像是一條火龍。當時，立時又有人爬了上去，用濕泥將封口封了起來，仍舊只留下四寸的一個小洞！」

我欠了欠身子，想說話，可是我還沒有開口，白素已經揣知了我的心意：「如果當時你在場，而又有著最好的避火設備，你有什麼法子？」

本來，我是想說一句：「你們難道連救那陌生人的念頭都沒有」。但是經白素這樣一問，我也不禁苦笑了起來。

的確，當時，在這樣的情形之下，就算我在場，又有著極其精良的石棉衣，可以使我跳進炭窯一個短時間，我又有什麼辦法呢？

我一樣沒有辦法，因爲那陌生人一定早已死了，就算我跳進去，也沒有意義！

我忍住了沒有再出聲，祁三望了我一下，繼續道：「四叔忙著救人，替老五治傷，老五一直昏迷不醒，我和四叔一起，回到了他的住所，天已差不多快亮了。我、四叔，還有幾個弟兄，一起坐在這裡——坐在小客廳中。四嬸也知道出了事，可是她一向不怎麼理會窯上的事，陪了我們一會就離開了。四叔緊皺著眉，我們大家心裡，也很不快樂。」

祁三說著，又靜了片刻，才道：「好一會，老七才嵩了一聲，道：『那渾蛋究竟是什麼來路？他真的想到炭窯裡去取一段木頭出來？世上哪有爲了一段木頭，而賠了性命的人？』對於老七的問題，我們全答不上來。就在這時，我一眼看到了那人帶來的那隻小皮箱。我一伸手，將小皮箱提了過來，道：『四叔，這人叫什麼名字，從哪裡來的，我們都不知道，打開皮箱來看看，或許可以知道一點來龍去脈。』四叔煩惱得簡直不願意說話，他只是點了點頭，表示同意。」

祁三又停了一停，才又道：「我弄開了鎖，打開了小皮箱，小皮箱中，除了幾件舊衣服之外，便沒有什麼別的，在皮箱蓋上的夾袋中，倒找到了一些東西，有車票，有一點錢，還有一張紙，上面寫著一些字——」

祁三講到這裡，又停了一停，現出一種訝異的神情來：「那人像是知道自己會有什麼不測一樣，在那張紙上，他清清楚楚地寫著他姓什麼叫什麼，從哪裡來，幹什麼！」

邊五悶哼了一聲：「我們本來以爲這個人，一定存心和我們搗蛋，誰知道一看，全然不是那麼一回事！」

我問道：「這個人——」

祁三道：「這個人，叫林子淵，從江蘇省句容縣來，他是句容縣一家小學的校長。」

我呆了一呆，句容，是江蘇省的一個小縣。一個小縣的縣城之中的一個小學校長，老遠地跑到安徽省的炭幫，要從一座炭窯之中，取出一段木頭，這種事，未免太不可思議了！

祁三的神情也很古怪：「當時，我們全呆住了，不知道這張紙上所寫的是真是假，四叔呆了一會，將紙摺了起來，小心放好：『等這一批窯開窯之後，我要到句容縣走一遭，老三，幫裡的事情，在我離開之後，由你照料！』我道：『四叔，這些小事，你不必再放在心上了！』四叔嘆了一聲：『老三，事情太怪，而且人命關天，這個人不明不白，葬身在窯裡，他應該還有家人，我得去通知他家人一聲。』老七道：『隨便派一個人去就可以了！』可是四叔一直搖頭不答應，非要自己親身去不可！」

我聽到這裡，嘆了一聲：「祁先生，你不明白四叔的心意麼？」祁三道：「我明白的，四叔心裡很難過，因為在那人跳進去之後，他下令生火。可是，那時，不生火實在不行，他其實不必難過！」

我對祁三的這幾句話，沒有作什麼批評，祁三繼續道：「在接下來的幾天之內，炭幫上下，都顯得有點異樣，和人見了面，都不怎麼說話。因為一說話，就要提起那件事，可是又沒有人願意提起，大家都只是喝悶酒，那幾天內，喝醉了酒打架的事也特別多。一直到第四天，該開窯了，收了火，水龍隊也準備好。同一時間生火的一共有五座窯，連四叔在內，大家都不約而同，將秋字號窯，放在最後。」

祁三講到這裡，伸手抹了抹臉，神情顯得很緊張。他道：「三座窯開了之後，並沒有什麼意外，我和四叔，上了秋字號窯的頂，大家都用濕毛巾紮著口鼻，四叔在揮斧之前，喃喃地說了幾句話，我沒有聽清楚，多半是要死去的人，不要作怪，大抵是這樣。然後，他揮動斧頭，一斧砍下去，將窯頂的封泥砍開，水龍隊早已準備淋水上去，可是四叔一斧才砍下，窯內突然傳來『轟』地一聲響，從被砍開的破洞之中噴出來的，不是無影無蹤的毒氣，而是雪花一樣白的灰柱！」

祁三說到這裡，不由自主地喘著氣。

我聽到這裡，也不由自主，「啊」地一聲：「這一窯炭，燒壞了！」

祁三仍然不出聲，邊五道：「是的，這種情形，我們叫作『噴窯』，『噴窯』是所有災難之中，最嚴重的一種，不但一窯的木料，全成了灰燼，而且極不吉利。經過噴窯的窯，不能再用。這種事，已經有好幾十年不曾發生過了！」

祁三接上了口：「那股雪花一樣白的灰柱，自窯頂的破柱之中直冒了起來，冒得有三四丈高。一冒起來，就四下散開。所有的人全叫了起來：『噴窯了！噴窯了！』我也想叫，可是卻叫不出來，灰火燙，我們幾個在窯頂的人，早已一頭一臉一身全是灰。幸好灰見風就涼，我們沒有什麼傷，我一拉四叔，我們全從窯頂滾跌了下來。」

祁三嘆了一聲：「水龍隊的人，吆喝著，仍然向窯中灌著水，一直到不再有灰冒出來為止。秋字號窯，從此就算完了！」

我忍不住又問道：「那個陌生人，他叫什麼名字！對，林子淵的殘骸——」

祁三沒有正面回答我這個問題，只是道：「第二天，四叔就走了，他一個人去。四叔去了之後，幫裡的事由我來管，我唯恐又有什麼意外，所以不准任何人走近秋字號窯，可是一連多天，幫裡沒有什麼事發生。四叔不在的那段時間中，一切全都很順利，也出了好幾次窯，而且，老五的傷勢雖然重，也醒了過來。」

我耐心地聽著，等他講四叔回來的結果。祁三繼續說著：「四叔去了幾乎整整一個月才回來，他回來之後，看了老五的傷勢，就拉著我，進了這裡，進了小客廳，神色嚴重：『老三，你得幫我做一件事！』我們入幫的時候，全是下過誓言的，四叔有令，水裡來，火裡去，不容推辭，四叔實在不必和我商量，他既然和我商量了，就一定事情十分不尋常。」

我忙道：「等一等，祁先生，四叔難道沒有說起他在句容縣有沒有見到林子淵的家人？他爲什麼離開一個月之久？」

祁三吸了一口氣：「沒有，四叔沒有說起。他不說，而且顯得心事重重，我自然也不便問！」

祁三講到這裡，看到我又想開口，他作了一個手勢：「四叔在那一個月之中，做了些什麼，他一直沒有說起，我一直不知道！」

我的心中充滿了疑惑，事情本來就已經夠神秘的了，四叔居然對他離去了一個多月，作了些什麼事，不加提起，這更神秘了！

我道：「這——好像不怎麼對，四叔爲什麼不提起？」

祁三道：「我也不知道，直到老五的傷好了大半，可以行動之際，他有一次，問過四叔。」

祁三說到這裡，向邊五望了一眼，邊五道：「是的，我那時，以爲四叔到句容縣去幹了一些什麼事，已經對其他兄弟說過了，只不過因爲我受了傷，沒有在場，所以才不知道。那天晚上，我們有六七個人，聚在一起，我隨口問了一句，說道：『四叔，你有沒有見到那姓林的家人？這姓林的，究竟是在玩什麼花樣？』四叔一聽得這話，臉色就變了。」

祁三接上去道：「是的，四叔的臉色，變得十分難看。這件事，本來我們兄弟都想問，不過都不敢，老五一問，我們自然地想知道答案，所以一起向四叔望去，等他回答。在一起的全是老兄弟了，誰也沒見過四叔的臉那麼難看。老五也立刻知道自己說錯了話。」

邊五苦笑道：「我當時，簡直莫名其妙，不知道該怎樣才好。過了好一會，四叔才嘆了一聲：『林子淵，有一個兒子，年紀還小，什麼也不懂，我留下了一筆錢給他，足夠他生活的了！』我們都知道四叔出手豪闊，這筆錢，一定不在少數。四叔又道：『算了，這件事，以後誰也不要再提了！』從此之後，就沒有人再提起這件事，除了四叔自己之外，誰也不知內情！」

我嗯地一聲，想了片刻，四叔的句容縣之行，一定另有內情，不過事情已過去了那麼多年，只怕是誰也不知道了！

我想了一會之後，又問道：「祁先生，請你接下去說，四叔回來的那天晚上，要你做什麼事？」

祁三道：「當時我就道：『四叔，不論什麼事，你只管吩咐好了！』四叔望著我，道：『老三，我要你陪我，一起進秋字號炭窯中去！』我一聽，就傻愣了半晌，說不出話來。進秋字號炭窯去，那是爲了什麼？去找那姓林的骸骨？那一定找不到。秋字號炭窯出了事，經過

『噴窯』之後，滿窯全是積灰，人不能由窯門進去，灰阻住了窯門。要是由洞頂下去的話，一定危險之極，因爲人要是沈進了積灰，積灰向七竅一鑽，根本就沒有掙扎的機會！」

第六部：怪客的兒子對木炭有興趣

我點著頭，這種危險，可想而知。

祁三的氣息有點急促：「當時我就問：『四叔，爲了什麼？』四叔道：『老三，別問，我要你和我一起去，只怕我一個人進去之後上不來！』我忙道：『老五已經受了重傷，事情是姅林的生出來的，我們對得起他！』」

祁三道：「四叔十分固執，道：『我非去不可，也只有你能幫我！』我只好道：『好吧！這就去？』四叔點了點頭，我去準備了一下，帶了一大綑繩子。」

祁三的神情，又變得十分怪異，他頓了一頓才又道：「我和四叔，一起到了秋字號窯附近。經過噴窯之後，附近沒有人到，極靜，我和四叔一起上了窯頂，我燃著了兩把火把，將繩子抖開，拴住了我和四叔的腰，將繩子的另一端，繫在窯頂上，我在先，四叔在後，我們就從窯頂的洞中，縋了下去。」

祁三愈是說，神情愈是怪異，停頓的次數也愈多。他又道：「一縋進窯中，火把照耀，窯的下半部全是灰，灰平整得像是積雪一樣。我在縋下來的時候，計算過繩子的長度，但還是算長了兩尺，以致繩子一放盡，我和四叔兩人的雙腿，就陷進了積灰之中。這時，在火把的光芒照耀下，我和四叔兩人，都不由自主，叫了起來，一叫，回聲在窯中響起，激起了一陣灰霧。

但是，我們仍然可以看得十分淸楚，在積灰之上，有一塊木炭在，方方整整的一塊，一小半埋在灰裡，一大半露在積灰之上！」

我一怔，失聲道：「就是現在這一塊？」

祁三道：「就是這一塊。」

我迅速地轉著念，從祁三從頭到尾的敘述之中，我絕對相信他講的一切，全是真實發生過的事，因爲沒有一個人，可以揑造事實，揑造到了如此生動，驚心動魄的地步。聽到這裡爲止，我至少已經可以知道，這塊木灰，真是十分特別。

首先，這塊木灰，和一件神秘不可思議的意外有關。這件意外，我只知經過，而不知道它的內因。其次，在經過「噴窯」之後，也就是說，在經過炭窯的加熱過程發生了意外之後，全窯的木料，應該全被燒成了灰燼，而不應該有一塊木炭留下來的！

我望著祁三，祁三道：「我心中真是怪到了極點，在灰燼之中，怎麼會有一塊木炭？可是四叔在叫了一聲之後，我看他的神情，卻像是十分鎭定，看來像是他早已知道在灰燼之上，會有一塊木炭一樣。他立時艱難地移動身子，移近木炭，將那塊木炭，取在手中。一取到了木炭，他就道：『老三，我們上去吧！』我忍不住問：『四叔，你早知道秋字號窯裡，還會有一塊木炭？』」

祁三講到這裡，又停了下來。

我和白素，急不及待地問道：「四叔怎麼回答？」

祁三道：「四叔的回答，我到現在還不明白，後來我和弟兄參詳過，但也沒有人懂得他的話的意思。」

我催道：「他說了些什麼？」祁三道：「四叔當時說道：『不，我不知道會有一塊炭，不過，我知道窯裡一定有點東西，所以才要進窯來取。』」

祁三講了之後，望著我，像是在詢問我是不是知道四叔這句話的意思。

我搖了搖頭，也不明白四叔這樣講是什麼意思。我又向白素望去。

白素想了一想：「一定是四叔到句容縣的時候，曾遇到一些什麼事，使他知道在窯裡有一點東西在，所以他一回來，就立即進窯去取。」

我道：「可是，炭在炭窯裡，是自然的事——」

白素打斷了我的話頭，說道：「可是你別忘了，窯是出過事！」

我默然，沒有再說什麼。

祁三道：「我和四叔一起出了窯，四叔吩咐我，對誰也不要提起這件事，所以——」

他向邊五望了一下，略有歉意地道：「老五也是到幾年前才知道有這樣一塊木炭。以前知道的只有三個人，四叔、四嬸和我。四叔特地做了一隻極好的盒子，來放這塊木炭，一直由四嬸保管著。我真不知道有什麼特別，但是一定極重要。」

我道：「你怎麼知道？」

祁三道：「在我們逼得要離開家鄉之後，四叔並沒有走，只叫我和老五兩人，陪四嬸來。四嬸當然帶了不少值錢的東西。可是在分手時，四叔特地將我拉到一邊：『老三，四嬸帶了不少值錢的東西，可是你要記得，到了外地，如果有意外，什麼都可以失，惟獨是那塊炭，一定不能失！』」

祁三的解釋已經夠明白，四叔這樣吩咐，那當然可以使任何人知道，這塊木炭有極重要的價值！

祁三道：「至於四叔又曾吩咐四嬸，這塊木炭可以換同樣大小的金子，我當然並不知道，一定是四叔另外吩咐四嬸的！」

我捧起了盒中的木炭來，向著亮光，轉動著，看著。不論從哪一個角度來看，這塊木炭，實實在在，是一塊普通的木炭，一點也看不出有什麼特別的地方。

白素比我細心些，她問：「三叔，你說過，在炭幫，知道有這塊木炭的，只有三個人，是不是在炭幫之外，另外還有人知道呢？」

祁三道：「當然有人知道！」

我不知道祁三何以講得這樣肯定，祁三已經道：「我們來這裡之後，四嬸造了這座房子，買了這幅地。帶出來的値錢東西不少，可是坐吃山空，消耗又大，陸續出來的人，四嬸和四叔一樣，都加以照顧，漸漸地，錢用完了，一些珠寶、古董也賣完了，四嬸才找我和老五商量，取出了這塊木炭，並且將四叔對她講過的話，轉述出來。」

邊五道：「這是我第一次知道有這樣一塊木炭。我一聽，炭可以換金子，已經不信，三哥和我講了這塊炭的來源，四嬸道：『四叔吩咐我的，到了山窮水盡的地步，可以出讓這塊木炭，可是要同樣體積的黃金。』我和三哥一商量，不妨在報上登一段廣告。」

邊五在說的，自然是他們第一次登廣告要出讓木炭的事，那時我可能在外地，所以未曾注意到曾有過這樣的事。

他們第一次刊登了廣告之後，當然真有人和他們接洽過，不然，就不會有「價格照前議」這樣的句子，出現在第二次廣告之中了！

我欠了欠身子，問道：「廣告登出了之後，和你們接頭的是什麼人？」

邊五道：「廣告一連登了三天，完全沒有反應，我和三哥，心裡都有點嘀咕，我對三哥說：『四嬸別是記錯了吧！天下哪有炭和黃金，都可以用大小來計算的？』三哥道：『不會的，四嬸對這種事，一直十分細心。幫中多少瑣碎的事，四嬸整理得清清楚楚，何況這樣的大事！再等兩天，看看情形怎樣！』」

祁三吸了一口氣：「當時我對老五說再等兩天，其實我心中，一點把握也沒有，可是又過了兩天之後，我們接到了一個電話，電話是——是——」

祁三說到這裡，向邊五望了過去，邊五立時道：「電話是我聽的。打電話來的那個人，自稱姓林，說是對我們登的那段出讓木炭的廣告，十分有興趣，要來見我們。我當時就回答他道：『你來見我們沒有用，你是不是肯答應我們的條件？』那人在電話裡道：『當然願意，不過還有點事，要見面再談。』在我和那人講電話之際，三哥走過來，我叫那人暫時等一等，就和三哥商量了起來。」

祁三接著道：「老五向我說了那人的要求，我一想，那不成問題，那個人說他立刻就來見我們。」

祁三透了一口氣，又道：「放下電話之後，我和老五一起去告訴四嬸，四嬸聽了，很是感慨，對我們道：『我也不知道一塊炭有什麼特別，只不過四叔將這塊炭交給我的時候，講得這樣鄭重，一定有他的道理。既然真有人要，我們又等錢用，也只好——』四嬸講到這裡，難過得說不下去，我們想起過去的日子，也著實感嘆了一陣。」

邊五接著道：「那時，還不如現在這樣艱難，還有幾個人跟著我們，做點雜務，所以，那個人來的時候，並不是我和三哥迎進來的。」

邊五這樣說，目的自然是想我們瞭解當日他們和那個姓林的見面情形，我點了點頭，表示明白。邊五又道：「我和三哥一直陪著四嬸在談些過去的事，直到樓下有人叫，說是客人來了，我和三哥才一起下樓來，客人在小客廳，也就是我們現在所在的地方，我和三哥才一進來，只看到那人的背影，就呆住了！」

邊五說到這裡，他半邊臉上的面肉，不住抽搐著，神情變得更詫異可怕，祁三的神情也顯得異樣，他們靜了片刻，祁三才道：「我和老五一進來，那人——」他向一角指了指，「就站在那裡，背對著門口，在看牆上的一幅畫——那時，牆上還有不少字畫掛著，不像現在那樣。那人的衣著普通，我和老五一見到他的背影，就著實嚇了一跳！」

我還有點不明白，問道：「一個人的背影，有什麼特別的地方？」

白素比我聰明，她道：「我想，這個人的背影，一定和若干年前，找上炭幫來生事的那位林子淵先生，十分相似？」

祁三連聲道：「是！是！」

白素又道：「這個人也姓林，他和那個林子淵，有什麼關係？」

祁三和邊五都現出佩服的神色來，祁三道：「白大小姐，你聽下去，自然會知道。」

白素點了點頭，不再插口，我也沒有說甚麼，祁三又道：「我和老五兩人，怔了一怔，那人已轉過身來，當他轉過身來時，我和老五更是嚇了一大跳，一時之間，實在不知道該如何才好，這個人——這個站在我們面前的人，活脫就是當年的林子淵，連年紀也差不多，除了衣服打扮不同，簡直就是他！」

祁三講到這裡，不由自主喘著氣，向邊五望去，像是要徵求邊五的同意。邊五點著頭：「真是像極了，我當時一見他，就失聲道：『原來你沒有死在炭窯裡！』那人呆了一呆，顯然不知道我在說什麼，我也立即知道自己弄錯了，因爲就算林子淵沒有死，也不會那麼年輕，所以我忙道：『你願意用同大小的黃金來換我們那塊木炭？』這樣問了一句，總算將我第一句話，遮掩了過去！」

祁三接著道：「那人看來，倒很爽快，他道：『我叫林伯駿，看到了你們的廣告，特地從南洋趕回來。我在南洋做生意，請問，我是不是可以看看那塊木炭？』這是一個相當合理的要求，我們當然不能拒絕，我向老五擺了擺手，老五上去，向四嬸要那塊木炭，我就陪著他，一起坐下來。」

祁三說到這裡，伸手在自己的臉上，重重撫摸了一下：「我和他談些客氣的話，我愈看他愈像是當年的林子淵，所以我忍不住問他，道：『林先生府上是——』林伯駿道：『我是江蘇句容縣人，小地方！』我當時就嚇了一跳：『有一位林子淵先生——』他一聽，立時就站了起來：『那是先父，祁先生認識先父？』」

祁三望著我和白素兩人苦笑：「兩位，我防不到他忽然會這樣問我，你們想一想，我該如何回答才好？』我「嗯」地一聲：「這真是很爲難，看來，這位林伯駿，並不知道他父親當年，是怎麼死的！」

祁三道：「是啊！雖然當年林子淵的死，我們不必負什麼責任，但是這件事再提起來，實在不愉快，所以我只好支吾以對：『是的，見過幾次！』林伯駿反倒嘆了一聲，道：『先父過世的時候，我還很小，根本沒有印象！』」

白素道：「是啊，四叔從句容縣回來之後，不是說過林子淵的兒子還很小，他給了他們一筆錢麼？」

祁三道：「是的，不過，四叔當時在句容縣還做了些什麼事，我們並不知道！」

我道：「這其中，有一條線索可以遵循，林伯駿會來，要以黃金換這塊木炭，一定有他的理由，那決計不是巧合！」

祁三道：「是啊，我當時也是這樣想，我就曾問他，道：『林先生，請怪我唐突，這塊木炭，要換同樣大小的黃金，你何以會有興趣？』我這樣一問，林伯駿也現出相當茫然的神情來，道：『我也不知道！』」

我忍不住道：「這像話嗎？他怎會不知道？總有原因的！」

祁三道：「我當時也傻了一傻，他立刻解釋道：『是家母吩咐我來的！』我一聽，就沒有再說什麼，這時，老五也捧著那塊木炭進來了。」

邊五道：「我拿著木炭進來，看到三哥的神情很尷尬，我也不知道發生了什麼事，將木盒放在几上，打開了盒子來，讓他看見那塊木炭。林伯駿一看，就『啊』地一聲：『那麼大！』

他的神情變得很尷尬：『我——不知道這東西——有那麼大——我只不過帶來了一百多兩金子——我現在也沒有那麼多金子！』我心中奇怪：『你不知道木炭有多大？』他的回答更妙：『我不知道，我——甚至不知道真是木炭！』」

邊五揮了揮手，略停了一停。才道：「這時，三哥踫了我一下：『這位林先生，就是林子淵的令郎！』我『啊』地叫了一聲：『那你爲什麼會來見我們呢？』林伯駿道：『家母叫我來的！』」

祁三苦笑了一下：「他回答的，還是那句話，我忍不住道：『令堂難道沒有告訴你木炭有多大？』林伯駿搔著頭：『沒有。這件事很怪，其中有很多關節，連我也不明白！』」

祁三攤了攤手：「一聽得他這樣講，我實在不能再問下去了，因爲其中有很多關節，像他父親當年來找我們，死在秋字號炭窯裡，屍骨無存的種種經過，他要是不知道，我們很難說得出口。所以我只好道：『真是有點不明白，這塊木炭，很對不起，一定要等大的黃金，才能換！』當時，他盯著那塊木炭，現出十分奇怪的神情來，想說什麼，但是口唇掀動，卻沒有發出什麼聲音來。」

邊五道：「由於事情由頭到尾，都怪不可言，我倒真希望他多說一點話，我們多少可以在他的話中瞭解到一些事實的真相。可是他又不說什麼，只是站了起來：『現在我知道需要多少黃金才行了！我的生意正在逐漸發展，我想我很快，就會有足夠的黃金，到那時候，我再來找你們！』他既然這樣說，我們當然只好由他，那次見面，就這樣結束了！」

我忙道：「林伯駿，後來一直沒有再來？」

祁三道：「沒有。」

我竭力思索著，想在種種淩亂的，毫無連貫的，怪異的，看起來，根本是絕不合理的事與人之間，找出一條可以將之貫串起來，形成一條可以解釋的事實的線，可是我卻找不到。

我所知道關鍵性的人，有四叔、林子淵、林伯駿，還有林子淵的妻子，這四個人是主要人物。四嬸、邊五、祁三，是配角。

而我知道的事之中，重要的有：林子淵要求開窯，找一塊木料。四叔在句容縣回來之後，和祁三一起在窯中的積灰之中，發現了那塊木炭。木炭善價待沽，像是四叔知道一定會有人要這塊木炭一樣。結果，這樣的人出現了，他是林伯駿。

可是，林伯駿卻不知道爲什麼要得到這塊木炭，只不過是遵照他母親的吩咐！

由種種已知的事看來，這些怪異的事情當中，還有一個極其主要的人物，未曾出場，這個人，就是當年到炭幫去作怪異要求，結果死在炭窯之中的林子淵的妻子、林伯駿的母親！

我大略地想了一想，除了得出了這樣的一個結論之外，沒有進一步的收獲。

這時，我們四個人都不講話，靜默維持了片刻，祁三才又道：「我們的境況愈來愈不如前，可以賣的東西，差不多全賣完了，也欠了不少債，我提議賣地、賣房子，可是四嬸說什麼也不肯，最後，實在沒有辦法，我們又自然而然，想到了那塊木炭。」

我道：「所以，你們又登了廣告，希望林伯駿看到了廣告，再來找你們？」

祁三道：「是的，結果，真有人打電話來，卻是一個渾蛋！」

祁三口中的「渾蛋」，自然就是陳長青。

這時，我也同意祁三對陳長青的稱呼。陳長青這個渾蛋，有關這塊木炭的事，如果要對他說明，只怕三天三夜也講不明白！

祁三又道：「然後，就是白老大來了，白老大見了四嬸，談了很久，接著你們就來了！」

祁三講到這裡，和邊五一起道：「有關這塊木炭的事，我們所知道的，已經全告訴你們了！」

我和白素，也都相信他們並沒有再保留了什麼秘密。

雖然祁三和邊五將他們所知全講了出來，可是沒有多大的用處，因爲根本問題在於，他們所知也不多！

我和白素站了起來，同祁三和邊五話別，他們一直送我們出門口，我一直捧著那隻木盒，上了車，將木盒放在身邊。

我一面駕著車，一面仍在思索著，白素看來也在想，她忽然講了一句：「林子淵的妻子，是一個極重要的關鍵人物！」

白素的想法，和我的想法一樣。我另外又想到了一點：「你父親一定相信那個林伯駿還會來買這塊木炭，所以他才要我們先買下來！」

白素道：「他為什麼這樣肯定？」

我陡地想起來：「會不會這個林伯駿，根本是商場上的名人？而我們卻不知道？」白素點頭道：「大有可能，我們回去，查一查南洋華僑的名人錄，看看是不是有這個人！如果有這個人，我們可以主動和他聯絡！」

我道：「我想在他的身上，得到多一點當年四叔到句容縣去耽擱了一個月的資料！」

白素道：「當然，至少他曾主動想要這塊木炭，只不過他不知道代價如此之高！」

我同意白素的說法，一到家中，我立時到書房，找出了一本華僑名人錄來查，看看是不是有林伯駿這個名字。一查之下，我不禁暗叫了一聲慚愧！

名人錄中，不但有林伯駿的名字，而且所佔的篇幅還相當多，其中自然有不少恭維的言語，這一類「名人錄」，大都是這樣的。我刪去其中一些無關緊要的，將「名人錄」中所載，林伯駿的小傳，抄在下面。因為在整個故事之中，林伯駿這個人，所佔的地位，相當重要。

林伯駿的小傳如下：「林伯駿，一九四〇年生於中國江蘇省句容縣，自幼喪父，二次世界大戰之後，由其太夫人攜帶來汶萊。林君勤懇好學，自修不輟，初在林場中擔任小工，由於勤奮向上，開始經營林場之後，業務日見發展，到七十年代初，已擁有林場多處，並在世界紙業危機之際，眼光獨到，設立大規模紙漿廠，供應各地造紙廠原料，業務開展蓬勃，爲汶萊地區華僑首領，熱心公益，樂善好施，人皆稱頌。」

我一查到林伯駿的小傳，立時叫白素來看：「看，他是汶萊的紙業鉅子！」

白素看了看這本名人錄出版的日期，那是一年前出版的。白素皺著眉：「奇怪，當年，他沒有那麼多黃金來換這塊木炭，如今看來，他應該已經有能力了，爲什麼他不主動去找四嬸？」

我攤了攤手：「不知道，或許另有原因。我們已經找到了這個人，這個人對這塊木炭有興趣，這一點十分重要！」

白素笑起來：「那你想怎樣？到汶萊去，同他兜售這塊木炭？」

想到做上門兜售的買賣，我不免覺得有點尷尬，但是這塊木炭，當年林伯駿爲什麼想得到它呢？還有種種許多疑問，似乎全要落在他身上求解答，看來，非去見他一次不可。

在我猶豫期間，白素道：「或者，我們先打一封電報給他，看看他有什麼反應？」

我點頭道：「也好！反正我不善於做買賣，上門兜售，相當尷尬！」

我一面說，一面已攤開了紙，根據「名人錄」上，林伯駿辦事處的地址，寫了一封簡短的電報。電報很簡單，只是說，若干年前，他有興趣的一塊木炭，因爲價格太高，他未能到手，如今這塊木炭在我的手中，如果他有興趣，請和我聯絡。

電報擬好了之後，當天就拍出，我估計，第二天，最遲第三天，就可以收到回音了。

我有一件極其重要的事情要做：徹底檢查這塊木炭。

我將那塊木炭取出來，另外，又吩咐老蔡，去買十幾斤木炭來，在六十倍的放大鏡之下，詳細檢查這塊特異的木炭，和普通木炭，是不是有甚麼不同之處。

可是，一直忙了一個下午，我沒有發現什麼特別，我又在這塊特異的木炭上，刮下了一些炭粉來，利用我家裡所有的設備，作了一次簡單的化驗，它所呈現的化學反應，也和其他的木炭，並無不同。

我本來懷疑，這一塊木炭的中心，可能蘊藏著什麼特異的東西，所以，又照比例，來稱過它的重量，可是結果，卻又發現重量也沒有特別。

剩下來可做的事，似乎只有將這塊木炭打碎，看看其中究竟有什麼古怪了。可是我當然不能這樣做。因爲這塊木炭的價值，是同體積的黃金，誰知道當它打碎之後，是不是還那麼值錢！

到了晚上，我算是白忙了一個下午，一點新的發現也沒有。我在晚飯之後，和白素的父親通了一個電話：「我已經買下了四嬸的那塊木炭。」

白老大道：「好啊！」

我有點啼笑皆非：「這塊木炭，我已經用相當完善的方法檢查過，它只是一塊木炭！」

白老大道：「四嬸沒有和你講這塊木炭的由來？」

我道：「四嬸沒有說，不過祁三和邊五，對我講得很詳細。可是我發現他們也不知其所以然。」

白老大道：「是的，不過我想林伯駿或許會知道！」

我忙道：「我已經拍了電報給他，如果他真知道這塊木炭的奧秘，他一定會來找我！」

白老大「呵呵」笑了起來：「等他找你的時候，你可以漫天開價！」我有點不知怎麼說才好，含糊應了過去。我肯定白老大知道的，不會比我更多，再說下去，自然也不會對事情有多大的幫助，所以我說了再見，放下了電話。

那塊木炭一直在我的書桌上，我盯著它看了一會，將它放進了那精緻之極的盒子之中，拿著它，走出了書房。白素迎了上來，一看到我這種樣子，她就知道我準備去幹什麼了，她道：「小心，別弄碎它！」

我道：「要是我肯弄碎它，或許已經有結果了！」

白素道：「你準備——」

我道：「帶它去作X光透視，看看其中究竟有什麼古怪。」

白素笑道：「我早知道這塊木炭一到了你的手中，你睡也睡不安穩！」

我瞪著眼道：「難道你又睡得安穩？」

白素沒有再說什麼，我駕車向一位朋友的工作室駛去。這位朋友，專門從事X光檢驗金屬內部結構工作。他的工作室有著完善的設備，我在離去之前，已經和他聯絡過。

不多久，車子駛進了工廠的大鐵門，在門口傳達員的指點下，一直駛到一幢建築物的門口停下來。我的那位朋友，皮耀國，已經在門口等我，他穿著白工作袍，一看到我，就上來替我打開車門，一眼看見我身邊的那隻盒子，就吹了一下口哨：「好傢伙，這樣漂亮的盒子，裡面放的是什麼寶物！」

我道：「講給你聽，你也不會相信，是一塊木炭！」

皮耀國眨著眼：「別開玩笑了！」

我大聲道：「王八蛋和你開玩笑，我要透視它的內部，看看是不是有什麼東西在裡面！」

皮耀國知道我的怪脾氣，他只是嘰咕了一下：「木炭裡面會有什麼東西，決不可能有鑽石！」

我沒有說什麼，取起了那盒子，另外拿起了一隻紙袋，紙袋中是普通的木炭，從炭店買來的，每斤，美元五角。皮耀國帶我走進那幢建築物，來到了X光室，我也穿上了白工作袍，一起進去，我將那木炭從盒中取出來。當皮耀國看到盒子真是一塊木炭的時候，他的神情之古怪，當真難以形容。

他將木炭放在照射的位置上，然後，調整著許多按鈕，叫我注意著一幅相當大的螢光屏。

X光機最新的設備，可以通過螢光屏，立即看到X光照射的結果。

然後，他將室內的光線調得暗一點，一面操作著X光機，在那一刻，我真的不知道自己是在做什麼，或許是手臂上有點發癢，我去抓一下，大約只有十分之一秒的時間，未曾注意皮耀國叫我注意的螢光屏。而也在這時，我陡地聽得皮耀國發出了一下尖叫聲來。尖叫聲聽來充滿了驚恐，刺耳之極。

在我還未明白發生了什麼事情之際，我陡地又被重重地撞了一下，這一下撞擊來得這樣突然，以致我幾乎跌了一跤。我立時站穩身子，也立即發現，撞向我的，正是皮耀國。

皮耀國像是正在極其急速地後退，所以才會撞在我身上的，他在撞了我一下之後，像是喝醉了酒一樣，根本站不穩身子。以致我雖然是被撞著，但是反倒要將他的身子扶穩。

當我扶穩了他之後，發現他的神情，驚怖莫名。一看到他這樣的神情，我立時可以知道，有什麼極不尋常的事情發生了！我立時四面一看，可是卻看不到什麼，室中也靜得出奇，只有皮耀國發出來的喘息聲。

我忙道：「什麼事？」

皮耀國仍然喘著氣，發著抖，伸手指著那螢光屏。我立時向螢光屏看去，顯示在螢光屏上的，是灰濛濛的一片，那當然是X光透視木炭內部的情景。

我不明白，這樣灰濛濛的一片，何以會令得皮耀國嚇成這個樣子！

我立時又同他望去：「怎麼了？」

皮耀國道：「你——你剛才——沒有看見？」

我心中疑惑到了極點：「看到了什麼？」

皮耀國眨著眼，仍然喘著氣，盯著螢光屏看，我在等著他的回答。過了好一會，他才道：「對——對不起，我剛才一定是眼花了！如果你沒有看到，我一定是眼花了。」

我忙道：「剛才，我好像有極短的時間，未曾注意螢光屏，告訴我，你看到了什麼？」

皮耀國看來，已完全鎮定了下來，他居然笑了起來：「我剛才，一眼看到，在螢光屏上出現了一個人！」

我陡地一呆。螢光屏上出現了一個人？這是什麼意思？這並不是普通電視機的螢光屏，它所反映的，是那塊木炭的內部情形！如果皮耀國在螢光屏上看到了一個人，那麼，就是說，木炭的內部，有一個人？

我可作一千八百多種設想，設想這塊木炭之中有著什麼怪東西，但是我決不會去設想這塊木炭之中，有一個人！

那是決無可能的事，是以我一時之間，實在不知說什麼才好，我只是盯著皮耀國，等候他進一步的解釋！

第七部：那塊木炭中有一個人

皮耀國不好意思地笑著：「我將你嚇著了？你看，現在我們看到的，就是木炭的內部情形，看來沒有什麼特別！」

我道：「你說什麼？你剛才說，看到了一個人？」

皮耀國道：「那——當然是我眼花！」

我有點惱怒，大聲喝道：「如果只是你的眼花，你不會嚇成這樣子！你究竟是不是看到了一個人？」

我真是十分動氣，是以我一面喝問，一面抓住了他的身子，搖著。

皮耀國叫了起來：「放開我！我可以解釋！」

我鬆開了他，皮耀國道：「剛才，一定是螢光屏本身還不夠光亮，將我或是你的影子，反映了出來，使我以為看到了人！」

我呆了一呆，不錯，皮耀國的這個解釋，比較合理。螢光屏的表面，是一層相當硬的玻璃，和普通的電視機一樣，這種光澤的玻璃，加上這白色的螢光屏作底色，可以起到鏡子的反映作用。

他這樣的解釋，可以說是相當合理，可是我還是充滿了疑惑。

我道：「單是看到了人影！你就嚇成這樣？」

皮耀國苦笑著：「我——一定是工作太過疲勞了！」

我盯著他：「對我說實話！」

皮耀國陡地脹紅了臉，大聲叫了起來：「我爲什麼要騙你？你要看木炭的內部，現在你看到了！你想看到什麼？難道你想看到木炭裡面，有一個人？這個人被困在木炭中，想出來？」

我呆了一呆，皮耀國的前半段話，是可以理解的，可是他最後一句話，又是甚麼意思呢？我想了一想：「是不是你看到的那個人，像是被困在木炭之中一樣？」

皮耀國的臉脹得更紅，連頭筋也綻了出來，惡狠狠地道：「是的，我看到了一個人，被困在木炭之內，正想出來，在掙扎著，還在叫著，不過對不起，我沒有聽到他的叫聲！」

皮耀國愈說愈是激動，揮著手。我只好拍著他的肩：「鎮定點，你真是工作太疲勞了，我抱歉來增加你的麻煩！」

皮耀國苦澀地笑了起來，他顯然不願意再就這件事說下去，他只是道：「你看到了？你是不是要照片？這具X光機，每十秒鐘，自動攝影一次。」

我一聽得他這樣說，心中陡地一動，忙道：「那麼，到如今爲止，它已拍了多少張照片？」

皮耀國向一個儀表看了一看：「已經拍了三十七張。」

我忙道：「夠了，將這些照片全洗出來，我全要！」

皮耀國望了我一眼，走過去，將X光機關掉，又望了我一眼，口唇掀動，欲語又止。我道：「我並不是希望在照片上看到你見過的那個人。」

皮耀國道：「謝謝你！」

他又打開一隻盒子，取出軟片盒來，放在一條輸送帶上，傳了出去，同時按下一個對講機的掣：「小李，這些照片，立刻要！」

然後，他轉過頭來：「大約十分鐘，就可以看到那些照片了！」

他說完之後，就坐了下來，雙手捧著頭，看來像是極其疲倦。我在踱來踱去，趁有時間，我將木炭取了下來，在取來那塊木炭之際，我做了一個極其沒有意義的下意識的動作。

我將那塊木炭，湊在耳際，聽了一聽。

我真的自己也不知道這樣做，是為了什麼，我真以為木炭裡面會有一個人，所以想聽聽他是不是有聲音發出來？我當然什麼也聽不到，我又將之放進了盒子之中。

這時，皮耀國抬起頭來，問道：「這塊木炭，究竟有什麼特別？」

我搖頭道：「我不知道，這正是我要找的答案。」

皮耀國沒有再說什麼。不一會，對講機中傳來一個人的語聲：「照片洗出來了！」

傳送帶將洗好的照片，送片進來，皮耀國將照片取了起來，著亮了牆上的一盞燈，將照片放在一片乳白色的玻璃之上。

我道：「看第一張！」

皮耀國吸了一口氣，將第一張照片放了上去，照片看來，仍是灰濛濛的一片，一點也沒有異樣。接連幾張，皆是如此。

我不能確切地肯定我希望在照片上發現什麼，但是什麼也沒有發現，總令我相當懊喪。我道：「老皮，你說這裝備是最先進的，它既然有螢光屏，應該有連帶的錄影設備才是！」

皮耀國一聽，用力在自己的頭上打了一下：「真是，我怎麼忘了，當然！」

他一面說，一面神情顯得異常興奮，幾乎是跳向一組組合，打開了一個蓋子來。可是當他打開了那個蓋子之後，他卻驚呆地站著，一聲不出，神情懊喪之極。

我忙趕過去，問道：「怎麼了？」

皮耀國後退了幾步，苦笑道：「裡面沒有錄影帶，所以，也沒有錄影。」

我望著他，心中陡地因為他的神情變化，而想到了一些什麼，我忙問道：「你很希望有錄影帶是不是？」

皮耀國對我的問題，避而不答，反倒道：「我？不是你希望有錄影麼？」

我聽得他這樣回答，更可以肯定我的推測正確，我道：「不，你比我更希望有錄影，你希望有錄影，是因為想證明你自己並不是眼花，並不是神經衰弱，想證明你真的看到過一個人出現在螢光屏上！」

皮耀國的神色，變得十分蒼白，他呆了一會，才道：「是——是的。」

我將手按在他的肩頭上，因爲我發現他的身子在劇烈地發著抖，我要令得他比較鎭定些。我道：「老皮，你看到的情形，究竟怎樣，老老實實地告訴我！」

他望著我，帶著一副求饒的神情，但是我卻一點也沒有放過他的意思。我們兩人對峙了好一會，他才嘆了一口氣：「好，我告訴你，我真是看到了一個人！」

他一面說，一面指著螢光屏：「X光機才一開，我向螢光屏望去，就看到了那個人！那個人出現在螢光屏上，像是在向我大聲呼叫，而且，還揮著手，在吸引我的注意。」

我陡地吸了一口氣：「你——看得這樣真切？這個人是什麼樣子？」

皮耀國苦笑道：「我說不上來，我只覺得那是一個人，這個人在木炭的內部，其實，我看到的可能只是一個人的模糊的影子，但是我——我實在說不上來，當時給我的強烈的感覺，是我看到了一個人！」

我有點不十分明白他的敘述，但是我至少可以肯定，這一次，他並沒有對我隱瞞什麼，我又問道：「以後的情形又怎樣？」

皮耀國苦笑道：「哪裡還有什麼以後的情形！我一看到這種情形，實在嚇壞了，我叫了一聲，身子向後退，撞中了你！」

以後的情形，我也知道了，當我再向螢光屏看去的時候，只看到灰色的一片，那是木炭內部結構的情形。

皮耀國已經將他看到的，都說了出來，可是我卻全然無法知道究竟發生了什麼事。我想了一想：「那個人出現的時間極短？」

皮耀國面青唇白地望著我：「一秒鐘，或許更短，我不能確定。」

我吸了一口氣：「老皮，你看到的那個人，是在X光機才一開啓的時候出現的，接著就不見了？對不對？我們可以再來一次？」

皮耀國想了一想，同意了我的說法。他又將那塊木炭，放在X光機照射的位置上，然後作了一個手勢，令我注視螢光屏。

這一次，就算有人用尖刀在我背後指著，我也決不會讓視線離開螢光屏。可是，當他按下X光機的開動掣之後，螢光屏上，卻只是出現灰色的一片，並沒有他上次看到過的那個「人」！

皮耀國的神情十分沮喪，我也沒有什麼話可說，只是道：「上次拍下來的那些照片，是不是可以給我？」

他苦笑了一下：「當然可以！」

我向那疊照片走去，將之順序疊了起來，也就是開機之後，第一個十秒鐘所拍的照片，放在最上面。當我這樣整理的時候，我突然發現，在第一張照片上，有相當多雜亂的、不規則的線條。我曾經在乳白色的發光玻璃板上看過這張照片，但當時，我希望能在照片上看到一個人，當然不會去注意那些幼細的線條，所以到這時才注意到它們。

我忙拿起了這張照片來，再放在乳白玻璃上，道：「老皮，你過來看，這是甚麼？」照片放在玻璃板上之後，由於玻璃的後面有光線透過來，所以那些線條，看得更清楚，這一些線條，呈一種波浪形的起伏，可是有些「波紋」，卻相當尖銳，有的地方較粗，有的地方較細。

皮耀國走了過來，看到了照片的這些線條，他也呆了一呆，說道：「這──或許是沖洗的時候，不小心刮花了底片所產生的？」

我立時反駁道：「不是，這是一組波形！」

皮耀國又走近了些，仔細看：「看來好像是一組波形，但是──X光機沒理由可以顯示波形！」

我道：「X光機不能，但是螢光屏的顯示結構，正和波形顯示結構同一原理！這一組波形，是不是會因爲這個原因而被記錄下來？」

皮耀國攤著手：「據我所知，以前，沒有這樣的例子！」

我道：「整件事很怪，這塊木炭也很怪。如果這塊木炭會放出極強烈的一種波，是不是有這個可能，使波形出現而且被記錄下來？請別以常理來回答我這個問題。」

皮耀國想了一想：「理論上有這個可能，但是一般的物質，顯示在示波器屏上的波形，雜亂無章，這一組波形，卻很有規律！」

我呆了一呆，在我看來，這組波形，正是雜亂無章的，但是皮耀國卻說它「有規律」，我不知是什麼意思。皮耀國是科學家，他這樣說，當然有他的道理的。我忙問道：「有規律？什麼意思？」

皮耀國道：「看起來，這組波形，像是一種聲波，有點像樂器中的木簫在吹奏時所發出聲音的聲波。」

我的思緒十分混亂，不能在皮耀國的話中捕捉到什麼中心，甚至無法發出進一步的問題。

皮耀國看出我神色惘然，解釋道：「每一種不同的聲音，都有不同的波形，可以顯示在示波器的螢光屏之上，女人的尖叫聲是一種波形，男人的講話聲，又是另一種形狀。小提琴的聲音，可以形成正弦波；銅鑼的聲音，形成山形波。」

我點頭，表示明白：「我知道了，這組波形，照你的看法，是木簫的聲音？」

皮耀國道：「不是，我只是說像，而且，從它的伸展，波溝的高度來看，這種聲音——如果它是一種聲音形成的話，它的頻率一定極高，超過三萬赫茲。」

我又呆了一呆：「超過三萬赫茲？人耳所能聽到的聲音範圍，是頻率三十到兩萬赫茲之間，三萬赫茲，那是人耳聽不到的一種高頻音波！」

皮耀國道：「是的，如果這組波形是音波，那麼，人聽不到！」

他講到這裡，停了一停：「我們剛才，可曾聽到什麼聲音沒有？」

我道：「沒有，除了你那一下尖叫聲。」

皮耀國道：「我那一下尖叫聲，大約頻率是一萬七千赫茲左右，如果展示出來，波形沒有那麼尖銳，要平坦得多，這一組，如果是波形，我想可能是由於X光機才開始操作的時候，機械的裝置部分所發出來的。」

我心中充滿了疑惑，實在不知道如何說才好。過了好一會，我才道：「老皮，你剛才說，不同的聲音，有不同的波形？」

皮耀國道：「是的！」

我又道：「那麼，在理論上來說，只要看到不同的波形，就可以還原，知道是什麼聲音？」

皮耀國道：「理論上是這樣，但是事實上卻並沒有還原波形的儀器。也沒有甚麼人，可以根據波形，辨認出那是什麼聲音造成的，因為有許多聲音，聽起來大有分別，但是在波形的展示上，差別極小，尤其不是單音之際，更加難分。」

我盯著照片上的那組波形，欲語又止。皮耀國又道：「我熟朋友中有一個笑話，你聽過了沒有？」

在那樣的情形下，我自然沒有什麼心情去聽笑話，我只是點了點頭。皮耀國道：「有一個音樂愛好者，自誇可以不必用耳，只要看樂章展示的波形，就可以認出那是什麼樂曲。他和人打賭，凝視著螢光屏上變幻不定的波形，當他肯定地說那是貝多芬的『田園交響曲』之際，原來那是羅西尼『威廉泰爾』序曲的第一樂章。」

皮耀國說是笑話，我卻並不覺得好笑。

非但不覺得好笑，而且，我還覺得這位先生十分難得，「威廉泰爾」序曲第一樂章，正是寫瑞士的田園風光，和「田園交響曲」，有相似的波形，當然不足爲奇！

我嘆了一聲，指著照片道：「如果這組波形，是由聲音造成的，你的意思是，沒有人可以說出這是什麼聲音來？」

皮耀國道：「我想沒有。而且，說出來也沒有用，這是人耳所聽不到的聲音。」

我沒有再說什麼，又去檢查其他的照片，全都沒有這樣的線條。我接過了皮耀國給我一隻紙袋，又放好了木炭：「老皮，對不起，打擾你了！我想你所謂看到了一個人，一定是眼花了！」我相信皮耀國真的在螢光屏上見過一個人，而我故意這樣說，是安慰他。因爲我隱隱覺得整件事，好像愈來愈是怪異，對他解釋也解釋不明白，只好含糊過去算了！皮耀國也沒有再說什麼，送我出去。我回到家裡，已經夜深，白素還沒有睡，在等我，一見我，就現出詢問的神色來。我將經過，詳細對她說了，白素道：「你，那時在幹什麼？爲什麼不一直注視螢光屏？」

自從知道皮耀國「在螢光屏上看到一個人」起，我就一直爲那一剎那間自己未曾注意螢光屏而懊喪不堪。這時給白素一問，我更增加了幾分懊喪，忍不住在自己的頭上，重重打了一下：「我也不知道自己在幹什麼！只不過一下未曾注意！」

白素皺著眉，看樣子正在思索什麼，但是我卻不知道她在想什麼。我道：「皮耀國說得很怪，照常理說，如果他真的在螢光屏中看到了一個人，那麼，這個人，應該在木炭裡面？」

我一面說，一面用手輕拍著那隻盛放木炭的盒子。

白素想了一想：「這也很難講得通，螢光屏上顯示的，是經過了X光透視之後，木炭內部的情形，對不對？」

我點頭道：「是這樣。」

白素揮了揮手：「所以我說，皮耀國說他『看到了一個人』，這句話是不合邏輯的，他看到的，不應該是一個人——就算是一個人的話，也應該是經過了X光透視之後的人，那應該是一具骸骨。」

我怔呆了半晌，我根本沒有想到過這一點。的確，如果木炭內部有一個人，那麼，在經過X光之後，這個人出現在螢光屏上的，應該是一副骸骨！

我一時之間，不知如何說才好，望著白素：「那麼，你有什麼解釋？」

白素又想了片刻，她出言相當審慎，和我不一樣。過了片刻，才道：「我想，那可能只是一個陰影！你看這些照片，顯示木炭內部，看起來雖然是灰濛濛的，但是灰色也有深、淺之分。深淺不同的顏色，在視覺上容易造成一種陰影，如果這個陰影看起來像一個人，那麼，結果就是皮耀國在螢光屏上看到了一個人。」

我「唔」地一聲：「聽起來，很合理，但為什麼一下子，這個陰影就消失了呢？」

白素道：「這很難說，或許是螢光屏顯像陰極管那時還未曾調節好，也或許是X光機才開動，X光還不夠強烈，所以造成一種短暫的現象。」

我沒有說什麼，只是來回踱著步。

白素笑了起來：「總之，我們經歷過的不可思議的事雖然多，但是一塊木炭裡面，會有一個人，這無論從哪一個角度來解釋，都解釋不通！」

我無法反駁白素的話，但是那並不等於說我同意了白素的話。

我喃喃地道：「世界上有很多事，無論從哪個角度來解釋都解釋不通，但確然有這樣的事存在著！」

白素沒有再和我爭論下去：「睡吧，別再為這塊木炭傷腦筋了，只要林伯駿的回音一來，我們不就可以知道來龍去脈了嗎？」

我苦笑一下，現階段，的確沒有什麼別的事可做，我將木盒放在一個櫃子裡，在放進去之際，我又忍不住打開了那盒子，向那塊木炭，瞪了一眼。

當晚，我睡得不好，做了一晚上的怪夢，夢見我自己在木炭裡面。夢境很玄妙，在清醒的時候，由於理智，很多事情，無法繼續想下去。例如：「一個人在木炭之中」這樣的事，就無法想下去。因爲理智告訴我，木炭是實心的固體，人無法在一個固體之中，如果硬要「住」，那等於是以一個固定的姿勢，嵌在木炭的內部。

可是在夢境之中，我卻真的「住」進了木炭中，整塊木炭，像一間房間，我闖不出來，可是木炭內部的固體結構，卻並未妨礙我的活動！

這樣的夢境，當然荒謬，本來沒有必要加以詳細敘述，但是由於後來事情的發展，竟有一部分與之不謀而合，真是神奇而不可思議，所以先在這裡，提上一筆。

第二天，我等著林伯駿的回電，可是一直等到夕陽西下，還是沒有消息。我心中有點不耐煩，在晚飯的時候，對白素道：「汶萊是一個相當落後的地區，會不會根本沒有人送電報？」

白素瞪了我一眼：「不致於落後到這種程度！」

我有點食不知味，還好，晚飯才過，一支煙才抽到一半，門鈴響了，我陡地跳了起來，聽到了久已等待著的兩個字：電報！

林伯駿的回電來了！

電報很簡短，也有點出乎我的意料，全部電文如下：「衛斯理先生：來電收到，請恕俗務繁忙，不能來晤，但盼先生能來汶萊一敘，林伯駿。」

看到了這樣的電文，我和白素，不禁互望著，呆了好半晌說不出話來。

因爲，在我的想像之中，這塊木炭如此怪異，牽涉到許多不可解的事，林伯駿又曾經要以黃金來換過這塊木炭，他一知道木炭在我這裡，應該表示得極其熱切才是，但是，誰都可以從他這封電報中看出來，他的反應，十分冷淡，全然是一種無可無不可的態度。

我盯著那封電報，心中很不是味道，白素道：「你準備怎麼樣？」

我苦笑了一下：「他看來一點興趣也沒有！」

白素皺了一下眉：「也不見得，他請你去，不能說是全然沒有興趣！」

我有點光火：「這算是什麼興趣？這塊木炭，關係著他父親當年的怪異行動，也關係著他父親的死，他甚至沒有在電報上提起那塊木炭！」

白素搖著頭，顯然她也不能理解何以林伯駿反應冷淡。過了半晌，她才道：「據我推測，林伯駿對於整件事，根本不清楚。他第一次見祁三和邊五，說他什麼也不知道，是他母親叫他來的！」

我將電報重重摔在地上，並且踏了一腳：「去他媽的，我才不理他！」

等了兩天，等到了這樣的一封電報，自然令我極其失望，我不想再理會這件事，說不定等到天冷，我將這塊木炭，放在炭盆裡生火取暖，來享受一下世界上最豪華的暖意！

可是，不到兩小時，事情又有了急劇的轉變，白素已在替我收拾行裝，我已準備明天一早，就到汶萊去了！

使我改變主意的是林伯駿第二封電報，在第一封電報到達後的不到兩小時之後到達，電文相當長：「衛斯理先生：關於木炭，我與家母談起，她力促我立時陪她與你相會，但家母年老體弱，不便行動，請先生在最短期間內到汶萊，萬不得已，敬請原諒。林伯駿。」

林伯駿的第二封電報，證明白素的推測是對的，林伯駿本身，對那塊木炭，一點興趣也沒有，可能也不知道這塊木炭的來龍去脈，知道的，是他的母親，當年行動怪異的林子淵的妻子！

當他收到我的電報之際，一定只是隨便回電，所以才表現得如此冷淡。大約在一小時後，他可能和他的母親講起了這件事，他母親則焦急到立刻要趕來見我，那位林老太太，才是真正關鍵人物！

當晚，我興奮得睡不著，一面和白素討論著，何以林老太太反而會對那塊木炭有興趣，她究竟知道些什麼？但討論也不得要領。同時，我找了一個原籍江蘇句容縣的朋友來，臨時向他學當地語言的那種特有的腔調。

中國的語言，實在複雜，我對各地的方言可算有相當高的造詣，而江蘇省也不是語言特別複雜的省份。但是在南京以東的幾個縣份，還是有獨特的語言。同是江蘇省南部的縣份，丹陽和常州，相去不過百里，可是互相之間就很難說得通。句容縣在丹陽以西，南京以東，江蘇省南部的語言，到南京，陡地一變，變成了屬於北方言語系統，句容縣夾在中間，語言尤其難學。

我之所以要漏夜學好句容話的原因，是我想到，林老太太離開了家鄉好幾十年，對於家鄉的一切，一定有一種出奇的懷念，如果我能夠以家鄉話和她交談，自然可以在她的口中，得到更多的資料！

一夜未睡，第二天，趕著辦手續，上飛機，在機上，倒是狠狠地睡了一大覺，等到睡醒不久，已經到達汶萊的機場了。

我並沒有攜帶太多的行李，步出機場的檢查口，在鬧哄哄的人叢中，我看到一個當地土人，高舉著一塊木板，木板上寫著老大的「衛斯理先生」五個字。我向他走過去，在土人旁邊，是一個樣子看來很文弱，不像是成功的商界人士的中國人。

那中國人看到我逕直向他走過去，他也向著我迎了上來，伸出手來：「衛斯理先生？我是林伯駿！」

我上機之前，白素曾代我發電報通知過他，所以他會在機場等我。他一面說，一面向我手中的手提箱看了一眼。我倒可以立即明白他的意思：「林先生，這塊木炭，在手提箱裡！」

林伯駿答應了一聲：「我的車子在外面，請！」

那土人過來，替我提了手提箱，我和他一起向外走去。林伯駿的商業活動，一定很成功，他的汽車也相當豪華，有穿著制服的司機。

我們上了車，車子向前駛，我看出林伯駿好幾次想開口，但顯然又不知道該如何說才好，我向他笑了笑：「你想說什麼，只管說！」

林伯駿有點不好意思地笑了一下，道：「對不起，請原諒我直言，一塊木炭，要換同樣體積的黃金，那——實在十分荒謬！」

我「嗯」了一聲：「這就是爲什麼你在多年之前見過那塊木炭一次之後，就再也未曾和他們聯絡的原因？」

林伯駿道：「可以說是！」

他在講了這一句話之後，頓了一頓：「我來到這裡的時候，只有四歲，汶萊就是我的家鄉，你一定也留意到，我說英語，事實上我中國話說得不好。這塊木炭和過去的一些事有關，而我，對於過去的事，並沒有什麼興趣！」

我點頭說道：「是的，我明白！」

林伯駿又直視著我：「可是我母親不同，她對過去的事，一直念念不忘。衛先生，請恕我直言，如果你的目的，是利用我母親對她的家鄉和她對過去的懷念，由此而得到什麼利益的話，我想你不會成功！」

我要用極大的忍耐力，克制著自己的衝動，才能讓他將這些話講完，而不在他的鼻子上重重打上一拳。

等他講完之後，他還自己以為十分精明地望著我，我才冷冷地道：「林先生，你大可以放心，我如果要想騙財的話，像你這種小商人，還輪不到做我的對象！」

第八部：祖傳大屋中的密室

林伯駿揚了揚眉：「是麼？那麼，什麼人才是你的對象呢？」

我道：「譬如說，陶啓泉，他還差不多！」

陶啓泉就是我一個電話，他就立即派人送了兩百萬美元支票來的那位大富豪。他是真正的富豪，和林伯駿那樣，生意上稍有成就的小商人不同。

我說出陶啓泉的名字來，倒也不單是因爲他是我所認識的富豪，而是我知道陶啓泉目前，也在汶萊，正是汶萊國王的貴賓。

林伯駿一聽到這個名字，像中了一拳一樣地震了一震。

我又道：「聽說陶啓泉在汶萊，也有不少產業和油田，林先生的經營範圍，一定比他更廣？」

林伯駿神情尷尬，半天說不出話來，才道：「衛先生，你——認識陶先生？」

我道：「不敢說認識，不過，我見了他，他不致於懷疑我向他騙錢！」

林伯駿的臉色更難看，過了好一會，他才道：「我只不過是保護自己，你別見怪！」

我只是「哼」了一聲，懶得再和他說話。車行一小時左右，駛進了一幢相當大的洋房，駛進了花園，在建築物前停了下來。

我和林伯駿下了車，那土人提著我的箱子，一起走進去，才一進房子，我就聽得一個老太太在叫道：「伯駿，那位衛先生來了沒有？」

那是典型的句容話，我一聽，就大聲道：「來了！」

雖然只說了兩個字，但是字正腔圓，學到十足，我立時聽到了一下歡呼聲，循聲看去，看到一個女傭推著一張輪椅出來，輪椅上坐著一位老婦人。

她看來六十出頭，神情顯得極度的興奮，正東張西望，在找尋說「來了」的人。

我忙向她走了過去：「林老太太？我是衛斯理！」

老太太向我望過來，剎那之間，她的神情，激動得難以形容，雙眼之中，淚花亂轉，張開了雙手。我一來到她的面前，她就緊緊地握住了我的雙手，口唇顫動看，卻因為心情的激動，而說不出話來。

林伯駿緊隨在我的身後，一看到林老太太這樣的神情，我回頭向林伯駿道：「令堂這樣的情形，看來我想騙你錢，真是易如反掌！」

林伯駿的神情極其尷尬，也多少有點惱怒，悶哼了一聲，並沒有說什麼。

這時，林老太太的神情，稍為鎮定了一點，可是她還是不住喘著氣：「衛先生？那東西呢？你帶來了沒有？讓我看看！」

我呆了一呆，我的發呆，並不是因為我不懂她說的「那東西」是什麼。「那東西」，當然是指那塊木炭而言。我不明白的是，她何以不稱「那木炭」，而稱「那東西」？在我發呆之際，林老太太的神情，更顯得焦切莫名，我忙道：「帶來了！」

林老太太一聽得我說「帶來了」，才如釋重負地吁了一口氣，望著我：「伯駿曾對我說，那東西——是一塊木炭？」

我又是一呆，心中更加疑惑，林老太太不知道那東西是一塊木炭！這和四叔當年回來之後，進入秋字號窯去取東西，並不知道他會取到一塊木炭是相同的。這又是什麼原因？

我不論如何想，都無法想出其中的究竟來，反正關鍵人物已在眼前，我想疑團總可以解決。所以我只是猶豫了一下：「是的，那是一塊木炭！」

林老太太急速地喘起氣來。她顯然是一個行動不便的人，不然也不會坐在輪椅上了，可是這時，她卻不顧一切地，想掙扎著站起來，嚇得她身邊的護士和林伯駿，連忙過去，又扶又按，總算又令得她坐了下來。

林老太太一直望著我：「給我！將那——塊木炭給我！」

我猶豫了一下，一時之間，不知該如何回答才好。而林老太太一看到我猶豫，顯然誤會了我的意思，立時向林伯駿望了過去：「伯駿，快付他錢，不論他要什麼價錢，快付給他！」

林伯駿的神情，相當難看，但他還是並不拂逆他母親的意思，連聲答應著。

一看到這種情形，倒輪到我來尷尬了，因為林伯駿懷疑我來騙錢，如果我立時提出價錢來，那倒真像來騙錢了！

林伯駿一面答應著，一面道：「娘，你——我有一點話，想和你說！」

林老太太立時生起氣來，說道：「不用說，你不知道，不論多少錢，就算傾家蕩產，也要給他！」

林老太太說得聲色俱厲，林伯駿的臉色，更加難看。我在這時候，倒可以肯定了一點，那就是：林老太太，知道那塊木炭究竟有什麼特別，要不然，她決不會講出這樣的話來！

我看到林伯駿這種爲難的神情，心中倒十分愉快，因爲他剛才曾對我不禮貌！但是我也不想再僵持下去，因爲我急於想從林老太太的口中，知道進一步的資料。

我道：「林老太太，價錢的事，可以慢一步談，我先將這塊木炭給你！」

我一面說，一面提過了手提箱，打開，自手提箱中，取出了放木炭的盒子來，打開盒蓋，交給了林老太太。林老太太立時雙手，緊緊抱住了盒子，盯著盒中的那塊木炭，面肉抽動著，神情激動到了極點。

我實實在在，不明白她何以看到了一塊木炭，會現出這樣激動的神情來。

過了好一會，林老太太才一面抹著淚，一面抬起頭來，對我道：「衛先生，請你跟我來，我有很多話要對你說，很多！」

她強調「很多話」，我也忙道：「我也有很多話要對你說！」

林老太太吸了一口氣，同林伯駿望去，說道：「伯駿，你也來！」

林伯駿忙道：「我事情很忙，我不想聽以前的事，我有我自己的事！」

林老太太盯了林伯駿一會，嘆了一聲：「好，你不想聽，那由得你，衛先生，請跟我來！」她一面說，一面示意護士推著輪椅，向樓上去。

我向林伯駿道：「林先生，我想你還是一起去聽一聽的好，這——整件事，和令尊有極大的關係！」

林伯駿冷冷地道：「我父親死了不知道多少年，就算和他有關，我也沒有興趣！」

我呆了一呆，林伯駿的話，如此決絕，當然是無法再說動他的了！我跟著林老太太上了樓，輪椅推進了一間相當寬大的房間，又穿出了那間房間，來到了一個種著許多花卉的陽台上。

我自己移過了一張籐椅，在林老太太的對面，坐了下來，林老太太又吩咐人搬過了一張几來，取來了茶。陽台下面是花園的一角，遠處是山，十分清幽。

我和林老太太面對面坐下來之後，林老太太好一會不出聲，雙手仍緊抱著那塊木炭，像是在沈思。我也不提出問題去打擾她。

過了好一會，林老太太道：「我家相當開明，我從小就有機會上學念書，高中畢業之後，我在家鄉的一家小學教書，子淵就是這家學校的校長。」

她已經開始了要對我講的「很多話」，我坐直了身子，喝了一口茶，聽她講下去。

林老太太停了片刻，道：「子淵的家，位在縣城西。我們家鄉的縣城，城西那一帶，全是後來搬來的，不是本鄉本土的人，我們稱那一帶為『長毛營』，子淵就是『長毛營』的人。」

我呆了一呆：「這個地名很怪，為什麼要那樣叫？」我一面問著，一面心中也不明白何以她要將她丈夫原來住在哪一區的地名告訴我。

林老太太道：「長毛營，就是說，住在那裡的人，原來全是當長毛的！」

我「啊」地一聲。「長毛」這個名詞，我已很久沒有聽到過了，所以一時之間，想不起它的意思來。

所謂「長毛」，就是太平天國。「當長毛」，就是當太平天國的兵！太平天國廢清制，復舊裝，蓄髮不剃，所以，江南一帶的老百姓，統稱之曰：「長毛」。

我道：「我知道了，林子淵先生，是太平軍的後代！」

林老太太點了點頭：「是，據父老說，長毛營裡的人，本來全在南京，湘軍攻破南京，南京的長毛四散逃走，其中有一批，逃到了句容縣，就不再走，住了下來。」

我一面「嗯嗯」地答應著，一面心中實在有點不耐煩，心想林老太太從她丈夫的祖先開始講起，那和我想知道的資料，有什麼關係？不如催她快點說到正題上來的好。所以我道：「當年，林老先生有一個十分古怪的行動，他到一處燒炭的地方去——」

林老太太揮著手，打斷了我的話頭：「你別心急，你不從頭聽起，不會明白！」

我無可奈何地笑了一下，反正我已經來了，她喜歡從頭說起，就讓她從頭說起。

林老太太續道：「這批長毛，全是做官的，據說，做的官還不小，甚至還有封王的！」

我點頭道：「那也不意外，太平天國到了後期，王爺滿街走，數也數不清！」

林老太太苦笑了一下，說道：「子淵的上代，是不是封過王，我也不清楚，做的是什麼官，我也不詳細。我在小學教書，他是校長，不到一年，我們的感情，就突飛猛進，終於論起婚嫁來了！」

林老太太說到這裡，臉上現出甜蜜的笑容來，我也不去打斷她的話頭。事實上，她的敘述，十分平凡，也沒有什麼大趣味，只不過是一樁普通的婚事而已。

林老太太繼續道：「我家裡反對我嫁給子淵，可是我非嫁他不可，家裡也只好答應，結婚之後，我搬到子淵的家裡去住。子淵的父母早過世了，他家是一幢三進的大屋子，全是用十二斤重的水磨大青磚造的。」

林老太太又道：「家裡除了兩個老僕人之外，就是我們兩夫妻，地方實在太大了——」

我禮貌地表示自己的不耐煩，在她講到最後幾句時，我移動身子，改變了三次坐著的姿勢。

可是林老太太卻全然不加理會，仍然在說她的屋子：「屋子實在太大，有很多地方，我住了一年多，根本連去都沒有去過，也不敢去。結婚一年中，我生下了伯駿，我已經很久沒有再教書了。在伯駿三歲那一年，有一天晚上，正睡著，忽然人聲喧嘩，叫著：『失火了！失火了！』伯駿先驚醒，哭了起來，子淵也醒了，立即跳起來向外奔去，我嚇呆了，在床上摟著伯駿，不知怎樣才好，只聽得人聲愈來愈嘈——」

我聽到這裡，張大了口，打了一個呵欠。

林老太太仍然不加理會：「一直吵到天亮，一個老傭人，奔進奔出，同我報告起火的情形，火在我們後面的那條街燒起，到天亮，救熄了火，起火的那間屋子燒成了平地，我們的屋子，只有最後一進被燒去了一角，沒有蔓延過來。」

講到這裡，她自動停了下來，嘆了一聲。

我真希望她轉換一下話題，別再說她的屋子了。可是，她忽然講了一句：「如果火一直燒過來，將我們的屋子也燒掉了，那倒好了。」我一聽得她這樣說，精神為之一振，因為她這樣講，分明說她這場聽來像是不相干的火，和她的一生，有十分密切的關係！和她有關，當然也和林子淵有關，和整件事有關！

床老太太道：「天亮，我抱著伯駿，去看被火燒去的地方，那是屋子的最後一進，屋後，是一個小天井，天井隔著相當高的圍牆，圍牆已經倒了下來。被燒掉的大半間屋子，是我從來也沒有到過的地方。我去看的時候，看到子淵正在磚堆上，指揮著兩個傭人，將塌下來的磚頭搬開去，他自己也捲著袖子在搬磚頭。我走了過去：『子淵，你休息一下，吃點東西再忙！』子淵搖著頭：『不倦，你來看，我小時候，常到這裡來捉迷藏，後來很久沒有來，你看，這房子很怪！』」

我吸了一口氣，更聚精會神地聽著。

林老太太道：「當時，我也不知道他說房子很怪是什麼意思，就抱著伯駿過去看。看他指的地方。他指的是斷牆，牆是用十二斤重的水磨青磚砌起來的，有兩層，中間空著大約兩尺，是空心牆。我看了一下：『是空心牆，也沒有什麼怪！』鄉下人起房子，講的是百年大計，空心牆冬暖夏涼，也不是沒有的事。子淵說道：『不對，你再聽聽！』」

我聽到這裡，忙道：「什麼？他叫你『聽』？」

林老太太道：「是的。他一面說，一面拾起半塊磚頭來，從牆中間向下拋去。那半塊磚頭落下去，傳來了落地的聲音，從磚頭落地的聲音聽來，牆基下面，至少還有一丈上下是空的！我『啊』地叫了一聲：『下面是空的！』子淵忙道：『小聲點，別讓人家聽到了！』這時，隔巷子有很多人，也有被燒成平地的那家人，正在哭泣著。」

林老太太向我望了一眼，才又道：「我立時明白子淵叫我別大聲叫的意思。」

林老太太續道：「這屋子下面，有一個地窖！而這個地窖，子淵根本不知道。要不是燒塌了半邊牆，他也不會發現！你明白他叫我不要大聲的意思？」

我點頭道：「我明白！古老屋子的地窖，大多數要來埋藏寶物，在他未曾弄明白之前，他當然不希望有太多的人知道他家的祖屋有藏寶！」

林老太太苦澀地笑了起來。喃喃地道：「藏寶！」她又嘆了一聲：「子淵當時是這麼說的。他來到我身邊，叫著我的名字，神情很興奮：『我家的祖先是做什麼的，你當然知道！』我看到他這種樣子，好像馬上會找到大批金元寶一樣，就沒好氣地回答他道：『當然知道，是當長毛的！』」

林太太講到這裡，略頓了一頓，神情很難過：「平時，如果我這樣說，子淵一定很生氣，可是那時，他實在太興奮了，竟然連聲道：『是！當長毛！』接著，他又壓低了聲音：『你可知道，太平軍攻打城池，搜掠了多少金銀珠寶？』唉，衛先生，這一點，我相信凡是略為知道一點太平天國歷史的人都知道！」

我點頭道：「是的，長毛搜掠財寶的本領不少，不比李自成、張獻忠差。而且太平軍肆虐之處，正是東南最富庶的地區。」

林老太太道：「是啊，所以子淵接著道：『這屋子有一個秘密地窖，你想想——』他又叫著我的名字：『裡面一定會藏著——』他那時，甚至興奮得講不下去，只是連連吞著口水，搓著手！」

我道：「那麼，他究竟在地窖裡——」

林老太太瞪了我一眼，像是怪我打斷了她的敘述，我只好向她抱歉地笑著，作了一個請她講下去的手勢。

林老太太道：「當時，他叫我不要張聲，到晚上，他會到地窖中去發掘。我本來只覺得事情很滑稽。可是當天，在太陽下山之後，子淵就開始不安，團團亂轉。我從來也未曾見過他有這種情形，我也不知道該如何去勸他才好！」

林老太太講到這裡，嘆了一口氣：「天才黑，他就點著了一盞馬燈，向我望來，像是在要求我和他一起進那個神秘的地窖去，我突然有了一種強烈的預感，感到如果我們進入那個地窖，一定會有極其不幸的事情發生。我這種感覺，極其強烈，以致甚至害怕得身子在發抖！子淵看到我這樣情形，忙道：『你怎麼啦？』我趁機道：『子淵，別進去，別進那地窖去，叫人把那地窖的入口處封起來！』」

林老太太講到這裡，停了停，才又道：「子淵一聽，立時笑了起來。唉，多少年來，他那種笑聲，一直在我耳際響著，我真後悔，我當時沒有堅持自己的意見！」

林老太太現出極難過的神情來。林子淵在地窖中究竟找到了什麼，我還不知道。但是我卻可以肯定，林子淵到炭幫總部之行，一定和他進入地窖有關，結果，是林子淵葬身炭窯，屍骨無存，這自然是一個極其悲慘的結局，林老太太這時心情悔恨，可以理解。

我想了一想，安慰她道：「老太太，我想，就算你當時堅持自己的意見，也不會有用！」

林老太太向我望來，我解釋道：「任何人，發現了自己的祖居，有一個建造得如此秘密的地窨，而且又肯定上代是曾在亂世之中，做過一番事業，我想，沒有甚麼人可以克制自己的好奇心，不進去看個究竟！」

林老太太呆了半晌，接著又嘆了一聲：「是的，其實當時我雖然害怕，雖然叫子淵不要進去，但是我心中，一樣十分渴望知道地窨中有什麼！」

我忙道：「這就是了，所以，你不必責怪自己！」

林老太太又嘆了幾聲，才道：「他當時笑著：『怕什麼？地窨裡，就算有什麼妖魔鬼怪，已經穿了一個洞，也早已逃走了！』我當時只是重複著一句話：『不要去！不要去！』可是他已經提著馬燈，走了出去，我只好跟在他的後面。」

林老太太伸出她滿是皺紋的手，在她的臉上撫摸了一下，才又道：「我們到了那斷牆處，他放下了馬燈，搬開了堵住入口處的一塊木板，我看到他的臉色，在燈光的照映之下，白得可怕，可知他的心裡，也十分緊張。我又道：『不要下去！』他抬起頭，向我望來，道：『我一定要下去，你——要是怕有什麼不對頭，可以在上面等我，不必一起下來，免得孩子沒人照顧。』」

林老太太向我望來，道：「衛先生，你想想，一個女人聽得丈夫對自己講這種話，心裡是不是難過？」

別一樣？」

我攤了攤手：「我很不明白，只不過進入自己祖居的地窖，何以你們兩人間，像是生離死

林老太太道：「我感到有極不幸的事會發生！」

我沒有再問下去，因為「預感」是十分奇妙的事，根本無可解釋。

林老太太又道：「我聽了之後，只是呆呆地站著，可能不知不覺，已經流下淚來，子淵伸手在我臉上抹著：『別傻了，不會有事的！』他一面說，一面已經提著馬燈，自那個缺口處，落了下去。」

林老太太愈說，神情愈是緊張：「我連忙踏前一步，從缺口處向下張望。白天我已經看過那缺口，可是因為下面黑，看不很真，這時，子淵提著馬燈，我看到他已經落了地，而面向前走著，牆中間的夾心，一直延續到地底下，成為一條甬道。他走出了不多久，我就看不到他了，只看到燈光在閃動，我忙對著缺口叫道：『子淵，我看不見你了！』他的聲音傳了上來：『這裡有一扇門！』接著，就是『砰砰』的撞門聲。不知道為了什麼，我聽到這樣的撞門聲，心像是要從口中跳出來！」

林老太太說著，向我望來。我不禁苦笑。她是當事人，連她也不知道是為甚麼，我怎麼知道？

林老太太停了一停，又道：「過了沒有多久，我就聽到一下大聲響，和子淵的歡呼聲：

『門撞開來了！』我忙道：『門裡有什麼？』我連問三四聲，子淵卻沒有回答我——」

當她講到這裡的時候，我忍不住道：「在這樣的情形下，你竟忍得住不下去看看？」

林老太太道：「是的，要不是在臨下去之前，講到怕會沒有人照顧孩子，我也早已下去了。」

我點了點頭，沒有再說什麼，林老太太道：「我急起來，正想大聲再叫，忽然又看到了燈光、人影，接著，子淵就出來了，我看到他一手提著鐵箱子，一手提著馬燈，神情興奮得難以形容，他一面走出來，一面抬頭向上，叫道：『果然有東西！你看，有一隻小鐵箱！』他來到了缺口下面，由於他兩隻手都拿看東西，很難攀上來，所以，他先將那隻鐵箱拋上來給我。

「那隻鐵箱不是很大，可是我笨手笨腳，他運拋了幾次，我才接住。鐵箱在手裡，也不是太重，我才後退一步，子淵就迅速爬了上來。

「他一爬上來，就喘著氣：『裡面是一間很小的地窖，四面全用大麻石砌著，只有這隻小箱子放在中間，這下子，我們一定發財了！』我提著箱子：『箱子很輕，不像是有金子銀子！』子淵罵我道：『傻瓜，比金子銀子值錢的東西有的是！』他一面說，一面接過了箱子來，自己拿著，我們一起回到了屋子中，恰好在那時，伯駿哭了起來，我進房去抱伯駿，子淵也跟了進來。

「他一面提著箱子，一面在用力拗那箱子的鎖。箱子雖然有鎖，可是並不很結實，一到房間，我抱起了伯駿，他將箱子放在桌上，用力一扭，已將箱子的鎖扭了下來，當時，我們都極其興奮，子淵望著我：『閉上眼睛，小心叫箱子裡的珍寶弄花了眼！』我道：『快打開箱子來看看！』子淵吸了一口氣，將鐵箱蓋打了開來。箱蓋一打開，我們向箱子中一看，全都傻了！』」

我並沒有打斷林老太太的敘述，她講到這裡，自己停了下來。但是，只停了極短的時間，她立時又道：「鐵箱子裡，只有一疊紙，裁得很整齊，用線釘著，像是一本賬簿——」

我心急：「或許紙上寫著什麼重要的東西？」

林老太太搖著頭：「我不知道！」

我呆了一呆：「你不知道？這是什麼意思？難道紙上面沒有字？」

林老太太道：「有，一眼我看到，紙上有幾行字，字體極工整，寫著：『林家子弟，若發現此冊，禍福難料。此冊只准林姓子弟閱讀，外姓之人，雖親如妻、女，亦不准閱讀一字，否則列祖列宗，九泉之下，死不瞑目！』我一看到這幾行字，真是又好氣又好笑，當時，我將抱著的伯駿，同子淵的懷裡一送：『好，你祖宗訂下的家規，你們兩父子去看吧！』我一說完，就賭氣向外走了出去。」

我聽得林老太太講到這裡，也不禁苦笑。以前，輕視女性，是平常事。連自己的女兒，也被當作「外姓人」。林老太太在那個時代，已經接受過學校的教育，又有勇氣不顧家人的反對，和林子淵結婚，當然是一個知識女性，個性也一定相當倔強，對於這樣的「祖訓」，心裡自然極度的反感！但是她這一爭氣，只怕我也難以知道這本鄭而重之，放在小鐵箱，又特地爲之建立了一個秘密地窖的冊子中，究竟寫著什麼了！我苦笑了一下：「你始終沒有看那冊子中寫的是什麼？」

林老太太道：「沒有，當時我賭氣走了出去，到了天井，坐了下來。我以爲子淵一定會追出來的，可是我等了很久，也不見他出來，我心裡有點生氣，也有點不耐煩，就繞到房間外面，隔窗子去看他。窗子關著，窗上糊著棉紙，看不清裡面的情形。可是他的影子，被燈光映在窗上，我看到他正在聚精會神地翻著那本冊子，他一頁又一頁地翻著。」

我又問道：「林先生以後沒有提起，他在那本冊千中看到了什麼？」

林老太太道：「沒有，奇怪的是，我因爲看到了冊子第一頁寫的那幾行字，心中動了氣，不願意再提起這件事。可是自從那晚之後，子淵也絕口不提這本冊子的事。當晚，我又到天井坐了下來，過了好久，聽到了伯駿的哭聲，哭了好久仍沒有人理會，我奔進房中，看到伯駿在床上哭著，因爲哭得久了，臉脹得通紅。子淵卻只是在一旁坐著，一動也不動，不知在想什麼事，連兒子哭成那樣，也不知道！」

林老太太的敘述，堪稱極之詳細，但是我發現她在有點緊要關鍵上，反倒不注意。伯駿哭了多久，全然無關緊要，她反倒說了出來。

是以我忙又道：「那時，他還在看那本冊子？」

林老太太皺了皺眉：「當時我奔進房子，看到孩子哭成那樣，當然是先抱起了孩子來，哄著他，直到孩子不哭了，我才注意子淵，發現他仍然像是木頭人一樣坐著發怔，我忍不住大喝一聲，道：『你在幹什麼？』子淵被我一喝，整個人震動了一下：『沒——沒什麼！』我和他做了幾年夫妻，當然知道他是有事在瞞著我，我立時又想到冊子第一頁上的那幾行字，哼了一聲，道：『你看到了些什麼？』

「子淵苦笑了一下：『你別怪我，祖訓說，不能講給外姓人知道！』我當然更生氣，冷笑了幾下，就沒有再理會他。這時，我沒有看到那冊子，也沒有看到那隻小鐵箱，不知道他放到什麼地方去了！我當然也不希罕知道他們林家的秘密。當長毛的，還會有什麼好事？多半是殺人放火，見不得人的事！」

事隔多年，林老太太講來，兀自怒意盎然，可見得當時，她的確十分生氣。

她繼續道：「自那晚起，我提都不提這件事，子淵也不提，像是根本沒有這件事一樣。這樣過了七八天，子淵忽然在一天中午，從學校回到家裡。他平時不在這時候回家的，我覺得意外，子淵一進門，就道：『我請了假，學校的事，請教務主任代理。』我呆了一呆：『你準備幹什麼？』子淵道：『我要出一次門！』他說的時候，故意偏過了頭去，不敢望我。」

「我心中又是生氣，又是疑惑。那時候的人，出門是一件大事，他竟然事先一點不和我商量。我立即盯著他道：『你要到哪裡去？』子淵呆了片刻，才道：『到安徽蕭縣去。』我這還是第一次聽到有這樣的一個縣，心中更奇怪，大聲問他：『去幹什麼？有親戚在那邊？』」

「子淵搓著手，神情很爲難，像是說又不是，不說又不是。我知道他人老實，不善撒謊。我立時又想到了那件事，冷笑一聲：『又是不能給外姓人知道？』子淵苦笑著：『是的！』我賭氣不再言語。我已經感到事情愈來愈不對頭，可是就因爲賭了氣，所以我就道：『要去，你一個人去，伯駿可不能讓你帶走！』子淵笑了起來：『本來我就是一個人去。』他收拾了一下行李，只帶了幾件衣服，臨走的時候對我道：『我很快就會回來！』」

林老太太說到這裡，雙眼都紅了，發出了一陣類似抽咽的聲音，神情極其哀傷。

林老太太爲什麼會悲從中來，當然再明白也沒有。她的丈夫，林子淵，一去之後，再也沒有回來過！

在這樣的情形下，我也實在不知該說些什麼話去安慰她好，只好陪著她嘆了幾口氣。

過了好一會，林老太太才止住了抽咽聲：「他一去，就沒有回來過！」

我點頭道：「我知道！」

本來，我還想告訴她關於林子淵出事的經過，但是我不知道當年四叔是怎樣對她說的，唯恐她原來並不知真相，知道了反而難過，所以話到口邊，又忍了下來。林老太太漸漸鎮定了下來：「他去了之後，我每天都等他回來，他也沒有說明去幾天，我一直等著，子淵沒回來，那天下午，忽然有一個陌生人來了。那陌生人一見到我，就道：『是林太太麼？林子淵太太？』我不知爲什麼，一看到這個陌生人，心就怦怦跳起來，一時之間，竟連話也說不出來。那人又道：『我姓計，叫計天祥，從安徽來。』」

當林老太太說到林子淵走了之後幾天，忽然有一個陌生人來見她之際，我已經知道這個「陌生人」就是四叔了。不過，四叔姓計，我自是知道，四叔的名字叫「計天祥」，我還是第一次聽說。

林老太太道：「我一聽到這個姓計的是從安徽來的，心跳得更厲害，張大了口，一句話也說不出來。那姓計的道：『林太太，我來告訴你一個不幸的消息，林子淵先生死了！』他這句話才一出口，我耳際轟地一聲響，眼前金星直冒，接著一陣發黑，就昏了過去。

「我和計先生在門口講話，我昏了過去，等到醒過來，人已經在客廳，坐在一張椅子上，兩個老僕人正在團團亂轉。我一醒過來，就聽得兩個老僕人焦急地在叫著：『怎麼辦？怎麼辦？』那姓計的倒很沈著：『林先生有親人沒有，快去叫他們來！』」

「兩個老僕人還沒有回答，我已經掙扎著站了起來：『沒有，子淵一個親人也沒有。他是獨子，甚至於連表親也沒有！』我一開口說話，計先生就向我望了過來。我那時，心中所想到的只是一件事：子淵死了！我再也見不到他了！子淵死了！」

林老太太講到這裡，不由自主，喘起氣來。我只是以十分同情的眼光望著她。當年，她年紀還輕，兒子只有三歲，丈夫莫名其妙死了！好好一個家庭，受到了這樣的打擊，心中的悲痛可想而知。即使過了那麼多年，這種悲痛，也一定不容易消逝。

第九部：一切關鍵在那本小冊子

林老太太深深地吸了一口氣，又長嘆了一聲，才又道：「那姓計的一聽到我這樣說，神情難過地握著手：『林太太，你沒有孩子？』他一問，我才想起伯駿來。我忙道：『伯駿呢？伯駿在哪裡，快找他來！』這時，我什麼也不想，只想將伯駿緊緊地摟在懷裡。」

林老太太又道：「伯駿在外面和別的小孩子在玩，一個老僕人聽得我那樣叫，馬上奔了出去，去找伯駿。」

「那姓計的來到了我的身前：『林太太，我，我是炭幫的幫主。』我呆了一呆，我根本不知道什麼是炭幫，聽也沒有聽到過，那姓計的又道：『你先生來找我，向我提出了一個十分古怪的要求。本來，事情很簡單，可是我實在沒有法子答應他，他——他竟然——』」

林老太太的神情，愈說愈難過，停了半晌，才又道：「計先生接著，就告訴了我子淵死的情形，那真是太可怕了，我實在不想再說一遍——」

我忙道：「你可以不必說，林先生當年出事的經過，我全知道！」

林老太太望了望我半晌：「這些年來，我對姓計的話，一直不是怎麼相信，他說——他說子淵是在一座炭窯中燒死的？」

我道：「是的，據我所知，是那樣！」

林老太太默然半晌，才苦澀地道：「活活燒死？」

我忙道：「林老太太，情形和你設想的不一樣，他一進炭窯，一生火，火勢極猛，一定是立刻就死，所以，他不會有什麼痛苦！」

林老太太陡地一震，突然伸手，抓住了我的手腕：「什麼？你說什麼？是他進了炭窯之後，才生火的？」

我不禁暗怪自己的口太快，我應該想到，四叔當年可能隱瞞了這一點的。

我忙含糊地說道：「我也不清楚，但總之，林先生是在炭窯裡燒死的，有一個本領很大的人，想去救他，幾乎燒掉了半邊身子！」

林老太太木然半晌，才道：「那姓計的人倒不錯，他看到我難過的樣子，安慰了我好久，才道：『我來得匆忙，沒準備多少現錢，不過我帶來了一點金子，我想你們母子以後的生活，總沒有問題！』他一面說，一面將一隻沈重的布包，放在几上，解了開來，我一看，足有好幾百兩金子。

「我當時道：『不，我和你根本不相識，怎能要你那麼多金子！』計先生道：『這是我一點心意！』我陡地起了疑：『子淵是你害死的？』計先生臉色變了變：『他死的經過，我已經跟你說過了！』我道：『要不是你良心不安，為什麼你要這樣對我？』計先生嘆了一聲：『是的，我有點良心不安，林先生的死，多少和我有一點關係。可是我不明白，何以林先生會向我提出那個古怪的要求來！他對我們那一帶的地形，好像很熟！他是那裡出生的？』

「我道：『當然不是，他除了曾到南京去上學外，沒到過別的地方！』計先生道：『這就怪了，我來之前，曾經向幾個人問起過，他們說，林先生到了之後，並不是立即見我，他先由一條小路，這條小路，只有我們的伐木人才知道。他從那條小路，到了一個叫貓爪坳的小山坳之中——』他講到這裡，我就打斷他的話頭：『你和我說這些，沒有用處，我根本不知道他為什麼要出門，他沒有告訴我！』

「計先生聽得我這樣講，『啊』地一聲：『你不知道？』我道：『我不知道。』這時，我心中亂到了極點，可是我感到計先生是一個可以傾訴心事的人。」

林老太太道：「或許是許先生給了我那麼多金子，這至少表示他有誠意。我接著，就將那個隱秘的地窖，在地窖中發現了一隻小鐵箱，鐵箱之中，有一本只准林家子弟看的冊子一事，講給了他聽。他聽得很用心：『對了！一定在那冊子上，載有什麼奇怪的事情！』

「他講到這時，老僕人在街上將伯駿找回來了，我一見到伯駿，悲從中來，摟住了伯駿，就哭了起來。計先生在一旁，我也沒留意他在我哭的時候究竟在幹甚麼，好像是不斷地來回踱步。等到我哭聲漸止，他才道：『林太太，我看你留在這裡，只有更傷心，這樣吧，我出高價，同你買這所屋子，你也別再耽擱了，先到你娘家去暫住幾天，然後，拿了錢，帶著孩子，到別的地方去吧！』我那時六神無主，而且一想到子淵死了，叫我和伯駿住在大屋子裡，我也實在不想，所以就答應了他。我以爲那些金子就是他付的屋價，誰知道過了幾天，他又給了我一大筆錢，說是屋價！」

我聽到這裡，忙道：「等一等，我有點不明白，你當時就離開了家？」

林老太太道：「是的，什麼也沒帶，抱了孩子，兩個老僕人跟著，我叫他們其中一個，拿了那包金子，就離開了。」

我道：「這——這情形有點不尋常，是不是？」

林老太太呆了一呆，像是她從來也沒有想起過這個問題，她想了一想，才道：「是的，很不尋常，但當時，一則我心裡悲痛，二則，我感到子淵出事，由這所屋子所起。如果不是這所屋子中有這個隱秘的地窖，他又在地窖中發現了那冊子，他根本不會離家到什麼蕭縣去！」

我道：「那時，你並沒有確切的證據，證明林先生出門，是因爲那本小冊子？」

林老太太道：「還會因爲什麼？本來，他的生活很正常，但是一發現那本冊子之後，他就變了，忽然之間，要出門去了！」

我點了點頭，林老太太這樣說法是合理的。林老太太道：「所以，我因爲子淵的死，對這所屋子，厭惡到了極點，根本不想再多逗留片刻，我想，就是因爲這樣，所以我才突然離開的！」

我「嗯」地一聲，接受了她這個解釋。

林老太太又道：「我來到門口，計先生追了上來，道：『林太太，請你給我你娘家的地址。』我告訴了他，他又道：『我可以在這屋子裡住麼？』我道：『屋子是你的了，你喜歡怎樣就怎樣！』計先生倒是君子，他又道：『我可能要在屋子找一找，想找到林先生這種怪異行動的原因。』我道：『隨便你怎樣，你喜歡拆了它都可以！』我就這樣走了！

「我到了娘家，我父母聽到了子淵的死訊，當然很難過，亂了好幾天，我再也沒有到那屋子去，只派僕人去取過一點應用的東西，去的僕人回來說，計先生一直住在那屋子裡！」

我吸了一口氣，四叔耽擱了一個月之久才回來，除了路上來回所花的時間，他在那屋子之中，至少也住了三個星期之久，在這三個星期之中，他是不是在這屋子裡找到了林子淵當年怪誕行徑的原因了呢？

我心中的疑惑，十分之甚，忙道：「你以後沒有再見過計先生？」

林老太太道：「見過，我已經說過了，過了幾天，他又送了一大筆錢來給我，還抱著伯駿，去買了不少東西給伯駿。當時，他只問了我幾句話：『林太太，林先生的祖上，是當太平軍的？』我道：『是，要不，他們也不會在長毛營造房子！』計先生道：『我找到了那本冊子，也看了！』當時我呆了一呆道：『那麼他為什麼要去找你，去找那塊木料？』

「計先生回答道：『他不是要找木料，他是想去找那株樹，可是在他來到以前一個月，恰好叫我們的人採伐了下來，所以，他只好找木料！』我聽得莫名其妙，實在不知道他在說什麼。而且，子淵已經死了，我也實在沒有興趣再去探討這件事，就沒有再接口。

「計先生這次走了之後，一直到大約兩個星期之後，才又來找我：『我要走了，林太太你多保重！』我向他道了謝。」

「當時，他的神情很怪，好幾次欲語又止，我看出他心中好像有些問題十分爲難，我道：『計先生，我們雖然只有見過幾次面，但是你這樣幫助我，我十分感激，你有什麼話，只管說。』計先生又猶豫了一下，才道：『好的，林太太，請你記著，不論過了多少年之後，如果你知道，有人要出讓一件東西——』」

「衛先生，他當時的話很怪，我只是照直轉述。他說：『是一件什麼東西，我現在也說不上來，但決不會是一件值得出讓的東西，而且要的價錢很貴，這件東西，多半是一段木頭，一塊炭，或者是一段骨頭，也可能是一團灰。總之有人出讓這樣的東西，你又有能力的話，最好去買了來。』」

林老太太說到這裡，望著我。

我也莫名其妙，四叔的話，的確很怪。但是在祁三的敘說之中，我早已知道，四叔一回去之後，再進秋字號窯中，發現了那塊木炭。當時，他自己也不知道會找到什麼東西。

可是，他卻知道在秋字號窯中，一定有著什麼東西，這又是爲什麼？

我神情茫然地搖著頭。

林老太太的神情，也充滿了疑惑，道：「計先生的話，有很多我到現在還想不明白。」

我道：「整件事十分神秘，你照直敘述好了。」

林老太太嘆了一聲，道：「好，當時我問他，道：『這是什麼意思，連你也不知道是什麼東西，為何要我去買下來？』計先生嘆了一聲：『我回去，找到了那東西，會托人帶一個信來給你。』」

我忙道：「你後來接到了他的信？」

林老太太道：「是的，我收到了他的一封信，信上只寫了『木炭』兩個字。」

我又道：「他沒有提到林先生為什麼要不顧自己性命，要去找那段木頭？」

林老太太道：「我問了，可是計先生卻像是不願意回答，一面踱著步，一面嘆息著。等我問急了，他才道：『我不相信，真的不相信！』我問道：『你不相信甚麼？』計先生道：『他——他——你先生看到了一些記載，記著一件怪事，他相信了，可是我實在無法相信！』我再追問，他道：『你還是不知道的好，等你孩子大了，他要是有興趣，你可以讓他自己去下判斷，信不信，全由他自己來決定好了。』」

林老太太道：「他這樣說了之後，又交給了我一樣東西，那是一隻小小扁平盒子，大小大約可以放下一本書，是鐵鑄的，盒子的合口處是焊死了的。他道：『這件東西，你一定要好好保管，不論你準備搬到哪裡去，都帶著。等到你得到了我剛才說的那件東西，可以叫伯駿打開來。』他說到這裡，神情更茫然：『我不明白——我沒讀什麼書，你要叫伯駿好好讀書，或者他會明白，將來他會明白。』」

林老太太又向我望來，我愈聽愈糊塗，道：「你沒有問計先生，那是什麼？」

林老太太道：「我問了，他只是說：『我不明白。』」

我忙道：「那東西還在？」

林老太太點了點頭，我一看到她給了我肯定的回答，心中才鬆了一口氣，因為四叔這樣囑咐，那東西一定極其重要！

我想叫林老太太立時拿那東西出來給我，但是林老太太接著又道：「當時，我答應了他，他就走了。不多久，我就帶著伯駿，帶著計先生給我的錢，離開了家鄉，先到新加坡，再到汶萊。人生地疏，開始了新生活，伯駿總算是很爭氣。一直到幾年前，我無意中看到了一段廣告，說是有一塊木炭出讓，我立時想起了計先生的話，所以才叫伯駿找上門去——」

林伯駿上次去見邊五和祁三的情形，我已經知道，所以我又作了一個手勢，打斷了林老太太的話頭：「這我已知道了，結果並沒有成交！」

休老太太道：「是的，伯駿回來告訴我，說他看到一塊木炭，竟要和等大的金子交換，他認為極端荒謬！」

我總覺得，林老太太的敘述之中，有點難以解釋的地方。她提及在地窖中找到的那本「冊子」，林子淵是看了這本「冊子」之後才有怪誕行動的。計四叔到了林子淵的家中，住了相當久，他可能也看到了這本「冊子」，而他看了之後的反應是「我不相信」、「我不明白」。計四叔在臨走之際，又交給了林老太太「一隻鐵盒子」，「大小恰好可以放下一本書」，又鄭重叮嚀不可失去，那麼，盒子中放的，就是那本「冊子」，實在再明白也沒有！

我的疑問就是：何以這許多年來，林老太太竟可以忍得住，不將這盒子打開來看看？看她這時，抱住那塊木炭的情形，她決不是不懷念她的丈夫。

而事實上，她看到了那塊木炭，神情激動，也並不是由於她真正知道那塊木炭有什麼古怪，只不過是因為那塊木炭，令她想起了往事！

我想到這裡，實在不想再聽林老太太再講下去，我要開門見山，解決心中的疑難。所以，當我一看到林老太太又要開口之際，我作了一個相當不禮貌的手勢，只差沒有伸過手去，捂住她的口：「那鐵盒子呢？請你拿出來！」

林老太太一怔，才道：「鐵盒子，計先生說，如果伯駿有興趣，可以打開來看！」

我大聲道：「這些年來，難道你一點好奇心也沒有？不想將之打開？」

林老太太苦笑了一下：「我知道，那鐵盒子裡放的東西，多半就是子淵當年在地窖中找到的那本冊子，那是只能給林家子弟看的！」

我又好氣又好笑：「林先生死了，可能就是因為這本冊子死的，你還講規矩？」

林老太太道：「正因爲子淵死了，所以我才希望伯駿來看這冊子。」

我無意識地揮著手，一句「豈有此理」幾乎已要衝口而出了。林老太太又道：「伯駿一懂事，我就開始和他講這件事，前後不知道講了多少遍，可是，他這人很固執，一點興趣也沒有！」

我忍不住站了起來：「事情和他父親的死有關，他怎麼可以沒有興趣？」

我的話才一出口，林伯駿的聲音，突然在我身後響了起來：「爲什麼不可以？人已經死了，就算我知道了他死亡的原因，又有什麼幫助？我已經離開了家鄉，建立了一個完全與過去不同的生活，爲什麼要讓過去的一些莫名其妙的事，再纏著我？」

我不知道他是什麼時候進來的，一聽到他的聲音，我就轉過身去，我耐著性子等他說完，又呆了半晌。林伯駿的話，倒也不是全無道理，雖然在我這好奇心極濃烈的人看來，不可理解，但不能完全說他沒有道理。

林伯駿又道：「所以，當我十歲那年，母親要我打開那鐵盒子來看看，我就拒絕，她每年都要求我一次，我都拒絕，我決不會想知道盒子內有什麼！」

我迅速地轉著念：「你不想知道，不會有人強逼你。不過，我很想知道！」

林伯駿道：「好，那不關我的事！」

他答應得這樣爽快，倒頗出乎我的意料之外。我和他雖然相見不久，但是已可以知道他是一個極其精明的人。一般來說，精明的人，是不怎麼肯爽快答應人家任何事的。所以，我望著他，看他還有什麼話說。

果然，林伯駿立時又道：「那鐵盒子可以給你——」

他講到這裡，伸手向林老太太手中的那塊木炭一指：「就向你換這塊木炭！」

我一聽，陡地跳了起來，當時，我正想順手給他重重的一拳！而接下來，林老太太的話，尤其渾蛋，她竟然道：「伯駿，那不可以，這塊木炭，人家是要換一樣大小的金子的，多少你得貼一點旅費給人家！」

我聽到這裡，實在是忍無可忍了，我一步跨向林老太太，多半是我在盛怒之下，臉色十分可怕，以致這位林老太太睜大了眼睛，吃驚地望著我，我一伸手，自她的手中，將木炭接了過來，向外便走。

我來到門口，才轉過身來：「林先生，或許你對過去的事不感興趣，但是我還是要告訴你，你父親當年死在炭窯裡，這個炭窯中的任何東西全成了灰，只有這塊木炭在，這其中，有許多不可解釋的事，和你父親有著關連！」

我在最後一句話上，加重了語氣。

可是林伯駿的回答，卻令我瞠目，他冷冷地道：「就算你帶來的，是我父親的遺體，我也不會出那麼高的價錢，你可以保留著！」

林老太太道：「伯駿，和衛先生商量一下，那畢竟和你父親有關——」

林伯駿道：「媽，你只不過想有人詳細聽你講過去的事，現在你講過了，他也聽過了，這樣的一塊木炭，還要來幹什麼？」

林老太太嘆了一聲，不再言語。而這時候，我的啼笑皆非，真是難以形容到了極點！

當然沒有什麼可以說的了，我轉身向外便走，一直走出了林伯駿的屋子，一直向前走著。

我在這時，心中又是生氣，又是苦惱，而且又充滿了疑團，真不知道想些什麼才好。我來的時候，是林伯駿的車子送我來的，直到這時，我才發覺，這條路相當長，我要步行回市區，不是容易的事！

可是無論如何，我決不會回去求林伯駿，這王八蛋，我實在對他無以名之。而我到這裡來，會有這樣的結果，始料不及！林老太太才一見到我時，何等興奮，可是原來她也根本不知道那塊木炭有什麼古怪，只不過要人聽她講往事！

而我，不是自負，可以說是一個不平凡的人，這次竟做了這樣的一樁蠢事！

我實是愈想愈氣惱，剛好在我面前，有一塊石塊，我用力一腳，將之踢得向前直飛了出去，石頭飛出之際，一輛極豪華的汽車，正迎面駛來，石頭「拍」地一聲響，正好撞在汽車的擋風玻璃上。

車子行駛的速度相當高，石頭的去勢也勁，玻璃在一撞之下，立時碎裂開來，車子向路旁一側，幾乎衝進了路邊的田野之中，看起來司機的駕駛技術相當高，及時煞住了車子。

這時候，我自己心中感到極度的歉意。我自己心中氣惱，倒令得一輛路過的車子遭到無妄之災，而且還可能鬧出大事來。

我忙向車子走過去，已經準備十分誠懇地道歉，可是車子一停，車門打開，兩個彪形大漢，陡地衝了出來。一面吆喝著，一面向我直衝過來，不由分說，揮拳直擊！

從這個大漢出拳的身形、勁道來看，毫無疑問，他們全是武術高手，我可以肯定，一個身體健壯的人，只要不懂武術，在他們兩人這樣的攻擊之下，只要五秒鐘，就一定會躺在殮房中！

這大大出乎我的意料之外，我立時身子一側，避開了一個大漢的一拳，同時伸足一勾，勾得另一個大漢身子向前跌出一步，使他的一拳，打在他的同伴身上。

我立時又疾轉過身來，準備應付這兩個大漢的第二次進攻。

這兩個大漢，又怒吼著攻了過來，但也就在此際，我身後陡地響起了一下呼喝聲，叫道：「停手！老天，衛斯理，是你！」

我呆了一呆，前面那兩個大漢已經立時站定，神情驚疑不定。我吁了一口氣，轉過身來，在車子中，一個人正走出來。

這個人，不是別人，就是我的債主陶啓泉，亞洲豪富。我知道他在汶萊，但是想不到竟然和他會在這樣的情形之下見面。

陶啓泉見了我，又是高興，又是吃驚。

他一面下車向我走來，一面道：「衛斯理，你爲什麼要對付我？如果你要對付我，我一定完了，我這兩個保鏢，不會是你對手！」

我本來心中憋了一肚子氣，可是這時，忍不住哈哈大笑了起來，陶啓泉莫名其妙地望著我，我道：「如果我告訴你，我只是心中生氣，無意之中踢出了一塊石頭，石頭撞中了你的車，你是不是相信？」

陶啓泉呆了一呆，才道：「相信，你曾經幫過我這樣的大忙，我沒有理由不相信你。你怎麼會要步行？你準備到哪裡去？」

我長嘆一聲：「說來話長！」

陶啓泉十分高興，拍著我的肩頭：「我們難得見面，今晚你在酒店等我！」

陶啓泉是一個大人物，這時可以證明。他的那輛車子，是蘇丹撥給他使用的，車子一停，保鏢跳出來，司機已經用無線電話報告出了事，前後不到十分鐘，我已經聽到了直升機的軋軋聲，當地警方的一架直升機已經趕來，司機下車來：「陶先生，車子立刻來。」

陶啓泉道：「要兩輛，一輛交給衛斯理先生用，要和招待我的完全一樣！」

司機答應一聲，立時又回車子，去聯絡要車子了。

直升機在上空盤旋了一會降落，幾個警官神情緊張地奔了過來，和保鏢嘰哩咕嚕了片刻，又過來向陶啓泉行禮。他們衝著我直瞪眼。

陶啓泉不理他們，邀我進車子坐：「你到汶萊幹什麼？又有稀奇古怪的事？」

我苦笑了一下：「別提了，太窩囊！你去見什麼人？」

陶啓泉道：「一個叫林伯駿的人，生意上，他有點事求我，千請萬懇要我去吃一餐飯，不好意思拒絕。」

我悶哼了一聲：「這王八蛋！」

陶啓泉一聽得我這樣罵，陡地一怔：「怎麼，這傢伙不是玩意兒？」

本來，我可以趁機大大說林伯駿的一番壞話，但是我卻不是這樣的人，我道：「那是我和他之間的事。你和他如果有生意上的來往，他倒是一個好的生意人，一定會替你，替他自己賺錢。他精明、能幹，幾乎不受外界的任何影響，極其堅定，有著好生意人的一切條件！你放心好了！」

陶啓泉有點意外地望著我，我笑道：「你應該相信我的判斷！」陶啓泉道：「我當然相信你，可是剛才你說——」

我道：「這事說來話長——」我轉換了話題：「你可想知道，我向你借了兩百萬美元，買了什麼？」

陶啓泉道：「我從來不借錢給任何人！」

我很感謝他的盛情，也不多說什麼，只是打開了那隻盒子來，讓他看那塊木炭：「我買了這塊木炭！」

陶啓泉睜大了眼，盯著這塊木炭，又盯著我，神情疑惑之極。我笑道：「我怕你沒有時間知道所有的來龍去脈，要講，至少得半天時間！」

陶啓泉道：「你真是怪人！」

這時，陸續有不少華貴的汽車駛過來，那些車子一看到陶啓泉的車子停在道旁，也全停了下來，自車中走出來的人，都向陶啓泉打招呼，圍在車旁，看來，那全是林伯駿請來的陪客。

半小時之後，又兩輛華麗大房車駛到，一輛來接陶啓泉的，另一輛，給我使用。我和陶啓泉分手，上了車，駛到市區，住進了酒店，心裡又紊亂又氣惱，我想和白素通一個電話，但是拿起電話來之後，我想來想去，沒有什麼可以告訴她的。總不成說我去上門兜售結果不成功，差點沒叫人當作騙子趕了出來？所以我又放下了電話，索性一個人生悶氣。

我已經準備睡覺了，突然一陣拍門聲傳了來。我躍起，打開門，不禁呆了一呆。在門口的是林伯駿。神情十分惶恐，手中拿著一個紙包，望著我，想進來又不敢進來。

我一看到林伯駿，心中已經明白，一定是陶啓泉見到他的時候，向他提起了我。我悶哼一聲：「宴會完了麼？林先生！」

林伯駿道：「我可以進來？」

我作了一個「請進」的手勢，林伯駿走了進來，將他手中的紙包，向我遞了過來：「衛先生，這就是家母提到過的，當年計先生臨走時交給她的那隻鐵盒子！」

我早就說過，林伯駿是一個十分精明能幹的人，他自然知道再來見我，我不會有什麼好嘴臉給他看，所以他一見到了我，就將那鐵盒子給我。那使我想生氣也生不出來，因爲我實在想知道那鐵盒子裡面究竟有些什麼東西！

我呆了一呆，接過了盒子來：「林先生，這裡面可能有件你上代的大秘密——」

林伯駿道：「我不想知道！」

他答得如此肯定，我自然不好再說下去。他又道：「我是送給你的。」

我笑了起來：「謝謝你了！」

林伯駿道：「不，我應該謝謝你才是，陶先生已委託我作爲他在汶萊的代理人，這是由於你的推薦，想得到這個委任的人很多，本來輪不到我！」

我道：「那是由於你的才能！」

林伯駿又道：「陶先生在這裡的事業相當多，有的還可以大大發展，我想請你當顧問！」

我呆了一呆：「對於做生意，我可是一竅不通！」

林伯駿笑了起來：「顧問的車馬費，是每年二十萬美元，你可以預支十年。」

我呆了一呆，隨即明白了他的意思，我哈哈笑了起來：「不錯，這樣，我就可以還錢給陶啓泉了！好，我當顧問！」

這件事，會有這樣的解決，倒真出於我的意料之外，林伯駿極高興，立刻取出了一張銀行本票來給我，我剛接本票在手，又有人叩門，我去開了門，陶啓泉走了進來，看到林伯駿，笑著：「你比我還來得早！」

林伯駿筆挺地站著，一副下屬見了上司的模樣，我道：「我做了林先生的顧問！」

陶啓泉道：「好啊，我更可以放心投資了！」

我將林伯駿給我的本票，交給陶啓泉：「欠債還錢，利息欠奉！」

陶啓泉接過了本票來，向袋中一塞：「我推掉了一個約會，來和你閒談，那木炭究竟是怎麼一回事？」

他說著，坐了下來，林伯駿仍然站著。

這時，我心境極愉快，因為不但還掉了一筆欠債，而且，還得到了計四叔當年給林子淵太太的那隻鐵盒子！我急於想知道鐵盒子中是什麼，所以我不客氣地將陶啓泉從椅上拉了起來，推他向門口：「對不起，我沒有時間陪你閒談！」

陶啓泉嘆了一口氣：「真難，大家都太忙了！」

他無可奈何地走了出去，林伯駿忙跟了出去，我關上門，急不及待撕開紙包，看到了那隻鐵盒子。正如林老太太所說，盒子是密封的，在焊口處，粗糙得很，看得出是手工的焊製。

我估計鐵盒用一釐米厚的鐵板鑄成，要撬開它，不是什麼難事，我取出了隨身攜帶的一柄多用途的小刀，先用其中的一柄銼子，在焊口處用力銼著，不一會，就銼下了很多鐵屑，大約十分鐘之後，焊口已經銼出了一道縫。

我再用小刀，伸進縫中，用力撬著，沒多久，裂縫漸漸擴大。我用一隻鉗子，鉗住了一個斷口，將鐵盒用力踏在地上，手向上拉，漸漸將鐵盒上面的一片，拉了下來。

鐵盒一打開來，我就看到了一個用油布小心包好的扁平包裹，我將油布拆了開來，一本小冊子，在油布之內。

我到這時，才明白林老太太何以不說那是一本書，而說那是「冊子」。因爲那是一本舊式的賬簿，玉扣紙，有著紅色縱紋的那一種。這種賬簿，現在早已絕跡。在冊子的封面上，我看到了那兩行字：「林家子弟，若發現此冊，禍福難料——」

也確如林老太太所說，字體十分工整。而和林老太太所說不同的是，在那兩行字旁邊，另外有幾行字，字體歪斜，有一股豪氣，那是計四叔留下來的，寫道：「余曾詳讀此冊中所記載之一切，余不信，亦不明，但余可以確證，林子淵先生因此冊中所載而導致怪行，以致喪生。林家子弟，即使閱讀此冊之後，如林子淵先生一般，深信不疑，亦不可再有愚行。計四。」

那幾行字，自然是表示計四叔看了這本冊子之後的感想，我還未曾看這本冊子，當然也無法明白四叔何以會這樣寫。

我先將整本冊子，迅速翻了一翻，發現約有七八十頁，上面密密麻麻，寫滿了蠅頭小楷，有的字體工整，有的字體潦草，看起來，像是一本日記。

我心中十分興奮。因爲林子淵當年，爲什麼突然離開家鄉，爲什麼他會有這種怪誕的行動，很快就可以有答案了。

第十部：那本小冊子記載的神秘事件

我定了定神，開始看那冊子上所記載的一切。那的確是一本日記，記載著大約三個月之間的事。等到我看完了這本冊子之後，已經是將近午夜時分，我合上冊子，將手放在冊子上，呆呆地坐著，心頭的駭異，難以形容。

就算我能夠將心頭的駭異形容出來，也沒有多大的用處，倒不如將那本冊子的內容介紹出來的好。

冊子中所寫的字極多，超過二十萬字，最好，當然是原原本本將之抄下來，但是有許多，是和這個故事沒關係的，而且，記載的人，也寫得十分凌亂，還夾雜著許多時事，用的又是很多年前，半文不白的那種文體，看起來相當吃力。

所以，我整理一遍，將其中主要的部分，介紹出來，其他的略而不提。而且，一些專門名詞，我也用現代人所能瞭解的名詞來替代，以求容易閱讀。

寫日記的人，名字叫林玉聲。我相信這位林玉聲先生，一定是林子淵的祖先，可能是他的祖父，或者曾祖父，等等。

林玉聲是太平軍的一個高級軍官，在日記中看來，他的職位，相當於如今軍隊中的一個師的參謀長。他的軍隊，隸屬於忠王李秀成的部下。

日記開始，是西元一八六〇年（清咸豐十年），三月。這時，已經是太平天國步向滅亡的開始了。

三月，曾國藩的湘軍，已經收復武漢、九江。向北進兵的太平軍，又被僧格林沁打得大敗，但是太平軍還保有南京，在江蘇、安徽一帶，還全是太平天國的勢力範圍，軍隊的數量也不少。

當時的形勢是，清廷在南京附近屯兵，由向榮指揮，稱江南大營，在揚州附近屯兵，由琦善指揮，稱江北大營。江南大營的戰鬥對象是太平軍的李秀成，江北大營的敵對方面，是太平軍的陳玉成。

林玉聲，就是李秀成麾下的一名高級軍官，他的日記，也就是在如何與向榮的江南大營血戰開始，其中的經過，寫得十分詳盡，兩軍的進退、攻擊，甚至每一個小戰役，都有詳盡的記載。

這些，當然是研究太平軍和清軍末期交戰的好資料，但是對本篇故事，並沒有多大關係，所以只是約略一提就算。

真正有關係的是在四月初八那一天開始。那一天，林玉聲的日記中記著如下的事件（我將之翻譯成白話文，仍保留林玉聲的第一人稱）！

忠王召見，召見的地點在軍中大帳，當時我軍在蕭縣以北，連勝數仗，俘向榮部下多人，有降者，已編入部隊，其中滿籍軍官三十七人，被鐵鍊鎖在一起，扣在軍中，擬一起斬首，忠王召見，想來是為了此事。

及至進帳，忠王摒退左右，神情似頗為難，徘徊踱步良久，才問道：「你看天國的前途如何？」我答道：「擊破江北大營，可以趁機北上，與北面被圍困的部隊會合，打開新局面。」

忠王苦笑：「怕只怕南京城裡不穩！」我聞言默然。天王在南京，日漸不得人心，雖在軍中，也有所聞，但不便置喙。

忠王又問：「如果兵敗，又當如何？」我答道：「當率死士，保護忠王安全！」

忠王長嘆：「但願兵荒馬亂之後，可以作一富家翁，於願足矣！」我不作答，因不知忠王心意究竟如何。

忠王又徘徊良久，才道：「玉聲，你可能為我做一件事？」

我答：「願意效勞！」

忠王凝視我半晌，突然大聲叫道：「來人！」一名小隊長，帶領十六名士兵進帳來，我認得這十七人，是忠王的近身侍衛，全是極善武之人。忠王等他們進來之後，指著我道：「自現在起，你們撥歸玉聲指揮，任何命令，不得有誤！」

全體十七人都答應著，忠王又揮手令他們出去，然後取出一幅地圖來，攤開，置於案上，指著地圖一處：「這裡叫做貓爪坳，離我們紮營處，只有四里，翻過兩座山頭可到！」

我細審地圖，心中疑惑，因為這小山坳進不能攻，退不能守，於行軍決戰，毫無用處，不知忠王何以提及。

忠王直視我，目光炯炯。

忠王每當有大事決定，皆有這種神情，我心中為之一凜，心知忠王適才要我為他辦的事，決非尋常。

忠王視我良久，才道：「玉聲，你是我唯一可以信託之人。」

我忙道：「不論事情何等艱難，當盡力而為。」

忠王道：「好。」隨即轉身，在一木櫃之中，取出一件東西，那是一隻徑可五寸，長約三尺的圓筒，兩端密封，筒為鐵鑄。

我看了不禁大奇，因從未在軍中得睹此物，於是問：「這是什麼？洋鬼子的新武器？」

因為這時，有洋鬼子助清廷，與我軍對抗，是以才有此一問。

忠王笑道：「不是，這鐵筒內，全是我歷年來，在戎馬之中所得的財寶。」

我聞言，大吃一驚。忠王戎馬已久，轉戰南北，率軍所過之處，皆東南富庶之地。軍中將領，莫不趁機劫掠，賢者不免。

為討好上峰，頗多擇其中精良罕見的寶物，價值連城者，奉獻上峰。忠王位高，又素得部下愛戴，可知此一圓筒之中，所藏的寶物，一定價值連城，非同小可。

我面上色變，忠王已洞察：「玉聲，這筒中，有珍珠、翡翠、金剛鑽，頗多稀世之寶，我曾粗略估計，約值銀三百萬兩之譜！」

我不禁吸氣：「如此，則兵荒馬亂之後，豈止一富家翁而已！」

忠王笑，神情苦澀。我道：「若是要我找人妥為保管這批寶物——」

忠王揮手，截斷我話頭：「不然，我已找到一妥善地方，收藏此物！」

我恍然大悟：「在貓爪坳？」

忠王點頭道：「是。月前我巡視地形，經過該處，發現某地甚為隱秘，古木參天，我已想好收藏這批寶物的方法，找其中一株大樹，以極精巧之方法，將樹心挖空，然後將圓筒插入樹心之內，再將挖傷之處，填以他株樹上剖下之樹幹，用水苔、泥土包紮——」

忠王講到此處，我已明白，擊案道：「好方法，不消一年，填補上去的樹幹，會和原幹生長吻合，外觀決不能覺察！」

忠王笑道：「是，而原樹一直長大，寶物在樹心之內，絕無人知！」

忠王講到「絕無人知」之際，我心中已暗覺不妙。此事，他知、我知，而且非一人可辦，何得謂絕無人知？然而當時又未暇細想。

忠王又道：「玉聲，我派你帶適才一隊士兵前往，不可告知任何人，去辦此事。辦完之後，更不可對任何人提及。不幸兵敗，取寶藏，遠走高飛，當與你分享！」

忠王語意誠懇，我聽了不勝感動惶惑，忙答道：「願侍候王爺一生！」

忠王笑拍我肩，將有關貓爪坳之地形圖交予，囑明日一早行事，出發之前，先到他帳中，取收儲寶物之圓筒。忠王雖曾一再叮囑，不可將此事與任何人提及，但我向有日記之習慣，是以歸營之後，將與忠王之對話，詳細記載，或有後人觀之，我固未曾與任何人提及也。

（才在冊子上看到這一段記載，我心中已經駭然。原來林子淵的上代，在太平軍的地位相當高，而且，曾替忠王李秀成進行這樣一件秘密的藏寶任務！）

（林玉聲在日記中提到的那個圓筒中寶物，忠王自己的估計，是「約值三百萬兩」，這真是駭人聽聞。當年約三百萬兩，是如今的多少？而且，近一百年來，稀有珍寶的價值飛漲，這批寶藏，是一個天文數字的財富！）

（我想，林子淵一定爲了這批珍寶，所以才動身到蕭縣去的。）

（我的想法，或許是對的，但是當我再向下看那本冊子中所記載的事情時，我發現，這種想法，就算是對的，也不過對了一部分。）

（林子淵到蕭縣去，那批珍寶，只是原因之一，因爲後來事情發展下去，有更怪誕而不可思議的事在！）

（讓我們再來看林玉聲當年的日記。那是他和忠王對話之後第二天記下的。）

昨宵，一夜未眠，輾轉思量，深覺我軍前途黯淡，連忠王也預作退計，我該當如何，實令人浩嘆。

往忠王帳，兵士與小隊長均在帳外，進帳，忠王將圓筒交予，在鐵筒外，裹以黃旗一面。我接過，忠王又鄭重付託，說道：「玉聲，此事，你知、我知而已。」

我道：「帳外十七人——」

我語未畢，忠王已作手勢，語言極低：「帳外十七人，我自有裁處，你可不必過問。」

我聽忠王如此言，心中一涼，已知忠王有滅口之意，但駭然之情，不敢外露，免遭忠王之疑，只是隨口答應：「如此最好。」

忠王送出帳來，隊長已牽馬相候，我與隊長騎馬，十六名士兵，八人一隊，列兩隊前進。

一路上，我和隊長閒談，得知隊長張姓，江蘇高郵人，沈默寡言，外貌恭順，但我察知其人陰騺深沈。然此際共同進退，絕未料到會巨變陡生。

自軍營行出里許，略歇，停息於山腳下一處空地之中，士兵略進乾糧，我不覺餓，但飲清水。

於其時，我問隊長：「忠王所委的事，你必已經知道？」

出乎預料之外，隊長答：「不知，王爺吩咐，只聽林六爺令。」

我不禁略怔，由此看來，忠王真是誠心托付，當我是親信。當時，知遇之感，油然而生。

隊長也不再問，我道：「到達目的地之後，自當告知！」

休息片刻，繼續前進，進入地圖所載之貓爪坳之範圍，且已圈中其中一株樹木，按圖索驥，來至樹前，隨行士兵，多帶利器，剖樹挖孔，甚易進行。

至天將黑，樹心已挖空，我抖開黃旗，將圓筒取出，置於樹心之中，再在他樹剖取一截樹幹，填入空隙，裹以濕泥，明月當空。

隊長及眾士兵，在工作期間，一言未發，當我後退幾步，觀察該樹，發現已不負所托之際，長吁道：「總算完成了！」

隊長面上，略現訝異之色：「沒有別事？」

我道：「是，這事，王爺鄭重託付，不可對任何人提及，你要小心！」

隊長道：「是，是，我知道這事，一定極其隱秘——」

隊長說到此際，月色之下，隱見他眉心跳動，神情極度有異，我忙道：「王爺派你跟我來辦事，足見信任，要好自為之。」

隊長答應一聲：「林公，我蒙王爺不次提拔，只有今日，王爺若有任何命令，自當一體遵行！」

我尚不以為意：「自然應當加此！」

我話才出口，隊長陡地霍然拔刀出鞘。月色之下鋼刀精光耀目，我見刀刃向我，不禁大驚，竟張口無聲，隊長疾聲道：「林公，此是忠王密令，你在九泉之下，可別怪我！」

隊長疾喝甫畢，刀風霍然，精光耀目，我急忙轉身，待要逃避，但背上已經一陣劇痛，我在劇痛之中，撲向樹身，雙臂緊抱樹幹，身子也緊貼在樹幹上，但覺得背上劇痛，身子像已裂成兩半，眼前發黑，耳際轟鳴。所想到唯一之事，是我命休矣！忠王竟先殺我滅口，梟雄行事，果異於常人！

我一想到此際，已然全無知覺，但奇在倏忽之間，眼前光明，痛苦全消，身輕如無物，心靜若悟禪。最奇者，眼前景物，歷歷在目，但竟不知由何而視。耳畔聲響，一一可聞，但也不知是何而聞。首先看到者，是我自己，仍緊抱於樹幹之上，背後血如泉湧，神情痛苦莫名，其時，我只覺得心中好笑，根本無痛苦，何必如此神情痛楚？

繼而，聽到慘呼聲不絕，旋又看到，十六名士兵，八人一隊，正在呼喝慘叫，其中八名，旋即倒地，有扭曲者，有負傷爬行者，血及污泥交染，可怖之極，無異阿修羅地獄，慘叫之聲，驚心動魄。

尚餘之士兵，仍在狠鬥，長刀飛舞，不片刻，一一倒地，只餘隊長一人，持刀挺立。

我看到隊長來到眾士兵之前，一一檢視，見尚有餘氣未斷者，立時補戮一刀，直至十六名士兵盡皆伏屍地上，隊長向我抱在樹上的身體走來，揚刀作勢欲砍，但揚起刀後，神情猶豫，終於長嘆一聲，垂下刀來，喃喃道：「上命若此，林公莫怪！」

我聽得他如此說，又見他轉身，在鞋底抹拭刀上之血跡，心知他回營之後，必遭忠王滅口，想出言警告，但竟有口不能言，而直到此際，我才發現自己，有口乎？無口乎？不但無言，亦且無身，我自己之身，猶緊抱在樹幹之上，但我此際，分明已超然於身軀之外，與身軀已一無關係可言，直到此時，我方明白：我已死！我已死！魂魄已離軀殼，我已死！

（當我看林玉聲的日記，看到這裡之際，實在駭異莫名。說不定是心理作用，我竟覺得酒店房中的燈光，也黯淡了許多！）

（這真是太不可思議了！）

（我第一個直接的反應，是邏輯性的：林玉聲既然「已經死了」，如何還會將他的經歷寫下來？在冊子上所寫的文字來看，筆跡一致，分明是一個人所寫的。如果說他死了之後還會執筆寫字，當然不可能。）

（其次，我感到震驚的是，林玉聲在記述他「已死了」的情形時，用的字句，十分玄妙，他說自己沒有口，沒有眼，沒有耳，連身子也沒有，但是，他卻一樣可以聽，可以看，而且還可以想！）

（我的手心不由自主在冒汗，我看到這裡，將手按在冊子上，由於所出的手汗實在太多，所以，當我的手提起來之際，冊子上竟出現一個濕的手印！）

（我定了定神，我知道再看下去，一定還可以接觸到最玄妙不可思議的事情，我真要好好鎮定一下，才能繼續看下去。）

（林玉聲寫在冊子上的「日記」，繼續記述著以後所發生的事。）

我已死！

魂魄已離體，想大叫，但無聲。目睹隊長離去，欲追隊長，但發現不能移動。也非絕不能移動，我自覺可以動，可以上升，可以下沈。

可以左、右橫移，但移動不能超越大樹樹枝的範圍。

可以一直移至大樹最高的樹梢之上，望到遠處，望見隊長在離去之際，開始尚一步一回頭，神情極痛苦茫然，但隨即走出山坳之外。

我又下沈，沈到自己的身體之前，猶可見自己痛苦扭曲之臉，緊貼於樹幹之上。

至此，我更恍然大悟，我之魄魂，離開身軀之後，已進入大樹之中，依附於大樹，不能離開大樹範圍之外，我在大樹之中！

我實在不願在大樹之中，更不知此事如何了局，我竭力想叫喚，但自己也聽不見自己發出之聲音，我竭力掙扎，想脫出大樹之範圍。

我無法記憶掙扎了多久，事後，一再追憶，恍然若噩夢，只有片段感覺，清楚在憶，其餘，散亂不堪。

我只憶及在掙扎之間，陡然眼前劇黑，背部又是陣陣劇痛，張口大叫，已可聞自己之聲，背部劇痛攻心，令我全身發抖，張眼，見樹皮在眼前，低頭，見雙手緊抱樹身，我竟又回到了自己軀殼之內！

背後之劇痛，實難忍受，我大聲呻吟，甚盼再如剛才之解脫，但已不可得，劇痛繼續。幸久歷軍伍，知傷殘急救之法，勉力撕開衣服，喘息如牛，汗出如漿，待至緊紮住背後的傷口，已倒地不起，氣若游絲。

當時，唯一願望，是再度死亡，即使魂魄未能自由，千年萬年，在所不計，適在片刻之間，眼前光明，痛苦全消之境地，猶如親歷，較諸如今，滿身血汗，痛苦呻吟，不可同日而語。雖夭死可怨，我寧死勿生，生而痛苦，何如死而解脫！

我已知人死之後，確有魂魄離體而存，又何吝一死？但此際，求死而不可得，痛苦昏絕，及至再醒，星月在目，已至深夜。

我不知何以會死而復甦，想是張隊長下手之際，不夠狠重，一刀之後，猝然而亡，魂魄離軀，但心肺要脈未絕，又至重生。

或是由於我當時竭力想掙扎離開樹中，以致重又進入軀殼之中，是則真多此一舉矣。

醒轉之後，難忍痛楚，重又昏絕，昏後又醒，醒後又昏，一日夜之中，昏絕數次，每當醒轉之際，劇痛攻心，口乾舌燥，痛苦莫名，直至次日黃昏時分，在大聲呻吟之中，才掙扎站起，倚樹喘息。

我魂魄何以會進入大樹之中，真正難明，其時，只盼魂魄能再離軀，思索若其傷重不治，又可解脫，內心稍覺安慰，但當日中午，適有樵夫經過，驟見遍地屍體，大驚失色，繼聞我呻吟聲，將我扶住，又召來同伴，將我抬出三里之外。

十日之後，傷已大有起色，可以步行，削樹為杖，持杖告別樵民，回至營地，大軍已拔營而起，唯我所住的營帳還在，想是忠王心有所愧，未敢擅動。

進帳之後坐定，帳內物件，一一還在，無一或缺，人言「恍若隔世」，我是真如隔世矣！

大軍雖起行，但尚留下不少食物，在帳中，獨自又過一月有餘，傷已痊癒，背鏡自顧，背後傷痕，長達尺許，可怕之極。

帳中養傷，早已想定，一旦傷癒，自然不能再從行伍，當急流勇退，而忠王對我不仁，我也對他不義，樹中寶藏，自當據為己有！

傷痊癒之後，再依圖前往貓爪坳，十六名士兵屍體，已成白骨，大樹兀立，拆開包裹之濕泥，補上之樹幹，已與被挖處略見吻合，正以隨身小刀，待將填補之樹身取出來之際，奇事又生！

小刀才插入隙縫之中，身子突向前傾，撞於樹幹之上，俄頃之間，又重睹自身，滿面貪欲，油汗涔涔，正在緩緩下倒。

於此一剎那間，我明白自己重又離魂，但我固未受任何襲擊，身軀雖在向下倒去，絕無傷痕。如今情形，正是我一月餘前，傷重痛苦、呻吟轉輾之間想求而不可得之境地，今又突然得之，一時之間，真不知是喜是悲，不知是留於樹中，還是掙扎回身軀之內。

也就在此時電光石火，一剎那之間，我已明白，不禁大笑，雖未能聞自己笑聲，但內心歡愉，莫可名狀，古人有霎時悟道者，心境當與我此時相同。

我已明白，魂魄在樹，魂魄在身，實是一而二，二而一，並無不同。魂魄在樹，可見可聞，魂魄在身，情形一致無二，何必拘泥不化，只要魂魄常存，樹幹即身軀，身軀即樹幹。

我內心平靜歡愉，活潑寧謐之間，忽又覺山風急疾，倒地之身，又重挺立，眼前已是樹而不是身，開口聞聲，則魂靈歸來，重復我身。

有適才之悟，財寶於我，已如浮雲，滿眼白骨，一地落葉，無一不是我軀，又何必拘泥？肉軀多不過百年，古樹多不過千年，何物依附，才至於萬萬年不絕？事上無物可致永恆，永恆在於無形，得悟此理，已至於不滅之境矣！

飄然而離，於我而言，已無可眷戀之物！

林玉聲的「日記」，最主要的部分，如上述。

而當我看到了他在日記中記載的一切之後，心中的感覺，真是難以形容。

林玉聲在由死到生，由生到死之中，悟透了人生不能永恆，軀體不能長生存的道理。任何人，在經歷過巨大的劇變之後，多少可以悟點道理，何況是生死大關！但是，他記載著，他的「魂魄」，曾兩度進入大樹之中，這又是怎麼一回事呢？

「魂魄」是林玉聲日記中用的原文，這是中國傳統的說法。較現代的說法，是「靈魂」。從林玉聲的記載中看來，他肯定了人有靈魂的存在。靈魂離體之後，「有口乎？無口乎？」或者說：「有形乎？無形乎？」根本已無形無體，但是，爲什麼會進入樹中呢？

林玉聲記載中，有不明不白的地力，就是，在進入樹幹之後的他的靈魂，照他記載的，是可以在樹內自由活動，上至樹梢，下至樹根，但是脫不出樹伸展的範圍之外。

這樣說來，在這樣的情形之下，樹，就是他的身體。那麼，是不是這時候若有人伐樹，他會感到疼痛？

林玉聲沒有說及這一點，當然，這也不能怪他，因爲當時只有他一人，並沒有人在這時在樹上砍一刀或是折斷一根樹枝，使他可以「有感覺」。

還有我不明白的是，當時，一起死去的，除了林玉聲之外，還有十六名士兵。這十六名士兵的情形，又如何呢？他們的靈魂又到哪裡去了？是進入了附近的樹中，還是進入了其他什麼東西之中？

何以靈魂可以進入其他東西之中？中國古時的傳說，雖然常有「孤魂野鬼，依附草木」之說，但是林玉聲的記載中那樣具體的，我還是第一次接觸到。

我呆呆地想著，心裡難怪計四叔看了之後，除了「我不相信」、「我不明白」之外，根本沒有別的話可說。這時，如果有人問我，我的感想怎樣，相信除了這八個字外，我也沒有什麼可說的了。

我呆了很久，林玉聲的日記還沒有完，我再繼續向下面看去。

以後的一切，全是說他如何定居之後的情形，都十分簡單，顯然是他已真正感到，人生百年，如過眼煙雲，連他自己的婚事，也只有六個字的記載：「娶妻，未能免俗。」

一直到最後一部分，看來好像是另外加上去的，紙質略有不同。

這幾頁之中，記載著林玉聲一生之中，最後幾天的事情，我再將之介紹出來：

「年事已老，體力日衰，軀殼可用之日無多矣。近半年來，用盡方法，想使魂魄離體，但並不能成功，曾試獨自靜坐四日夜，餓至只存一息，腹部痛如刀割，全身虛浮，但總不能如願。

曾想自盡，自盡在我而言，輕而易舉，絕無留戀殘軀之意。但棄卻殘軀之後，是否魂魄可以自由？若萬一不能，又當如何？思之再三，唯一辦法，是再赴舊地。

我魂魄曾兩度進入一株大樹，在大樹之中留存。當時情景，回想之際，雖不如意，但樹齡千年，勝於殘軀，或可逐漸悟出自由來去，永存不滅之道。

世事無可牽掛，未來至不可測，究竟如何，我不敢說，我不敢說。」

最後一段相當短。

想來，林玉聲其時，年紀已老，他寫下了那一段文字之後，就離開了家，再到貓爪坳去。

在林玉聲這段記載之下，另外夾著一張紙，是用鋼筆寫的，是林子淵看了他祖上的日記後所寫下來的，我將之一併轉述出來。

記載可能是分幾次寫下來的，其間很清楚表現了林子淵的思索過程，每一段，我都用符號將之分開來。

這種事，實在是不可信的，只好當是「聊齋誌異」或「子不語」的外一章。

（這是林子淵最早的反應，不信，很自然。）

再細看了一遍，心中猶豫難決，玉聲公的記載，如此詳細，又將這本冊子，放在這樣隱蔽的一個所在，決不會是一種無意識的行動。

「發現此冊之後，禍福難料。」是什麼意思？是肯定看到冊子中記載的人，會像他一樣，也到那株大樹旁去求軀體的解脫？

玉聲公不知成功了沒有？算來只有百年，對於一株大樹而言，百年不算什麼，玉聲公當年若成功，他的魂魄，至今還在樹中？是則真正不可思議之極矣！

（這是林子淵第二個反應，從他寫下來的看來，他已經經過一定程度的思索，開始想到了一點新的問題，並不像才開始那樣，抱著根本不信的態度。他至少已經想到，人有靈魂，也懷疑到了靈魂和身軀脫離的可能性。）

連日難眠，神思恍惚，愈想愈覺得事情奇怪。魂魄若能依附一株大樹而存在，可見可聞，那麼，靈魂是一種「活」的狀態存在著。是不是一定要有生命的物體，才可以使靈魂有這種形式的存在呢？

如果只有有生命的物體才有這個力量，是不是只限於植物？如果靈魂進入一株大樹，情形就如同玉聲公記載的那樣。如果進入一株弱草呢！又如果，動物也有這種力量，靈魂進入了一條狗、一隻蚱蜢之後，情形又如何？

再如果，沒有生命的物體，也可供靈魂進入的話，那麼情形又如何？設想靈魂如果進入了一粒塵埃之中，隨風飄蕩，那豈不是無所不在？

愈想愈使人覺得迷惘，這是人類知識範圍之外的事。

（這是林子淵第三階段的思索了，一連串的「如果」，表示他在那幾天之中真是神思恍惚，不斷在想著這個問題。）

（從林子淵的記載，結合林老太太的敘述來看，林老太太的敘述很真實，林子淵在發現了那小冊子之後的幾天之中，一直思索著這個人類生命秘奧的大問題，他自然無法和妻子討論。）

（從林子淵這一段記載來看，他已經有點漸漸「入魔」了！）

我有了決定，決定到那個有著那株大樹的貓爪坳去。

我要去見那株大樹。

如果玉聲公的靈魂在那株大樹之中，他自然可以知道我去，我是不是可以和他交談呢？靈魂是什麼樣子的？我可以看到他？或者是感覺到他？

要是靈魂真能離開軀殼的話，我也願意這樣做。

退一步而言，就算我此行，完全不能解決有關靈魂的秘奥，至少，我也可以得到忠王的那一批珍寶，價值連城，哈哈！

（這是林子淵第四段記載。直到這時，他才提到忠王的那批珍藏，而且，還在最後，加上了「哈哈」兩字。我很可以明白他的心情。人喜歡財富，在沒有比較的情形之下，會孜孜不倦，不擇手段追求財富，以求軀體在數十年之間盡量舒服。）

（但如果一旦明白了軀體的短短一生，實在並不足戀，有永恆的靈魂存在，那就再也不會著眼於財富的追尋了。）

（林子淵這時，顯然在經過一番思索之後，已經明白了這個道理！）

我一定要到貓爪坳去，見那株大樹。忠王的珍藏，實在算不了什麼，如果靈魂可以脫離軀體，那豈不是「成仙」了？

這是極大的誘惑，玉聲公說：「福禍難料」，我認為只有福，沒有禍。不論怎樣，我都要使自己的魂魄，像玉聲公一樣，可以離開自己的身體。就算要使身軀損毀，我也在所不惜。

我深信，只要我有這個信念，而又有玉聲公的例子在前，一定可以達到目的。

不論是一株樹、一塊石頭、一根草，或是隨便什麼，我都要使靈魂附上去，我相信這是第一步，人的靈魂，必須脫離了原來的軀體之後，才能有第二步的進境。第二步是什麼呢？我盼望是自由來去，永恆長存。

我不惜死，死只不過是一種解脫的方式！

我決定要去做，會發生什麼後果，我不知道，但即使死了，一定會有什麼東西留下來。留下來的東西，必然是我的生命的第二形式。

我要留幾句話給伯駿，當他長大之後，他應該知道這些，至於他是不是也想學我和玉聲公一樣，當然由他自己決定。

我走了。

（這是林子淵最後一段記載。）

（在這段記載之中，他說得如此之肯定，這一點令人吃驚。雖然我這時和他一樣，讀過了林玉聲的記載，也經過了一番思索，但是卻不會導致我有這樣堅定的信念。或許，是因爲林玉聲是林子淵的祖先，這其中，還有著十分玄妙不可解的遺傳因素在內之故。）

在林子淵的記載之後，還有計四叔的幾句話寫著。計四叔寫道：

「林子淵先生已死，死於炭幫炭窯，炭窯中有何物留下？是否真如林先生所言，他生命的第二階段，由此開始，實不可解。

「不論如何，余決定冒不祥之險，進入曾經噴窯之炭窯中，察看究竟。若有發現，當告知林氏母子。但事情究屬怪誕，不論找到何物，林氏孤子，有權知道一切，知道之後，真是禍福難料，當使他不能輕易得知，除非林氏孤子，極渴望知道一切秘奧，不然，不知反好。至於何法才能令林氏孤子在極希望獲知情形下才能得知，當容後思。」

計四叔當時說：「當容後思。」後來，他想到了這樣的辦法。

他進入秋字號炭窯，發現炭窯之中，除了灰之外，只有一塊木炭。從林玉聲、林子淵的記載來看，這塊木炭，自然是林子淵堅信他生命的「第二形式」了！

一想到這裡，我不由自主，打了一個寒戰！

如果是這樣的話，那麼，林子淵的靈魂，在那塊木炭之中！

我深深地吸了一口氣，盛載那塊木炭的盒子，就在我面前，不到一公尺處，我曾經不知多少次，仔細審察過這塊木炭，但是這時，我卻沒有勇氣打開蓋來看一看！

木炭裡面，有著林子淵的靈魂！

這真是太不可思議了！

難道說，林子淵一直在木炭之中，可見、可聞、可以有感覺、可以有思想？木炭幾乎可以永遠保存下去，難道他就以這樣的形式，永久存在？

當我用小刀，將木炭刮下少許來之際，他是不是會感到痛楚？當我捧著木炭的時候，他是不是可以看到我？

就這樣依附一個物體而存在的「第二階段」生命形式，是可怕的痛苦，還是一種幸福？

我心中的迷惘，實在是到了極點。

這時，我倒很佩服四叔想出來的辦法，他要相等體積的黃金來交換這塊木炭，就是想要林伯駿在看了冊子上的記載之後，對所有不可思議的事確信不疑，有決心要得到這塊木炭。只要林伯駿的信心稍不足，他決不肯來交換。至於林伯駿根本沒有興趣，連那本冊子都不屑一顧，這一點，四叔自然始料不及。

我又想到，林伯駿曾說過一句極其決絕的話：「即便你帶來的是我父親的遺體，我也不會有興趣！」

如果我告訴他，我帶來的，不是他父親的遺體，而有可能是他父親的靈魂，不知他會怎樣回答？

我苦笑了起來，我當然不準備這樣告訴他。正如四叔所說，「林氏孤子」如果不是極其熱切地想知道事情的始末，可以根本不必讓他知道。四叔要同樣體積的金子換這塊木炭，就是這個原因。

我深深吸了一口氣，盯著那隻木盒，思緒極其紊亂。我首先要令自己鎮定下來，我喝了一杯酒，才慢慢走向那木盒，將盒蓋打開來。

木炭就在木盒之中，看來完全是一塊普通的木炭。

我立時想到，當年，當林玉聲的魂魄，忽然進入了那株大樹，那大樹，在外表上看來，自然也只不過是一株普通的大樹，決計不會有任何異狀。那麼，如今這塊木炭看來沒有異狀，並不能證明其中，沒有林子淵的靈魂在木炭之中！

我有點像是服了過量的迷幻藥品一樣，連我自己也有點不明白，何以我忽然會對那塊木炭，講起話來。我道：「林先生，根據你祖上的記載，你如果在木炭之中，你應該可以看到我，聽到我的話？」

木炭沒有反應，仍然靜靜躺在盒中。

我覺得我的鼻尖有汗沁出來，我又道：「我要用什麼法子，才能確實知道你的存在？如果在木炭之中，如你所說，是生命的『第二階段形式』，那麼我相信這個『第二階段』一定不是終極階段，因為雖然無痛苦，但長年累月在木炭中，又有甚麼意思？」

講到這裡，我又發覺，我雖然是在對著木炭講話，但事實上，我是在自言自語，將心中的疑惑講出來，自己問自己，沒有答案。

我像是夢囈一樣，又說了許多，當然，木炭仍靜靜的躺在盒中，沒有反應。

林子淵當年動身到「貓爪坳」去，到了目的地之後，發現他要找的那株大樹，已經砍伐下來，作為燒炭的原料，而接下來發生的事，邊五和祁三，已經對我說得十分詳細。

林子淵最初做了什麼，何以他會毫不猶豫跳進炭窯去？看他如此不顧自己的身軀，這種行動，似乎不是單憑他思索得來的信念可以支持，其中一定還另外有著新的遭遇，使他的信念，更加堅定！

那麼，最初他到了目的地之後，曾有什麼遭遇呢？

可以回答我這個問題的，大約只有林子淵本人了！所以，我在一連串無意義的話之後，又對著木炭，連連問了十七八遍。

這時，還好房間裡只有我一個人，不然，有任何其他人在，都必會將我當作最無可藥救的瘋子！

不知什麼時候，天亮了。我嘆了一聲，合上木盒的蓋子，略為收拾一下，也不及通知陶啓泉和林伯駿，就離開了汶萊。

白素在機場接我，她一看到了我，就吃了一驚：「你怎麼了啦？臉色這樣蒼白！」

我自己也不知道自己的臉色蒼白到什麼程度，但可想而知，我的臉色絕不會好看。

第十一部：木炭中有著一個靈魂

我接觸到的事，是如此玄秘，如此深奧，簡直是沒有任何可依據的知識作爲引導。

我沒有說什麼，只是拉著她向前走，來到了車旁，我才道：「我駕車，你必須立即看一些東西！」

我的意思是，要白素在歸途中，就看那本小冊子中所記載的一切。但是白素搖著頭：「不，我看你不適宜駕車。我不像你那樣心急，不論是什麼重要的事，我都可以等回家再看！」

我聽得她那樣講，本來想說，那也沒有什麼，就算我們撞了車，死了，說不定我們的靈魂，會進入撞壞了的車子之中。但是接著，我又想到，如果「住」在撞壞了的車身之中，車身生起銹來，那是什麼感覺？會不會像是身體生了疥癬一樣？

想到這裡，我忍不住爲自己荒謬的聯想，哈哈大笑起來，白素看到我有點反常，十分關心地望著我。我忙道：「你放心，我很好！」

白素駕著車，回到了家中。我急不及待地將那本冊子取了出來：「你看，看這本冊子上記載的一切。」

白素看到我神色凝重，就坐了下來，一頁一頁翻閱著。我因爲已經看過一遍，所以可以告訴她，哪裡記著重要的事，哪裡所記的，全是無關緊要的，所以她看完全冊，所花的時間比我少得多。

她抬起頭來，神情有點茫然，問：「你得到了什麼結論？」

我深深地吸了一口氣：「你怎麼啦？你也應該得到相同的結論！」

白素作了一個手勢，表示她實在沒有什麼結論可言，我叫了起來：「結論是：那塊木炭之中，有著林子淵的魂魄！」

白素皺了皺眉，開玩笑似地道：「這倒好，你還記得皮耀國？他說木炭裡有一個人，你說木炭裡有一隻鬼——」

白素還想說下去，可是她的話，已經給我帶來了極大的震動！

我在陡地一震之後，失聲道：「你剛才說什麼？再說一遍！」

我這句話幾乎是尖叫出來的，而且那時我的臉色，一定十分難看，是以白素吃了一驚，顯然她沒有想到我這樣開不起玩笑，她忙道：「對不起，我是說著玩的，你不必那麼認真！」

我一聽，知道白素是誤會我的意思了！我並不是對她這句話生氣，只不過是因爲她的這句話，令我在陡然之間，捕捉到了一些什麼東西，但是卻又未能太肯定，所以我才要她再講一遍。

我忙道：「不，不，你剛才說什麼，再說一遍！」

白素有點無可奈何，道：「我剛才說，你和皮耀國兩人，各有千秋，他說木炭裡有一個人，你說木炭裡面，有一隻鬼！」

我伸手指著她，來回疾行，一面道：「嗯，是的，他說，他看到木炭裡面有一個人！是通過X光照射之後，出現在螢光屏上，當時他大吃一驚。是的，我說有一隻鬼？皮耀國和我，都說木炭裡面有一點東西——」

我說到這裡，陡地停了下來，直視白素，吸了一口氣，才緩緩地道：「皮耀國看到的，和我所推斷的，是同一樣東西！」

白素皺著眉，不出聲。

我大聲道：「怎樣，你不同意？」

白素笑了起來：「不必大聲吼叫，我只不過心中駭異。」

我立時道：「你不是一直很容易接受新的想法，新的概念？」

白素的神情有點無可奈何：「是麼？」她隨即揚了揚眉：「一個鬼魂在木炭之中，而這個鬼魂，在經過X光的照射之際，又可以在螢光屏上現形，這種概念，對我來說，或許太新了一點。」

我作了一個手勢，令白素坐了下來，我走到她的面前：「一步一步來。首先，人有魂魄，也就是說，有鬼，這一點，你是不是可以接受？」

白素抬頭望我：「你要我回答簡單的『是』或『不是』，還是容許我發表一點意見？」

我笑了一下，道：「當然，你可以發表意見。」

白素道：「好，人的生命會消失，會死亡，活人和死人之間，的確有不同之處，活人，靈魂寄存在身體之內。這個問題我可以回答：是，我相信人有靈魂，我可以接受。」

我忙又揮著手：「林玉聲的記述，你是不是接受？他的靈魂，進入了一株大樹之中？」

白素又想了片刻：「從留下來的記述看來，林玉聲沒有道理說謊，這可能是一種極其特異的現象，人的魂魄，忽然離開了身體，進入了一件旁的東西之中。古人的小說筆記之中，也不乏有這樣的記載！」

我「拍」地拍了一下手：「是，可是任何記載，都沒有這樣具體和詳盡。」

白素點了點頭，表示同意。

我又道：「林玉聲的記載，和林子淵看了這樣的記載之後所得出來的結論，以及日後他在炭窯中發生的事。只能導致一個結果——」

我講到這裡，白素作了一下手勢，打斷了我的話頭：「等一等！」

我說道：「你讓我講完了再說！」

白素卻搶著道：「不必，我知道你想說什麼，你想說，當人在死前，他的身子靠著什麼東西，他的魂魄就有機會進入那東西之中！」

我道：「是的，林玉聲就是這樣，他背上叫人砍了一刀，他仆向前，雙手抱住了一株大樹，結果，他的魂魄，就進入了大樹之中！」

白素道：「好，就算這個假定成立了，你又怎知道林子淵在炭窯之中做過甚麼？或許，他抱緊了一段木頭，或許，他緊貼在窯壁上，也或許，他抱著的那段木頭燒成了灰——」

我聽得白素講到這裡，忍不住打斷了她的話頭：「不必再假設了，如今，那個炭窯之中，在什麼都燒成灰的情形之下，單單有這塊木炭在，我們就只有肯定，林子淵的魂魄，在這塊木炭之中！」

白素靜了片刻，沒有再出聲。我也暫時不說什麼。過了一會，白素才道：「就這個問題爭論下去，沒有意義。就算肯定了林子淵的鬼魂，在這塊木炭之中，又怎麼樣？我們有什麼法子，可以令他的鬼魂離開木炭呢？」

我深深吸了一口氣，這是我一直在思索著的一個問題：「找人幫助。」

白素道：「找誰？」

我用力一揮手：「我到倫敦去，普索利爵士是一個靈學會的會員，我曾經見過他幾次，他是一個極有成就的科學家，在靈學研究上很有出色經驗，他可以幫助我！」

白素道：「不錯，他是適當的人選。」

我忙道：「我先和他聯絡一下。」

我一面說，一面放好了木炭，捧著盒子，到了書房，白素陪著我進書房，但並沒有逗留多久就離開了，我接駁著長途電話，過了相當久，才聽到普索利爵士的聲音：「什麼人？衛斯理？這是什麼時候？哪一個見鬼的衛斯理，嗯？」

他的聲音很生氣，我心中暗覺好笑，我忘了兩地的時間差異，算起來，這時是倫敦的凌晨二時許，在這種時間被人吵醒，自然不會是很愉快的一件事。是以一向君子的普索利爵士，也會口出粗言。

我忙大聲道：「爵士，我的確是『見鬼的』衛斯理，我有一個鬼魂在手上，要你幫助。」

一聽到我有「一個鬼魂在手上」這樣奇異的說法，旁人可能會將我當瘋子，但是爵士卻立時精神了起來，在電話裡聽來，他的聲音也響亮了許多，居然也記起我是什麼人來了！

他道：「哦！你是衛斯理，哈哈，那個衛斯理。對不起，我對於外星人的靈魂，並不在行！」

他果然想起我是什麼人來了，我和他認識，是有一次，在一個俱樂部中，和一些人討論到來自地球之外的生物時，他突然走過來，大聲道：「先生們，人對於自己生命的秘奧，還一無所知，還是少費點精神去研究地球以外的生命吧！」

當時，我和他爭論了很久，他自然對我留下了一定的印象。

普索利爵士對於我是什麼人，顯然沒有什麼興趣，他急急地追問我：「你說你有一個鬼魂在手上，這是什麼意思？」

我道：「很難說得明白，因爲這是一個太長的故事，我立刻動身到倫敦來。希望你能召集所有，曾經有過和靈魂接觸經驗的人，等我到，就可以展開研究，我想你不會拒絕的吧！」

爵士「呵呵」笑了起來：「我從來不拒絕靈魂的到訪。」

我道：「我一到倫敦，再和你聯絡。」

爵士道：「好的，我等你。」

我放下了電話，心中十分興奮。因爲我想，普索利爵士和他的朋友，都曾花了二十年以上的時間去研究和靈魂的接觸，我一去，一定可以有結果。

我收拾了一下簡單的行裝，儘管白素堅持要我休息一天再走。可是我卻不肯，當天就上了飛機。

在我到達倫敦之後，倫敦機場的關員，對這塊木炭產生了疑惑。

我被請到一間特別的房間之中，那房間中，有許多連我也不是十分叫得出名堂來的儀器。一個警官，很有禮貌地接待著我，我不等他開口，就道：「老湯姆還在蘇格蘭場麼？」

那警官陡地一怔：「你認識老湯姆？」

我道：「是！」

那警官用十分疑惑的神情望著我：「老湯姆現在是高級顧問，請你等一等！」

他打開門，召來了兩個警員陪我，自已走了出去，大約五分鐘後，走了回來，神情怪異，我知道他出去，一定是和老湯姆去通電話了。果然，他回來之後：「先生，老湯姆說，就算你帶了一顆原子彈進來，講明要炸白金漢宮，也可以放你過關！」

我笑著道：「老湯姆是好朋友！」

那警官搓著手：「可是——可是——你帶的那塊木炭，我們經過初步檢查，發現它有一種相當高頻率的聲波發出來——」

我一聽到這裡，整個人直跳了起來。那警官嚇了一大跳：「我——說錯了甚麼？」

我忙道：「將測試的記錄給我看！」

他呆了一呆，又召來了一個女警官，給我看一卷圖紙，紙上，有著許多波形，我一看，就認出了那些波形，和皮耀國給我的那一些照片中第一張上所顯示的線條，十分吻合。

我深深吸了一口氣，這說明什麼？爲什麼兩次試測，都會有這樣的波形出現？

我的神情十分疑惑，那警官道：「先生，這塊木炭裡面，究竟有什麼？」

我苦笑了一下：「告訴你，裡面有一隻鬼，而這隻鬼，又沒有合格的入境簽證，你信不信？」

那警官尷尬地笑了起來，但是他顯然十分盡責：「先生，不論你怎麼說，也不管老湯姆怎麼說，我們還是要作進一步詳細的檢查。」

我打了一個呵欠，道：「可以，這是你的責任，但是請小心，別弄壞了它，要是弄損壞了，別說是你，整個英國都賠不起！」

英國人真是富於幽默感，他居然同意了我的說法，點頭道：「是的，英國實在太窮了！」

他又召來了兩個助手，開始用各種各樣的儀器，檢查著這塊木炭。我足足等了一小時之久，才見他搔了搔頭，將木炭還了給我。

我道：「有結論沒有？」

他苦笑道：「沒有！」

我道：「那卷有關高頻率聲波的記錄紙，是不是可以給我？對我可能有用！」

他想也不想：「當然可以！」

我離開機場，上了計程車，直赴普索利爵士的寓所。

普索利爵士的寓所，是一所已有相當歷史的古老建築物。他當初搬進來的原因，是因爲那是一幢「鬼屋」。言之鑿鑿，原主人搬走，賤價出售。普索利爵士如獲至寶，將之買了下來。可是不如意事常八九，他搬進來之後，每天晚上都希望有鬼出現，卻一直未能如願！

他在那間鬼屋之中，住了十多年，一直未曾見到、聽到任何鬼魂的存在。雖然上一任住客並不是一個說謊的人，但是對於如此渴望和任何鬼魂有所聯絡的普索利爵士來說，這總是意興索然的事。

不但如此，普索利爵士還創設了一個「降靈會」，和很多其他對靈魂有興趣的人在一起，經常舉行「降靈」的儀式，希望能和靈魂有所接觸，但是至今為止，還未曾聽到他已有什麼成功的例子。

普索利熱衷和靈魂接觸，我到了之後，發現他的準備工作做得極好。

他不但請了他創設的靈學會中的七個資格極深的會員，而且還請來了三個法國的靈魂學家。

我一進了他的住所，他幾乎向我撲了過來，牢牢地握住了我的手，用力握著，他紅潤的臉上，充滿了期望。他將我的手握得如此之緊，以致我不得不和他開玩笑：「你不必抓住我，我不是靈魂！」

普索利「呵呵」笑了起來：「我們每一個人，都有靈魂！」

我開玩笑似地道：「爵士，要是每一個人都有靈魂，自從有人類以來，死去的人一定比活著的人為多，那麼，豈不是地球上全是靈魂了？」

普索利卻一本正經，一點也不覺得我的話好笑。他悶哼了一聲：「你對靈魂，原來一點認識也沒有，地球算什麼？只有人，才活在地球上，靈魂，可以存在於任何地方！」

他說的時候，為了加強「任何地方」語氣，伸手向上面指了一指。我自然知道他向上指的目的，不是指天花板，而是地球以外的任何地方，浩渺無際的宇宙之中的任何所在！

我沒有再繼續和他開玩笑，他又嘆了一聲：「或許他們存在得太遠了，所以我們想和他們接觸，是如此之困難！」

我安慰他道：「其實你不必心急，總有一天，會是他們一分子！」

普索利怔了一怔，呆了半晌，才道：「來，我給你介紹幾個朋友！」

他那幾個朋友，事實上早已走了出來，就站在他的身後，普索利替我逐一介紹，我握手如儀，一時之間，自然也記不住那麼多名字，只是其中一個小個子，已經半禿了頂，看來像是猶太人，名字叫金特，這個人，以後有一點事，十分古怪，自他開始。不過那是另外一個故事，和「木炭」這個故事無關，以後有機會，我會再記述出來，此處不贅。普索利在介紹完了他的朋友之後，又介紹我：「這位東方朋友，經歷過無數稀奇古怪的事情，他和我們一樣，肯定人有靈魂！」

他的那些朋友都點著頭，其中一個身形瘦削，面目陰森，膚色蒼白，看來扮演吸血殭屍，根本不必作任何化裝的人，他的名字叫甘敏斯。

在我們一起向內走去的時候，甘敏斯大聲道：「我們是不是可以知道一下，衛先生對靈魂的基本看法是怎樣的？」

我呆了一呆，甘敏斯這樣說，分明是考驗我的「資格」！如果我說不出所以然來的話，那麼，他們一定會看不起我，對我以後說的話，只怕也不會相信的。果然，甘敏斯這樣一說之後，所有人全向我望來。

這時已經進入了普索利爵士的「降靈室」，那是一個相當大的廳堂，但除了正中有一張橢圓形的桌子之外，別無他物，整個廳堂，看來十分空洞，而且，光線也十分陰暗。

進了降靈室之後，一起坐了下來，各人仍然望著我，在等著我的回答。

我略想了一想：「我的看法，靈魂，是人的生命的主要部分。我們的身體，活著和死了，化學成分完全一樣，根本沒有缺少什麼，但是卻有死活之別，死人比活人缺少的，就是靈魂！」

甘敏斯點著頭：「照你的看法，靈魂是一種什麼形式的存在呢？」

我又想了一想：「人的身體，其實只是支持活動的一種工具，靈魂通過身體，能活動，能發出聲音，等等。但是生命的本質是屬於靈魂，而不是屬於身體的。請允許我舉一個例子——」

我說到這裡，略停了一停，在思索著一個什麼樣的例子最爲合適。

我想到了一個例子，我繼續道：「譬如說，有一個由電腦控制的機器人，他能行動，能聽話，能作出反應，控制他行動的，是電腦記憶組件，放進不同的組件，他就會作出不同的反應。例如放進的組件是如何下棋，他就是一個下棋高手；放進去的組件是打橋牌，他就是一個橋牌高手。」

我講到這裡，略頓了一頓，發現各人都聚精會神地在聽著，我才繼續道：「在這樣的情形下，電腦組件，就相當於靈魂。」

普索利爵士帶頭，鼓起掌來：「很好，算是相當貼切的比喻。」

我繼續道：「將電腦組件取出來，機械人就沒有了活動能力、思考能力，他『死』了。但這並不表示電腦組件不存在了，電腦組件還在，只不過離開了機械人。在離開了機械人之後，單是電腦組件，自然也無法發聲，無法活動。靈魂就是這樣的一種存在。而我們所要做的，就是如何設法，通過一種不可知的方法，和電腦組件中的記憶，發生聯繫！」

我的說法，顯然令得在座的人都感到相當滿意。因為接之而來的，是一陣極熱烈的鼓掌聲。

等到掌聲停息，我又道：「事實上，活人對於靈魂所知極少，身為靈魂是怎樣的一種情形，世人一無所知。不過我至少可以肯定一點，靈魂聽得見和看得見──」

甘敏斯立時道：「不對！」

我忙道：「是的，不應該說『看』或『聽』，但是，如果有一個靈魂在這裡，我們做什麼，說什麼，靈魂知道！」

甘敏斯這一次，可沒有再提抗議。

我又道：「我還知道了一個相當獨特的例子，是靈魂在離開了人體之後，會進入一株樹內，它的活動範圍，離不開這株樹！」

我這句話一出口，所有人的神情，都充滿了疑惑，顯然在他們的研究工作之中，從來也沒有發現過這一點。

我又道：「不單是一株樹，就是別的物體，也可以供靈魂暫居——」

我說到這裡，解開了旅行袋，取出木盒，打開，捧出了那塊木炭來。

幾個人叫了起來：「一塊木炭！」

我道：「是的，一塊木炭，我提及的一個靈魂，我堅信，在這塊木炭中！」

這句話一出口，所有的人，臉上的神情，全都怪異莫名，一起盯住這塊木炭。

普索利爵士最先開口：「朋友，是什麼令你相信有一個靈魂在木炭中？」

我道：「我當然會解釋。不過這件事，極其複雜，有許多關於中國的事，各位可能不容易明白的，我只好盡我的力量解釋清楚。」

我在這樣說了之後，略停了一停，就開始講這塊「木炭」的故事。

直到如今爲止，上下百餘年，縱橫數萬里，有關這塊木炭的故事，實在夠複雜，而且有關炭幫、有關太平天國等等，要西方人明白，絕不是一件容易的事，講起來相當費勁。

我足足花了二小時有餘，才將整個經過講完，相信聽的人，都可以知道來龍去脈。

室內一片沈靜。最先開口的是甘敏斯，他卻不是對我說話，而是望著普索利，叫著他的名字：「我們對於衛先生所說的一切——」

普索利不等他講完，就道：「我絕對相信衛斯理所講的每一句話。」甘敏斯道：「好，最根本的問題解決了！根據衛先生的講述，我得到的結論是：林子淵先生的靈魂，有可能在這塊木炭之中，而不是一定在木炭中。」

我道：「是的，我同意這樣的說法。可是我想提醒各位，有人曾在X光檢查木炭之際，看到過一個人影——」

甘敏斯大聲道：「不！靈魂是不能被看見！」

我不禁有點冒火，立時道：「你怎樣知道？你憑什麼這樣肯定？你的唯一根據，就是因爲你未曾見過靈魂！」

甘敏斯蒼白的臉，紅了起來，看來他還要和我爭論下去，普索利忙道：「別爭論了，我們就當作有一個靈魂在木炭中，我提議我們先略爲休息，然後，一起來和這位林先生的靈魂接觸！」

普索利的提議，沒有人反對，那塊木炭就放在桌子中央，我們一起離開了「降靈室」。

我來到了普索利爲我準備好的房間之中，普索利跟了進來：「你別對甘敏斯生氣，他是一個十分認真的人，有時固執一點，可是他是搜集靈魂和世人接觸的資料的權威！」

我「哼」了一聲：「不要緊，反正我也不是絕對肯定林子淵的靈魂是在木炭中，也有可能，他的靈魂是在炭窯壁上的一塊磚頭中！」

我的回答，令普索利有點啼笑皆非，他又說了幾句，就走了開去。我洗了一個熱水澡，又休息了片刻，僕人就來通知晚膳。

晚膳的菜式，極其豐富，但是可以明顯地感覺得出，所有的人都心不在焉，食而不知其味，顯然，全記掛著那塊木炭。

晚膳中，也沒有人講話，每個人都在想：等一會如何才能使自己和木炭中的靈魂接觸。

晚膳之後，大家喝了點酒，仍然沒有人說話，然後，普索利道：「我們可以開始了！」

各人都站了起來，走向降靈室。降靈室中沒有電燈，只在四個角落處，點了四支燭，燭火閃耀，看來十分陰暗，更增神秘氣氛。

各人圍著桌子坐了下來，有幾個人得到了我的同意，用手指按在木炭上，有幾個閉上眼睛，口中喃喃自語，有的盯著那塊木炭，全神貫注，各人所用的方式，都不相同，甘敏斯最奇特，在一角落處，不住地走來走去。

我倒反而沒有事可做。我不是一個「靈媒」，也不知道用什麼樣的方法，才能和靈魂接觸，我嘗試過集中精神，但是，一點結果也沒有。所以，我只好等著，看這些靈魂學專家如何和靈魂接觸。

時間慢慢地過去，有兩個人，忽然臉色變得極其難看，接著，匆匆站起身，向外走去，在我還未曾知道發生什麼事之際，門外已傳來了他們強烈的嘔吐聲。

普索利喃喃地道：「有一個靈魂在，我強烈地感到，有一個靈魂在！」

另外幾個瞪著眼的人，也點著頭，顯然他們也強烈地感到有一個靈魂在！

可是，感到有一個靈魂在是沒有用的，必須和他有接觸，才能得到結論。

在外面嘔吐完畢的兩個人，回到降靈室之中，神色極可怕，不由自主地喘著氣，用他們自己的方法繼續著。

時間在過去，又過了一小時左右，情形還是沒有改變，我開始有點不耐煩起來，輕輕地站起來，慢慢地後退，來到了廳堂的一角，看著這些靈魂學家。

當我站在廳堂的一角，可以看清楚整個廳堂的情形之際，我心中有著一股說不出來的滋味。我真懷疑，這些人用這種方法，是不是可以和靈魂接觸？

到目前為止，至少已經三小時了，可是一點結果也沒有。更令人氣餒的是，看起來，也不像會有結果。我想離開，可是又覺得不好意思，因為事情由我引起，所有的人都一本正經，在努力想和我帶來的靈魂交通，我反倒離開，當然說不過去。

就在這時候，出乎我意料之外的變化發生了，陡然之間，我看到了甘敏斯先跳了起來，他簡直是整個人直跳了起來的，同時，臉上呈現一種極難形容的神情，說興奮不像興奮，說驚訝又不像驚訝。

接著，幾乎是在同樣的時間內，幾個將手指或手掌放在木炭上的人，像是那塊木炭正在燃燒，或者說，像是那塊木炭突然之間通了電，他們的手，一起彈了開來。

其中，幾個只是手指點著木炭的人，手指彈開之後，身子還沒有晃動，其中一個，是將手掌按在木炭上的，他像是被一股強大的力量將手掌彈開，不但手臂向上揚起，那股「力量」，還令得他的身子，向後倒退了一步，撞翻了他身後的椅子。

一切幾乎是在同一時間內發生的，那張被撞翻的椅子還未倒地，另外幾個正在集中精神的人，也一起驚叫起來。

在他們的驚呼聲中，椅子才砰然倒地。從這樣的情形看來，顯然是在同一時間之中，他們所有人，都有了某種感應！

我忙道：「怎麼了？發生了什麼事？」

第十二部：靈魂發出訊號和人溝通

並沒有人回答，我只聽到一陣急促的喘息聲。每一個人的臉上，都出現一種怪異的神情，誰也不開口。

我還想再問，可是我又不知道在這樣的情形下，是不是應該說話，我覺得所有人，除了我之外，人人都極度緊張。他們可能並不是不回答我的問題，而是他們的精神狀態，在未鬆弛到正常情形之前，根本無法開口。

這時，「降靈室」中的情形，真是怪異莫名，難以形容，連我的心頭，也感到了一股極難說得出來的重壓。

我相信在剛才的那一剎那之間，普索利、甘敏斯，他們那些人，一定有了某種感應。雖然我自己沒什麼特別的感覺，但是他們和我不同，他們全是多年來致力於靈魂研究的人。如果靈魂能和活人接觸，在世界四十億人口之中，降靈室中的這幾個人，應該是最佳的選擇對象。

我之所以心頭上也起了異樣的感覺，是因爲我肯定他們已經感到了什麼，這是我一生之中，從來也未曾有過的一個新的經歷：人和靈魂之間的感應！這應該說是生命最大的秘奧，跨越了陰、陽的分界，人的思想可以進入幽冥世界，和虛無縹緲的幽靈作聯絡！這種現象，單是想一想，就已經夠令人震慄的了！

在我問了一句之後，沒有人回答我，降靈室中，只是各人所發出來的喘息聲，我正想再問，我猜想，在我發出了第一個問題到這時，只不過是十幾秒鐘的時間，在這十幾秒之間，我的思緒，混亂到了極點。也就在這時，一陣犬吠聲，突然傳了過來，打破了沈寂。

犬吠聲來得極突然，而且不止是一頭狗在吠，至少有五六隻狗在吠。吠聲先是從幾個不同的方向傳來。但是在吠叫著的狗，顯然是一面吠叫，一面向前急速地奔了過來。

轉眼之間，犬吠聲已經集中在降靈室的門口。而且可以肯定，在吠叫著的狗，一定極之激動，急於想衝進來，門上甚至傳來了爬搔的聲音！

犬吠聲和門上爬搔的聲音，令得降靈室中的氣氛，更加怪異。

我實在忍不住了，大聲叫道：「天！究竟是發生了什麼事？究竟怎麼了？」

我講了兩句話之後，甘敏斯首先道：「爵士，先放那些狗進來再說！」

普索利猶豫了一下：「對！」

我不知道他們這樣的問答是什麼意思，這時，我就在門前不遠處，聽得普索利這樣說，我打橫跨出一步，就想去開門，普索利陡地叫道：「衛，等我來！」

他急步搶了過來，到了門前。

普索利爵士來到門口之後，並不先開門，只是隔著門，大聲叫著門後各隻狗的名字，叱喝著，一直等到外面的犬吠漸漸靜下來，他才像是鬆了一口氣，將門慢慢打了開來。

門一打開，首先直衝進來的，是兩隻杜伯文狗，那兩隻狗一衝進來之後，矯捷無比，一躍上桌，對著桌子上的那塊木炭，狺狺而吠，聲音低沈而可怕。

接著，進來的是一頭狼狗，一頭牧羊狗，一頭拳師狗，和兩隻臘腸狗。幾隻狗進來之後，都躍上了桌子，盯著桌上的木炭，像是那塊木炭是它們最大的敵人。

令我覺得詫異的是，拳師狗一般來說，不容易激動，可是這時，神態最猛惡而令人吃驚的，就是那頭拳師狗。

更令人驚訝的是，臘腸狗由於體型的特殊，脾氣可以說是狗隻中最溫馴的了，可是這時，進來的兩頭臘腸狗，它們跳不上桌子，在桌邊，豎起了身子，用前腳搭在桌邊上，一樣對著那塊木炭，發出狺狺之聲。

我真被眼前的現象弄得莫名其妙，我道：「爵士，這些狗它們怎麼了？」

爵士向我作了一個手勢，令我不要出聲，他則注意著那些狗。我發現，其餘的人，也同樣在注視著那些狗。從他們的神情來看，他們顯然都知道那些狗為什麼會有這樣的反常的動作出現。可是，我不知道。

大約過了五分鐘之久，那些狗隻才漸漸回復常態，跳上桌子的，也躍了下來，在降靈室中，來回走著，顯得十分不安。

普索利叱喝著，那些狗當然全是他養馴的了，在他的叱喝之下，全都聽話地蹲了下來。

降靈室中又回復了寂靜。但是我卻寧願像剛才那樣的騷亂，因爲靜下來之後，氣氛更是妖異得難以形容。我想說些話，但還在考慮該如何開口之際，普索利已經道：「衛，剛才我感到的確有一個幽靈在，你有什麼特別的感覺沒有？」

我道：「沒有，我只是感到忽然之間，人和狗都像是發了狂！是不是你們每一個人，都有感覺，感到了靈魂的存在？」

甘敏斯說道：「我有這個感覺！」

有的人只是點頭，有的簡單的說了一個「是」字，有的道：「對，我感到。」有的道：「我強烈地感到，他在這裡！」

說這句話的人，就是將手按在木炭上的那個，剛才他由於身子劇烈的震動，幾乎跌倒！

我還是不明白，忙道：「各位，我想要具體一點的說明，所謂感覺，究竟是怎樣的一種感覺呢？」

我這樣要求，在我來說，當然是十分合理的要求。可是我的話一出口，所有的人，全以一種奇訝的神情望定了我。

甘敏斯像是想開口，可是他卻只是口唇掀動了一下，並沒有講什麼，而發出了一下類似無可奈何的嘆息聲來。我向普索利望去，普索利則帶著同情的神色望著我。

普索利的神情，使我感到我自己一定說錯了什麼，我忙道：「是不是我說了幾句蠢話？」

普索利道：「可以說是的！」

我不禁大是不服：「那麼，請問，我錯在什麼地方？」

普索利過來，拍了拍我的肩頭，同情地說道：「你不該問我們這種感覺具體是什麼樣的，感覺只是感覺，只是突如其來，感到了有一樣我們尋求的東西存在，那是一種虛無縹緲的感覺，來無影，去無蹤，了無痕跡可尋，決計不能用具體的字眼去形容！」

我聽了之後，又是好氣，又是好笑：「是麼？中國傳統中鬼魂來臨時，多少有點不同。中國古老的傳說，鬼魂一來，會有一陣陰風，令人毛髮直豎！」

甘敏斯冷冷地道：「那或者是由於東方人的感覺特別敏銳之故！」

我自然聽得出甘敏斯這傢伙話中的那股譏嘲的意味，我立刻回敬他：「好，像各位那樣，根本連什麼感覺都說不出來，有什麼辦法可令其他人信服你們真的感到了有幽靈的存在？」

普索利搖著頭：「這是件最不明白的地方。感到有靈魂的存在，只是我們自己的感覺，我們絕不要求旁人相信，所以，也根本不必要說出一點什麼具體的事實來，讓人家相信！」

我立時道：「照你這樣說法，靈魂的研究，始終無法普及了？」

甘敏斯笑了起來：「當然，你以爲研究靈學是什麼？是小學教育？」

我被甘敏斯的話，氣得說不出話來。可是我略想了一想，倒也覺得他的話相當有道理。靈魂的研究，是一門極其高深、秘奧的科學。人類的科學歷程中，再也沒有一種科學比靈學更玄妙，更講究心靈的感應，更講究一剎那之間的感覺！

靈學沒有必要普及，即使日後，靈學的研究，有了新的局面，有了大突破，仍然可以保持它的神秘氣氛，仍然可以只是少數人研究的課題。

這種情形，在科學研究的領域之中，其實早已存在著。愛因斯坦的相對論，又有多少人懂？一樣是屬於極少數人的研究領域！

我道：「請問各位感覺到的幽靈，是如何一種情形？」

普索利最先開口，他道：「我感到的是，他，就在這塊木炭之中，我可以肯定！」

他一面說，一面向其他的人望去，各人都點著頭。那個曾用手按在木炭上的，一面點頭，一面還道：「他，一定在裡面。真奇怪，他爲什麼不出來？」

我不去理會這個問題：「最重要的一點，已經肯定，大家都同意，在這個木炭之中，的確有一個靈魂在？」

各人對我的這個問題，倒是一點異議也沒有，我又道：「那麼，我們怎樣才可以和他，交談，或者說，聯絡，又或者說，自他那裡，得到一點訊息？」

對於我這個問題，沒有人回答，沈寂大約維持了半分鐘，普索利才道：「我相信剛才，他，一定給了我們某種訊號，但可惜的是，這種訊號，只能夠使我們感到他的存在，而沒有進一步的感受。」

我道：「一般來說，靈魂可以通過靈媒的身體，來表達自己意思。」

甘敏斯道：「如果他根本離不開那塊木炭，又怎樣能進入我們之中，任何一個人的身體之內呢？」

我想起了林玉聲的記述，對甘敏斯的話，也無法有異議。普索利道：「我相信人的感應能力比較差，狗的感應能力，比人強得多！」

我陡地一怔：「爵士，你的意思，這幾隻狗，剛才有這樣反常的行動，是因爲它們也感到了那個靈魂發出來的訊號？」

普索利道：「當然是，不然你還有什麼解釋？」

看那幾隻狗的異常行動，我的確沒有別的解釋。我想了一想：「狗的感覺，無異是比人來得靈敏，狗的嗅覺靈敏度是人所不能想像的，狗的聽覺——」

我才講到這裡，心中就陡然一亮，突然之際，想起了一件極重要的事來。

也就在這時，甘敏斯也陡地叫了起來：「老天，狗的聽覺！」

所有的人，刹那之間，都現出一種異樣的興奮，包括我在內。

的確，狗的聽覺，其靈敏度也遠在人類之上。

人類的聽覺，對音波高頻的極限，只是兩萬赫，超過這個高頻的聲音，人就聽不到了。人的耳朵聽不到，並不表示這種聲音不存在，這正像聾子聽不到聲音，各種聲音一直在發生一樣。

而狗的聽覺，極限比人來得寬。人聽不到的聲音，狗可以聽得到。所以，有一種高頻音波哨子，專門用來訓練狗隻，這種哨子吹起來發出的高頻音，人耳聽不到，狗卻可以聽得到。在人而言，這是「無聲哨」，但是對狗而言，卻可以根據哨音的長短，而做出各種不同的動作。

剛才，那麼許多對靈學有研究的人，只不過是有一種「感覺」，但是，從狗隻的反應看來，它們顯然是實實在在，聽到了什麼！

想到了這一點，我又聯帶想起了兩點：第一，皮耀國的X光相片之上的那些條紋。皮耀國曾說過，那看來像是一種高頻音波的波形。第二，我在帶木炭進英國時，海關檢查儀器所測到的波形，也是看來像是高頻音波！

當我想到這裡之際，我忍不住陡地叫了起來：「他想對我們講話！他想對我們講話！」

甘敏斯總是想得出話來反駁我的話，他冷冷地道：「不是想對我們講話，而是已經講了！」

我由於實在太興奮了，也不去和他多計較，只是道：「是的，不過他用的是人耳叫不能聽到的高頻音！我們聽不到，各位的感覺靈敏，約略感到了一點，可是狗隻聽到了！」

降靈室中所有人，全同意了我的結論，每一個人都興奮得難以言喻。這是一項在靈學研究之中，極其重大的突破！靈魂直接和人互通，發出訊號！

普索利不斷地搓著手：「天！他在講些什麼？他究竟在講些什麼？靈魂可以發出聲音，以前未曾想到過，爲什麼人的耳朵這樣沒有用？」

他一面說著，一面甚至不斷地去拉他自己的耳朵。他拉得這樣用力。我真怕他會將自己的耳朵扯了下來。我忙拉住了他的手：「別急，爵士，只要肯定了他真的能發出聲音，我們總可以知道他在講什麼的！」

普索利瞪著我：「我們根本聽不到他發出的聲音，怎能知道他講什麼？」

我在這樣對普索利講的時候，還根本沒有想到什麼辦法，只不過是隨口在安慰著普索利而已，但等到他這樣反問我之際，我心中陡地一亮，揮著手，大聲道：「我們聽不到，可以看！」

甘敏斯「哼」地一聲：「中國人的本事真大，能夠看聲音！」甘敏斯一直在對我冷言冷語，我心中已憋了好大一股氣，一直沒有機會發洩。直到這時，我才找到了機會。一聽得他這樣說，我「啊哈」一笑，伸出手來，幾乎直蹍到他的鼻尖：「那是你本事太小！聲音當然是可以看的！我們可以看聲波的波形！」

本來，所有的人，雖然因爲肯定了在木炭之中有聲音發出來而興奮，但同時，也因爲發出的是高頻音而懊喪，一聽得我這樣說，好幾個人，立時歡呼了起來！

甘敏斯向我眨著眼，說不出話來。我總算已出了氣，所以，也不再去睬他，提起公事包，取出一些東西來：「各位請看。」

我取出來的東西，包括皮耀國實驗室中拍下來的照片。是有著許多不規則的條紋的那一張，以及海關對木炭進行詳細檢查，發現木炭之中有高頻音發出來，而記錄下來的音波波形。

立刻，所有的人都圍了過來，連甘敏斯在內。

我們也立刻發現，檢查記錄下來的波形，和照片上的波形，極其近似。波形變化無常，但是看起來，根據近似的形狀來分，只有四組。

那四組的波形，本來我可以發表，但是考慮到製版之類手續的麻煩，所以省略了。反正波形，只不過是高低不同的曲線或折線，不是對這方面有獨特專長的人，看起來全差不多，沒有什麼特別的意義。

甘敏斯嘆了一口氣，道：「人自己以為是萬物之靈，但實際上，能力極差。人耳聽不到的聲音，狗可以聽得到。有一種蛾，發出的高頻音波，可以使五哩外的同伴感應到，可是我們對著這些音波，卻全然不知道他在說什麼！真是可嘆！」

我對甘敏斯沒有好感，他曾不止一次給我釘子碰，我當然也不會放過他。一聽得他這樣講，我冷冷地道：「就算你可以聽到高頻音，你也一樣不知道他說甚麼？」

甘敏斯向我瞪著眼：「為什麼？」

我道：「因爲這位林先生，是江蘇省一個小縣份的人，那地方的語言，你懂？」

甘敏斯翻著眼，給我氣得說不出話來。我這樣說，本來沒有多大的意義，也想不到會對事情有什麼幫助，只不過甘敏斯這個人實在太討厭，所以也讓他踫點釘子而已。可是，我話出口之後，一個一直未曾開過口，其貌不揚的人忽然道：「是的，他講的是中國話，是單音節的一種語言。」

我心中一動：「你怎麼知道？」

那人道：「我研究東方語言，最新的語言研究方法，我是從音波的波形之中，來斷定語言發音的特性，所以我知道！」

這人那樣一說，所有的人，都緊張起來。

普索利忙叫了起來，說道：「天！那就快告訴我們，他說什麼？」

那人苦笑著：「我不知道，我只能肯定，他說了四個音節，四個單音節，可能是一句有意義的話，也可能是毫無意義的四個單音！世界上還沒有什麼人，可以憑音波的波形而將聲音還原！」

在所有人聽了那人的話之後，都現出沮喪的神情來之際，我心中陡地一動，揮著手：「我知道有一個人，可以從波形辨別聲音！」

各人都以不信的神色望著我，我便將皮耀國告訴我，有人從示波器中的波形，辨別是什麼音樂的那件事，講了出來。

在我講了之後，有的人表示不信，打著哈哈，有的人搖著頭，也有的人說道：「快去請他來！或許可以有一點結果，這人是誰？」

甘敏斯說道：「最好希望這人是中國人，不然，一樣沒有用處！」

我冷笑著，說道：「你又錯了，是中國人也未必有用，中國有上萬種不同的語言，沒有一個人可以完全聽得懂所有的中國方言！」

甘敏斯的面色，本來和吸血殭屍差不多，但這時，只怕連吸血殭屍看到他，都會嚇上一大跳！

普索利道：「衛，快去找找那個人！」我並不知道那個從波形辨認音樂的人是誰，有這樣的一件事，也是皮耀國告訴我的。可能根本沒有這樣的人，只是一個傳說！但無論如何，我是可以打電話問問皮耀國的。我道：「我要用電話。」

普索利忙應道：「到我書房去。」

我離開了降靈室，在門口，我對他們道：「請各位繼續努力，或許會有更進一步的突破！」

各人都一本正經地點著頭，我離開了降靈室，關上了門，一個僕人走過來，我道：「請帶我到書房去。」

僕人答應了我一聲，帶著我上了樓，打開了書房的門，讓我進去。

普索利爵士的書房相當大，三面是書架，我不必細看，就可知道那些書，全是有關靈學研究的書籍。他書房之中主要的裝飾，我看了忍不住發笑，那是幾張中國道士用來招魂驅鬼的符，用純銀的鏡框鑲著。

我在巨大的書桌後坐了下來，電話就在桌上，我將手按在電話上，卻並不立即撥號碼，因爲我需要靜一靜。

到目前爲止，事情的發展，真夠得上曲折離奇！而我，竟然真的發現了一個靈魂！這個靈魂，就在那塊木炭之中！

靈魂看不見、摸不到，本來絕對無法證明他的存在，但是這個在木炭中的靈魂，竟然會發出高頻音波！如果可以「看」得懂他所要表示的意思，那就是活人和靈魂之間第一次有證有據的聯絡！

我想了一會，拿起了電話來。這時候，皮耀國應該在工廠之中，所以我要接線生撥了他工廠中的電話號碼，然後我放下了電話，等著。

在等待期間，我雙手捧住了頭，所思索著的，是另外的一些問題。

我在想，活人和靈魂，如果真能取得聯絡，那將會造成什麼樣的情形？如果每一個人都有靈魂，而這些靈魂又存在，又可以和人聯絡，那將會怎麼樣？

我又在想，靈魂會發出高頻音波，爲什麼那麼多年來，一直未有人發現？在空間中，以游離狀態存在的靈魂，應該不計其數，他們若是不斷發出高頻音波的話，早就應該被許多存在著的音波探測儀收到，絕不應該到如今爲止，還沒有人發現！是不是在木炭中的靈魂，有些特別的地方？而這種特別之處，又是我們所不瞭解的！

我正在思索間，電話鈴響了起來，我拿起電話來，長途電話接通，我聽到了皮耀國的聲音：「喂，什麼人？」

我忙道：「老皮，是我，衛斯理！」

皮耀國的聲音聽來十分驚訝：「是你？你在倫敦？有什麼重要的事？」

我道：「向你打聽一個人！你還記得，上次你說有一個人，能夠從音波的波形辨別聲音？他曾將一段威廉泰爾的序曲，當作了是田園交響曲？」

皮耀國顯然絕想不到，我從那麼遠打電話給他，問的是這樣一件事，他呆了一呆，說道：「是，是有這樣一個人，有這樣的事。」

我道：「他是誰？我怎樣可以和他聯絡？我這裡有一點事情要他幫忙！」

皮耀國聽得我這樣說，忽然嘆了一口氣：「衛斯理，你是一個怪人，可是這個人，比你還要怪！」

我道：「不要緊，這人怪到什麼程度，不妨說來聽聽，我會應付一切怪人！」

皮耀國道：「好，他自己以為極有天才，對一切全有興趣，又自命是推理專家，好作不著邊際的幻想。前兩天他才來找過我，說他發現了一組人，從外太空來的，住在郊外的一幢怪房子，他曾經給其中兩個外星人打了一頓，一個外星人，只有半邊臉——」

皮耀國才講到這裡，我已忍不住尖聲叫了起來：「我的天！」

皮耀國嚇了一跳：「你怎麼了？」

我先吞下了一口口水，才道：「我知道這個人，他叫陳長青！」

皮耀國道：「對，陳長青，你也認識他，那再好也沒有了，你可以直接去找他！我實在不想招惹他，有點吃不消他那種神經病。」

我忙道：「謝謝你，我知道了！」

我放下了電話，心中不禁苦笑。我也不想去招惹陳長青，也是因為吃不消他那種神經病。可是看來，我還是非和他聯絡不可，因為他有從音波波形辨別聲音的本領。我們既然聽不到那種聲音，就只有看，而陳長青是唯一可以看得懂聲音的人！

我再要接線生撥陳長青的電話，在等待期間，我在盤算，如何才能使陳長青明白我需要他做什麼，而不夾纏到別的地方去。

這其中種種經過，要是和他說，他莫名其妙地和你夾纏起來，可能一輩子也弄不清楚，對付陳長青這樣的人，一定要用另外的辦法，不能用正常的辦法。

我一想到這裡，連忙叫接線生取消了剛才的電話，離開了書房，回到了降靈室中。普索利他們，在我離開的期間，顯然沒有有多大的進展，一看到我回來，普索利忙問道：「怎麼樣了！」

我道：「可以和這個人取得聯絡，但是不能將他請到這裡來，我得去找他！」

普索利發急道：「他在哪裡？」

我道：「巧得很，就在我居住的那個城市！」

普索利和各人互望著，從他們的神情之中，我看出他們想幹什麼，我忙道：「各位不必跟我一起去，我先去，給他看這些波形，要是他確有這樣能力的話，那麼，再作安排！」

普索利望了望我，又望了望桌上的木炭：「你回去，是不是要將我們的朋友也帶走？」

普索利一生致力於探索靈魂的存在，這時，他不捨得這塊木炭被我帶走，當然是人情之常。我想了一想：「我可以將他留在這裡，但是千萬要小心，不能讓他有任何損毀。」

普索利爵士大喜過望，連聲道：「當然！當然！」

我道：「我一有結果，立時和你聯絡！」

我一面說，一面收起了照片和波形記錄紙，放進了公事包之中：「我想休息了，明天一早我就走！」

普索利說道：「請自便，我們——」

我搖著頭：「你們也不能日以繼夜，不眠不休，對著這塊木炭！」

普索利正色道：「我們不能錯過任何機會，你不會明白的，別管我們！」

我沒有再說什麼，到了普索利爲我準備的房間之中。那一晚，睡得實在不好，天亮，我起身之後，匆匆準備了一下，在離去之前，準備向普索利去道別，但是僕人卻道：「爵士吩咐了，衛先生不必再去告訴他，他們不受任何人打擾。」

我不禁有點啼笑皆非：「飯也不吃了？」

僕人苦笑：「有一個小洞，送食物進去！」

我搖著頭，離開了普索利爵士的那間古屋，直趨機場。回到了家中，我將見了普索利之後的情形，向白素說了一遍。

第十三部：靈魂的呼喚

白素一聽得我們已有了這樣的成績，也顯得異常的興奮道：「那還等什麼，快找陳長青！」

我點了點頭：「當然要找他，我想如何對他說，才不至於給他煩得要死！」

白素笑了起來：「有辦法，你將那些波形給他看，當作是考驗他的這項本領，他一定亟於想表現自己，那就可以使他說出來這究竟是什麼聲音！」

我笑道：「對，這辦法好！」

我立時拿起電話來，陳長青倒是一找就在，可是我才「嗯」了一聲，他就大聲急不及待地說道：「等一等，我可以猜到你是誰！」

我忍住了心中的氣，不再出聲，他連猜了七八個人名，都沒猜到，我實在忍不住了：「他媽的，你別再浪費時間了，好不好？」

我這樣一說，他就叫了起來：「衛斯理，是你！我下一個正準備猜是你！」

我沒好氣道：「就算你猜中是我，又怎麼樣？你有空沒有，聽說你有一種特殊的本領——」

我一口氣地說著，目的就是不讓他有打斷我話頭的機會。可是他還是打斷了我的話頭：

「我特殊的本領多得很，喂，我正要找你，你還記得那半邊臉的人？和他在一起，還有一些神秘人物，我幾乎已可以肯定他們是外星來的侵略者——」

我大聲道：「你快來，我有一點東西讓你看，我在家裡，你駕車小心！」

我自顧自講完，也不理會他還想說什麼，就立時放下了電話，同時吁了一口氣。

我知道，陳長青一定會在最短的時間內趕到我家裡來，我取出了照片和波形記錄，放在几上，等他前來。十分鐘後，門鈴就響起來。白素開門，陳長青直衝了進來，聲勢洶洶，伸手指著我：「你這是什麼意思？你不知道話還沒有講完就掛斷電話，極不禮貌？」

我又好氣又好笑：「陳先生，你如今的儀態，未必有禮貌吧？」

陳長青呆了一呆：「好了，算了！那半邊臉——」

我不等他向下講，立時將波形圖向他一推：「看看，這是什麼聲音？」

陳長青給我打斷了話頭，顯得老大的不願意，他向我遞過去的東西看了一眼，「哼」地一聲，道：「這是高頻音波的波形，根本沒有聲音！」

他果然是這方面的專家，一看就看了出來，我道：「好，一眼就看了出來！」

陳長青讓我給戴了一頂高帽，神情高興了許多，昂著頭，現出不可一世的神情：「這怎麼難得倒我，再複雜的波形，我也認得出來的。衛斯理，那半邊臉——」

我又不給他機會再講下去，立時道：「你看看，這裡有四組不同的波形，它們應該代表了四下不同的聲音，對不對？」

陳長青話說到一半，就給我打斷，看他的神情，就像是生吞了一條蜈蚣，而這條蜈蚣還在他的喉間爬搔不已。他瞪著眼，喘著氣，大聲道：「你這是什麼意思？」

我笑著安慰他，道：「你替我解決這個問題，我將那半邊臉的事詳細告訴你，我已經完全弄清楚了！」

陳長青陡地叫了起來：「真的？」

他在叫了一聲之後，又立時壓低了聲音，道：「他們是哪一個星球的人？」

我「嗯」地一聲：「一顆小星球，一點也不高級，繞著一顆大行星轉。」

陳長青興奮莫名，搓著手，指著那些波形圖：「你想知道什麼？」

我道：「我想知道這四種聲音是什麼。有語言學家說，這四種波形，代表四個聲音，可能是一句話。」

陳長青翻著眼：「這個語言學家一定是吃狗屁長大的！」

我愕然道：「爲什麼？」

陳長青道：「既然是高頻音波，在人耳可以聽得到的範圍之外，怎麼會是語言？」

我道：「你不必理會這些，如果將這些波形，相應地降低頻率，到達人耳可以聽到的範圍，那麼，你看看，這是什麼聲音？」

陳長青忙道：「這究竟是什麼？是秘密訊號？」

我真拿他沒有辦法，只好道：「你認得出來，就認，認不出來就算，問長問短幹什麼！」

陳長青一瞪眼：「當然認得出來！」

他一面說，一面拿起波形記錄紙來，看著。記錄紙是從紙卷上撕下來的，相當長，他看了一遍，道：「來來去去，只是四個音節！」

我大聲道：「這一點，我早知道了！」

陳長青道：「第一個音節，像是樂譜中的『FA』，不過波形後來向下，呈淺波浪形，證明在『FA』之後，有相當重的鼻音。」

他一面對著我講，一面模仿著，發出聲音來，「FA」之後再加上「N」音，他念了幾個字，音是「方」、「奮」、「範」等等。

當他肯定了是這樣的音節之後，抬頭向我望來：「對不對？」

我搖頭道：「我不知道，才來問你！」

陳長青又道：「這第二個音節，毫無疑問，是英文中的『O』字，不過聲音比較重濁，你看，波形在這裡有突然的高峰，那就是聲音加濁的表現。」

我道：「不必解釋了，那究竟是什麼字？」

陳長青道：「是『餓』字，是『兀』字，是『我』字，或者是同音的任何字。」

我想了一想，沒有想到什麼適用的字眼。但陳長青的解釋，的確是將波形化成了聲音，無論如何，這總是一項相當大的進展。

我作了一個手勢，請他繼續下去，他看了第三種波形之後，皺著眉：「這個音節很怪，好像是空氣突然之間，以相當高的速度，通過狹窄的湧道所發出來的聲音！」

我又好氣又好笑，道：「那是什麼聲音？」

陳長青想了半晌，才道：「我很難形容，你聽聽！」

他一面說，一面將手圈成拳，然後湊到口邊，向拳內吹著氣，發出「徹徹」的聲響。他道：「就是這樣的聲音，一定是，不會是別的！」

我被他說得莫名其妙：「這是什麼意思？向拳頭吹氣，這是什麼意思？」

陳長青反瞪著我：「我怎麼知道，我只是照波形直說！」

我還想再問，白素在一邊，一直未曾開過口，這時道：「我看，可能是一個齒音字，在齒音字發音之際，常有這種情形！」

陳長青一拍大腿，道：「對，是齒音字，例如這個『齒』字，就會造成尖峰一樣的波形，齒音字，在發音之際，空氣通過齒縫，造成一種急流，和我剛才的說法，完全一樣！」

我苦笑了一下，我假定的四個字，陳長青已經解出了三個來了，可是看來一點意思也沒有，一點也不像是一句什麼話。

我又道：「最後一個呢？」

陳長青道：「第四組比較簡單，是樂譜中的『RA』，有拖長的尾音，那是『賴』、『拉』、『來』或者其他相當的發音！」

他說到這裡，放下了紙，向我望來，一臉神秘：「那個半邊臉的人——」

我心中懊喪莫名，因爲一場趕回來，陳長青幾乎什麼也未能告訴我，而他倒又提起那「半邊臉」來了。我大聲道：「那人在一次意外之中，被火燒壞了臉，事情就是那樣簡單！」

陳長青像是被人踩了一腳似地叫了起來：「你剛才還說，他們是一個星球上的人！」

我道：「對，你和我，也都是這個星球上的人！」

陳長青的臉色一陣青一陣紅，看他的樣子，像是恨不得重重地咬上我一口，我忙道：「他們全是地球人，不過有一件極其詭異的事和他們有關，我可以告訴你，在我講述的時候，你不准插嘴！」

陳長青的神情緩和了一些，轉頭對白素道：「阿嫂，要不是你在，我一拳將他的下顎打碎！」

白素道：「是啊，他這個人，真應該給他一點教訓才行！」

陳長青一聽，像是真已經一拳將我打得爬不起來一樣，又洋洋自得起來。

我按著他坐了下來，將事情的經過，用最簡單的方法，講給他聽。我強調的只是一點：一塊木炭之中，有一隻鬼，而這些高頻音波，就是那隻鬼發出來的！

當我講完之後，陳長青目瞪口呆，我道：「現在你全知道了，你能不能告訴我，這位鬼先生講的那四個字，究竟是什麼？」

陳長青呆了片刻，又拿起波形紙來，然後，取出筆來，在旁邊注著發音，過了好久，他才道：「我不斷將可能的發音念出來，你看哪一種組合，比較有用。」

我道：「好的，請開始。」

陳長青道：「範鵝鹵賴。」

我搖著頭。

他繼續道：「『方我差雷』、『方餓出拉』、『奮我吃來』——」

他總說了十來個四個音節組成的「話」，可是，我愈聽愈是冒火。

我正想大聲喝止時，白素突然道：「陳先生，如果是：『放我出來』，會不會造成這樣的波形？」

陳長青道：「對，放我出來，就是這樣，放我出來，一點也不錯！」

當白素說到「放我出來」這四個字之際，我心頭所受的震動，真是難以形容！

「放我出來」！

這是靈魂，在木炭中林子淵靈魂的呼喚！他被困在木炭之中，要人放他出來！

他作這樣的呼喚，不知已有多少次，不知已有多少年：「放我出來」！

在剎那之間，我恍惚像是聽到了一陣淒厲的呼叫聲，林子淵在叫著：「放我出來！」

陳長青向我望來，一定是我的臉色蒼白得可怕，是以他望著我，張大了口，不知如何說才好。我緩了一口氣：「我相信我們已經看懂了這句話，是『放我出來』！一定是！」

在陳長青說了這句話之後，我們三人，誰也不再開口，靜了下來。

的確，我們實在不知道說什麼才好，這樣的發現，真太驚人！「放我出來」，這是一個靈魂的呼喚，在這樣的呼喚之中，包含的是痛苦還是高興？那是一種什麼樣的玄妙現象？一切的一切，全都超越了生死的界限，全是人的生命之中，最秘奧的一環；而這最秘奧的一環，如今竟然以這樣的形式，展示在我們的面前！

過了好一會，白素道：「這——這種情形，使我想起一個西方神話來——」

陳長青忙道：「是的，一個被關在瓶子裡的魔鬼！」

我苦笑了一下：「事情已經夠複雜了，別再聯想旁的問題了。首先，我們要肯定，自木炭之中測到的高頻音波，真是代表著一種語言。」

陳長青道：「當然，毫無疑問。」

我吸了一口氣：「其次，我們不應該滿足於『放我出來』這一句話，我們要繼續和他交談，但如果這樣子猜每一個波形代表的音節，每一句話，只怕要花上一兩天時間來推敲，是不是有更好的方法？」

陳長青翻著眼：「還有什麼好辦法。」

白素道：「如果他能說英文，就比較簡單！」

白素的話，提醒了我：「對，二十六個字母的發音，是二十六種不同的波形，憑二十六種不同的波形，可以組成一部文學巨著！」

陳長青也興奮了起來：「問他是不是懂英文，也很容易，因爲『是』和『不』這兩個音，在波形上，截然不同。」他說到這裡，四面看：「那隻鬼在哪裡？讓我來問他！」

我皺了皺眉：「你對他的稱呼，最好客氣一點！」

陳長青翻著眼：「我可沒有說錯，他是鬼！」

白素道：「我想，稱他爲靈魂比較安當一點。」

陳長青道：「好，那位靈魂先生在哪裡？在一塊木炭之中？對了，就是我見過的那塊木炭？那木炭吧？」

我實在不願意和陳長青共同參與一件事，可是這件事，又非他不可，實在沒有辦法。我道：「木炭在倫敦，一群靈魂學家的手中。」

陳長青大聲道：「叫他們帶著木炭來！」

陳長青的話，不中聽的多，但這一句話，倒說得十分有理，我忙道：「對，我和普索利爵士通電話，他一定興奮之極了！我們這裡，還要準備一具高頻音波的探測儀器才行！」

陳長青將自己的心口拍得山響：「我就有！不過裝置相當大，搬來搬去，只怕——」

白素道：「那就不必搬，我們所有人到齊之後，就在你家裡進行好了！」

陳長青的神情，高興莫名，搓著手，示威似地望著我。我知道他心裡想說甚麼：「陳長青，這次，全靠你的本事了！」

陳長青更是高興：「可惜，那半邊臉不是外星人！」

白素道：「可是，你是世界上第一個能和靈魂交通聯絡的人，這比和外星人交通更難，生命的秘奧，比宇宙的秘奧，更有探索的價值！」

陳長青飄然之極，滿臉堆笑，一面哼著他自己才聽得懂的歌，一面跳了出去。

他一走，我立時到書房，和普索利通電話，問他報告我們的研究所得。普索利在電話中不住叫道：「天！天！我的天！」

我道：「別叫我的天了！你趕快帶著木炭來，誰有興趣，誰都可以一起來！」

普索利爵士大聲答應著。

我估計一定會有人跟著普索利一起來的，但是卻料不到，所有的人，一起來了！當他們到達之後，我們就一起前往陳長青的住所。

好在陳長青的住所夠寬敞，他有一幢極大的祖傳大屋，大得不可思議，不知有多少房間，我們就利用了他的「音響室」，將那塊木炭，鄭而重之地捧出來，放在探測儀器之上，陳長青校準了儀器。

儀器中一卷記錄波形的紙張，在儀器的記錄筆之下，那是最緊張的一刻，我吸了一口氣：「林先生，我們已確知你的存在。根據令祖玉聲公的記載，你雖然在木炭中，但是對於外界的一切，全有一種超能力的感覺，你完全可以知道我們在說甚麼，是，或不？」

我誠心誠意地講完了之後，儀器的記錄筆，在開始的一分鐘之內，一點動靜也沒有。

在這一分鐘之內，所有的人都互相望著，有幾個，額頭在冒著汗。

這一段時間之長，真令人有窒息之感。

然後，突然地，記錄筆開始動了，自動向前伸展的記錄紙上，出現了一組波形。陳長青一看，就陡地叫了起來：「是！是！」

我說的那段話，是中國話，陳長青叫的也是，除了那位東方語言學專家之外，其餘人都不懂。我一聽得陳長青那樣叫，一面心頭突突亂跳，一面急速地向各人解釋著。所有人的神情，都極爲興奮，猶如置身在夢中一樣。甘敏斯喃喃地道：「和靈魂交談，這——太奇妙了，太不可思議了！」

普索利爵士脹紅了臉：「這就是我一生期待著的時刻！」

我又道：「林先生，我們已經知道，你在木炭之中，你曾要求我們放你出來——」

我才講到這裡，記錄筆又急速地顫動起來，極快地記錄下了四組波形。這四組波形，不必陳長青加以解釋，我都可以看得明白，那還是「放我出來」！

我約略向各人解釋了一下，又道：「林先生，請問怎樣才能放你出來？」

我們都屏住了氣息，在等候他的回答，可是記錄筆卻一直靜止著。

我有點著急，說道：「林先生，請問你是不是可以利用英文字母的發音，來表示你要說的話？我們現在要明白你的意思，須要通過很複雜的手續，那太困難了！」

在我這樣說了之後，記錄筆又動了起來，陳長青搖頭道：「不！」

我向白素望了一眼，我要集中精神和林子淵的靈魂講話，所以我的意思是，將解釋的事，交給白素去做。白素立時會意，向普索利他們解釋著。

我又道：「那樣，太困難了！你所要說的每一個字，我們都要花不少時間來研究，可能一年之內，也弄不懂幾句話！」

記錄筆又靜止了很久，在場的所有人互望著，神情極焦急，過了大約一分鐘，才看到記錄筆又動了起來，出現了四組波音，但不是「放我出來」，四組音波，看來差不多，然後又靜了下來。

所有的人，一起向陳長青望去，這時候，陳長青的地位極高，除了他，再也沒有人可以幫助我們！

陳長青全神貫注地看著那四組波形，口唇顫動著，冒著汗。我們都在期待著他發出聲音，可是過了好久，只見他額頭的汗珠愈來愈多，就是沒有發出任何聲音來。我忍不住道：「怎麼啦？」

陳長青抬起頭來：「這四個音，是沒有意義的！」

我十分惱怒，幾乎想罵他，但總算忍住了，沒有罵出口來，只道：「你說出來聽聽！」

陳長青道：「第一個音節，和小喇叭的音波形狀差不多，短促，那是，那應該是『播』的一聲。」

陳長青一面說，白素一面翻譯著。陳長青又道：「第二個也差不多，不過促音不如第一個之甚，要是發起音來，也是『播』的一聲。第三組，音波波形較圓，和第一二組也大致相同，是聲音較低沈的一個『播』字——」

我忍不住道：「播播播，全是播！」

陳長青脹紅了臉，說道：「第四組多少有點不同，但是，但是——」

我道：「還是『播』！」

陳長青怒道：「波形是這樣，我有什麼辦法？」

我道：「波形有不同，可是你卻分辨不出來！」

陳長青的臉脹得更紅，說道：「我當然分辨不出細微的差別——」

我也不知道何以自己如此之急躁：「所以，只好播播播播，不知道播些甚麼！」

陳長青握緊了拳頭，幾乎要打我，白素陡地叫道：「等一等！」

我們全向白素望去，白素先吸了一口氣，然後才道：「會不會是『波、坡、莫——』」

她才講到這裡，我和陳長青兩人，都「啊」地一聲，叫了起來，神情歡愉莫名。

普索利他們，只看到我們爭吵，當然不明白何以忽然之間，我們如此高興，我忙道：「各位，林先生指示了我們一個通訊的辦法，他的意思，是用一種注音符號，根據這些注音符號，可以拼出中國話來！」我講到這裡，轉過頭去：「是不是，林先生？」

記錄筆立時振動，出現了一個「是」字的波形。

所有的人一聽得我這樣解釋，都歡呼起來。

第十四部：林子淵的經歷

接下來的日子之中，我們這一群人，幾乎廢寢忘食，在和林子淵交談。雖然國語注音，是一種好的交談辦法，但是我們首先要弄清四十個注音字母的波形，而且每一個字的注音字母，數字不同，林子淵平時所操的可能不是標準國語，有很多情形，要推敲決定，最後還要問他是，或不，才能決定。所以，花費的時間相當多。

在開始的時候，一天，只能交談十來句話，而且是極簡單的話。到後來，漸漸純熟了，可以交談的，就多了起來，比較複雜的語句，也可以表達出來。

前後，我們一共花了將近五個月的時間，在這五個月之中，我們都住在陳長青家的地板上，不理髮、不剃鬚，每個人都成了野人。

有時候，當我們睡著的時候，記錄筆會自行振動，寫下波形。在這五個月之中，記錄紙用了一卷又一卷，不知道用了多少卷。

當然，在這五個月之中，我們也知道了林子淵當年，前赴炭幫，前赴貓爪坳之後，發生的一切事。

我將林子淵的經過，整理了一遍，記述出來。這是有歷史以來，一個靈魂對活著的人的最長的傾訴。其中有很多話，當林子淵在「說」的時候，由我發問來作引導，所以我在記述之際，保留了問答的形式，使各位看起來，更加容易明白。

由於「靈」是一種極其玄妙的存在，這種存在之玄，有很多情形，人類的語言文字，無法表達，也是在人類語言所能領悟的能力之外。舉一個簡單的例子來說：「靈」可以聽到人的語言，但「靈」無形無質，根本沒有耳朵，如何聽？但是「靈」又的確可以聽得到，所以，在語言的表達上，明知「聽」字絕不適合，但也只好用這個字，因爲並沒有另一個字，可以表示根本沒有聽覺器官的聽！

這只不過是例子之一，同樣的例子，還有很多，總之我在敘述之際，盡量使人看得懂就是。

首先，是我的問題：「林先生，你在木炭中？」

「是的，很久了，自從我一進入，就無法離開，放我出來！」

我苦笑：「我們很不明白你的情形，在木炭裡面？那是一種什麼樣的情形？我們如何才能放你出來？」

「在木炭裡，就是在木炭裡，像人在空氣當中一樣，我只是出不來，我要出來！」

「怎樣才可以令你出來呢？將木炭打碎？」

「不！不！不要將木炭打碎，打碎了，我會變得在其中的一片碎片之中！」

「你的意思是，即使將之打得最碎最碎，你還是在木炭之中？即使是小到要在顯微鏡下才能看到的微粒，你也可以在其中？」

「是！」

我苦笑：「這對你來說，不是更糟糕了麼？」

短暫的沈默：「不見得更壞，對我來說，大、小，完全一樣！」

（這一點，我們無法瞭解，何以「大」、「小」會是一樣的呢？）

「那麼，請你告訴我，我們應該如何做？」

「我不知道！」

（他自己也不知道應該如何做，才能使他離開木炭，這真是怪異莫名。）

「不！不！一定可以的，玉聲公進入了一株樹之後，他離開了。」

我很審慎：「會不會你進入了木炭之後，根本就不能離開了？」

「他是怎麼離開的？」

相當長時間的沈默：「事情要從頭說起，我爲何到貓爪坳去的，你已經知道？」

「是，但不能確定你是爲了寶藏，還是勘破了生命的秘奧，想去尋覓永恆？」

「兩樣都有，但後者更令我嚮往。我離開了家，一點留戀也沒有，這一點，當時我自己也很奇怪，但事後，當然不會覺得奇怪。我到了貓爪坳，可是來遲了，玉聲公寄住的那株樹，已經被砍伐！樹雖然被砍伐了，可是樹樁還在，根據地圖上的符號，我幾乎沒有費什麼功夫，就找到了那個樹樁。當時，我不能肯定玉聲公是還在這個樹樁之中，還是在被採下來的那段樹幹之中！」

「這的確不容易斷定，結果，你——」

「我在樹樁之旁，聚精會神，希望能得到玉聲公給我的感應，但是一點收穫也沒有，於是，我只好到炭幫去，要找被砍下來的樹幹。」

「是的，你到炭幫去求見四叔的情形我已經知道了，可是在你不顧一切，進了炭窯之後——」

「我一定要進窯去，在他們拒絕了我的要求之後，我一定要進炭窯去！」

「林先生，我想先知道一些因由。你明知進入炭窯之中會有極大的危險？」

「是！」

「你明知道你進入炭窯，可能喪失生命？」

「我知道，我知道一進入炭窯，不是『可能』喪了性命，而是一定會喪失生命！」

「那麼，是什麼使得你下定決心，要去作這樣的行動？是不是玉聲公終於給了你一些什麼啓示？」

「沒有，在我進入炭窯之前，一直沒有得到玉聲公的任何啓示。你問我爲什麼要這樣，我想，是由於我已經認識了生命。」

「對不起，我不明白，你說你認識了生命，是不是一個人，當他認識了生命之後，他必須拋棄生命呢？」

「拋棄肉體。」

「我還是不明白，對一般人而言，拋棄肉體，就是拋棄生命。我再重複我的問題：當一個人認識了生命之後，是不是必須拋棄肉體？或者說，當一個人認識了生命之後，是不是必須自己尋覓死亡之路？」

（在我問了這個問題之後，有很長的一段時間，收不到任何訊息，幾乎使我們以為已經從此不再有機會收到任何音訊了。但是，音訊終於又傳了過來，顯然，這個問題，對於一個靈魂來說，也十分難以解答。）

「不是這樣，我想每個人的情形不同，不一定是每個人在拋棄了肉體，即死亡之後，都能夠有機會使生命進入第二步。這其中的情形，我還不瞭解，因為我一直在木炭之中，還沒有機會知道其他類似的情形，究竟是怎樣的。但是對我來說，我在進入炭窯之前，我已經對我當時的生命形式，毫無留戀，而且我可以肯定，會進入另一種形式。」

「你何以這樣肯定？」

「你也看過玉聲公的記載吧，當然是他的記載給我的啓示所致。」

「你為什麼對當時的『生命形式』一點也不留戀了呢？人人都是以這種形式生存的！」

「太短暫、太痛苦了！先生，如果我不是當時使自己的生命進入另一形式，我現在還能和你交談嗎？」

「那也不見得，我才見過尊夫人，她就相當健康。」

「是麼，請問，還有多少年呢？」

（我答不上來。照林子淵的說法，「生命的第一形式」能有多少年？一百年，該是一個極限了吧！）

「請你說一說你當時進入炭窯之後的情形。關於生命的形式，暫時不討論下去了。因為我不明白，我們所有人，都不容易明白。」

「是的，的確不容易明白，能夠明白的人太少了，正因為如此，所以大家才沈迷，在短暫的光陰之中，做很多到頭來一場空的事，而且為了這些事，用盡許多手段，費盡了許多心機，真是可憐！」

「請你說你進了炭窯之後的情形！」

「我一跳進了炭窯，身子跌在炭窯中心，那一部分沒有木料堆著，離窯頂相當高，我一跌下來，身子一落地，雙腿就是一陣劇痛，我知道可能是摔斷了腿骨，同時，我的身子向旁一側，撞在一旁堆疊好的木料之上，那一堆木料，倒了下來。壓在我的身上——」

「請你等一等，照祁三和邊五的說法，你一進入炭窯，四叔已下令生火，而邊五立即跳進來救你，這其間，至多不過半分鐘的時間！」

「我想可能還沒有半分鐘，但是對於奇妙的思想感應來說，有半秒鐘也就足夠了，我剛才說到哪裡？是的，一堆木料，被我撞得倒了下來，壓在我的身上，使我感到極度的痛楚。也就在這一剎那間，我聽到了，我說聽到了，實際上是不是聽到的，我也不能肯定——」

「我只是肯定，突然有人在對我說：『你來了！終於有我的子孫，看到了我的記載來了！』我忙大叫：『玉聲公！』這其間的過程極短，但是我感到玉聲公對我說了許多話。」

「是一些什麼話？」

「他告訴我，我的決定是對的，他也告訴我，人的魂魄，可以進入任何物體之中，像他，就是在一株樹中，許多年，他現在才可以離去，他告訴我，要離開進入的物體，不是一件容易的事，但是他又不知道如果不先進入一件物體之中，會有甚麼樣的結果，可能魂魄就此消散，不再存在，所以他不贊成我冒險。」

「當時，你看到他？」

「什麼也沒有看到，當時，炭窯之中，已經火舌亂竄，濃煙密布，我只覺全身炙痛，一生之中，從來也未曾感到過這樣的痛楚。然而，那種痛楚，相當短暫，我當時可能是緊緊抱住了一段木頭，突然之間，所有的痛苦一起消失，我仍然看到火，看到煙，聽到烈火的轟轟聲，看到火頭包圍住我的身體，我的身體在迅速蜷曲，變黑，終於消失。然後，我所看到的是火，連續不斷的火。我在火中間，可是一點也不覺得任何痛楚，我知道自己的魂魄已成功地脫離了軀體，所以我當時，大笑起來。」

「那很值得高興的，再後來呢？」

「再後來，火熄了，我只看到許多火，我自己在一個空間中，突不出這範圍，我平靜，毫無所求，也沒有任何不舒服的感覺，更不知時間的過去，後來，有人將我存身的空間，帶了出來，在他的談話之中，我才知道自己是在一塊木炭之中。」

「對不起，我問你一個比較唐突的問題，這塊木炭的體積十分小，你在其中那麼多年，一定是相當痛苦的了？」

「對不起，你不會明白，木炭的體積再小，即使小到只有一粒芥子那麼大，但對我來說，還是和整個宇宙一樣，因為——讓我舉一個數字上的例子來說明，我是零，任何數字，不管這數字如何小，和零比較，都是大了無窮大倍。一個分數，分母如果是零，分子不論是任何數，結果都是無窮大！」

（下面這個問題，是甘敏斯問的。）

「如果真是這樣，你何必發出『放我出來』的呼救聲？你擁有整個宇宙，不是很好？」

「你錯了，我並不是呼救，我絕沒有在牢籠中的感覺，只是，我渴望進入生命第三個形式。從第一形式到第二形式，玉聲公給我感應，知道他已脫離了第二形式，而進入了第三形式，所以，我也想脫離第二形式。」

「你感到，第三形式會比第二形式更好？」

「這不是好不好的問題，既然是生命的歷程如此，我自然要一一經歷。」

「在你的想像之中，生命的第三形式，是怎樣的？」

「我無法想像，就像我在第一形式之際，無法想像第二形式一樣。」

「我想，我們現在應該到最具關鍵性的一個問題了，如何才能使你離開這塊木炭？」

「我不知道。」

「如果連你也不知道的話，我們又怎麼能『放你出來』？你應該有一點概念才是。將木炭砸碎？」

「可以試試，不過我不認爲會有用，玉聲公是在木料燃燒的情形之下，才離開了他生存的樹身的，是不是可以試一試燃燒木炭？」

這是林子淵自己提出來的辦法，到這時候，已經過去了將近三個月了。

我們所有的人，都面面相覷，作不出決定來。我們當然希望林子淵的生命，能夠進入「第三形式」，但是燃燒木炭，將木炭燒成灰燼，是不是有用呢？

如果事情如他所說，再微小的物體，對他而言，全是無窮大，那麼，極其微小的灰燼，也可以成爲他生命第二形式的寄居體，一樣無法「放他出來」。

我們商量了好久，才繼續和林子淵聯絡，以下是他的回答：

「你們一定要試一試，我會竭力設法將結果告訴你們。放心，對你們來說，有『情形好』或者『情形壞』，但是對我來說，完全一樣，毫無分別。你們只管放心進行好了！」

得到了林子淵這樣的回答，陳長青找來了一隻大銅盆，將木炭放進銅盆中，淋上了火油。在點火之前，甘敏斯叫道：「小心一點，別使灰燼失散，如果他還不能離開，在一極微小的灰燼之中，那我們還可以設法和他聯絡，別失去這個機會！」

各人都同意他的話，一切全準備好了，可是一盒火柴，在各人的手中，傳來傳去，沒有人肯劃著火柴。等到火柴第三度又傳到我手中的時候，我苦笑了一下：「只好讓我來擔當這任務了！」

各人都不出聲，顯然人人不想去點火的原因，是不知道點了火之後，會有什麼樣的結果。

我劃著了火柴，將火柴湊近淋了火油的木炭，木炭立時燃燒了起來。

陳長青在木炭一開始燃燒之際，就將高頻音波的探測儀，盡量接近燃燒著的木炭，希望可以在最後的一剎那間，再測到林子淵發出的訊息。

但是，儀器的記錄筆卻靜止著不動。

幾乎每一個人，都注視著燃燒的木炭，我也一樣。但是我相信，根本沒有人知道期待著看到什麼，我們是在等待看有一個鬼魂，忽然之間，從熊熊烈火之中冒升出來麼？那當然不會發生，但是在變幻莫測的熊熊火光，和伴隨著火光而冒升的濃煙之中，是不是有林子淵的靈魂在呢？

火、煙，本來已經是極度虛無縹緲的東西了，林子淵的靈魂，是不是隨著火和煙上升了呢？是不是當火和煙消散了之後，他生命的第三形式就開始了？但是，火、煙，都是空氣的一種變化，空氣也是有分子的，空氣的分子對我們來說，自然是微不足道，但對於本身是「零」的林子淵來說，卻一樣是「整個世界」，那麼，是不是林子淵的靈魂，會進入一個空氣的分子之中，再去尋找另外的一種生命形式？

在木炭熊熊燃燒的那一段時間之中，我的思緒，亂到了極點，設想著各種各樣稀奇古怪的問題。我想旁人大約也和我一樣，這一點，我從每一個人所表現出來的古怪神情上，可以揣知。

燃燒中的木炭，在大約十分鐘之後，裂了開來，裂成了許多小塊，繼續燃燒著，三十分鐘之後，一堆灰燼之上，只有幾顆極小的炭粒還呈現紅色，又過了幾分鐘，可以肯定，這塊木炭，已全然化爲灰燼了。

木炭在經過燃燒之後，「化爲灰燼」的說法，不是十分盡善盡美的，應該說，變成了灰燼和消散了的氣體。物理學上有「物質不滅定律」，木炭經過燃燒後，除了灰燼之外，當然還有大量已經逸走，再也無法捕捉回來的氣體，這氣體的絕大部分，當然應該是二氧化碳，還會有一些別的氣體，那是木炭中的雜質，在高溫之下所形成的。

當我正在這樣想著的時候，陳長青已將灰移到了探測儀之上，儀器的記錄筆，一直沒有任何反應，我們等了又等，還是沒有反應。

我最先開口，說道：「他走了！」

普索利說道：「是的，他走了！」

我望著各人：「我的意思只是說，他不在這裡了。」

甘敏斯皺著眉：「我不明白——」

我道：「我是說，他已經不在這一堆灰燼之中，他有可能，已經順利地進入了生命的第三形式，也有可能，進入了木炭燃燒之後所產生的氣體的一個分子之中，一個分子對他來說，和一塊木炭，沒有分別！」

各人全不出聲。

普索利在過了不久之後，才嘆了一聲：「總之，我們已經無法再和他聯絡了！」

我道：「他答應過我們，會和我們聯絡，會給我們訊息，所以——」

好幾個人一起叫了起來：「我們還要等！」

叫起來的人之中，包括陳長青在內。陳長青也堅持要等下去，等著和林子淵的靈魂作進一步的聯絡，這一點，相當重要，因為所有人還得繼續在他的家裡等下去。

這是一個極其漫長的等待，一個月之後，沒有任何跡象顯示林子淵的靈魂會再給我們傳遞訊息，就有人開始離去。兩個月後，離去的人更多，三個月之後，甘敏斯和普索利兩人，最後也放棄了。

我、陳長青和白素三人，又等了一個多月，仍然一點結果也沒有。

那天晚上，我們三個人坐著，我苦笑了一下：「他不會有任何訊息給我們了，我們不妨來揣測一下他現在的處境。」

陳長青道：「他有可能，離開了木炭，進入了一個氣體分子之中，一樣出不來，而又不知飄到什麼地方去了，當然無法和我們聯絡。」

我道：「這是可能之一，還有一個可能是，他已經入了生命的第三形式，而在這種形式之中，根本無法和我們聯絡。」

陳長青道：「也有可能！」

我們兩人都發表了意見，白素卻還沒有開口，所以我們一起向她望去。

白素道：「要問我的看法？」

陳長青道：「是的！」

白素道：「我的看法，很悲觀。」

陳長青忙道：「他消失了？再也不存在了？」

白素道：「不是，我不是這樣的意思。我的意思是，林子淵的魂魄，在他第一度死亡之際，進入了木炭，而現在又離開了木炭——」

陳長青比我還要心急：「那不是很好麼？為什麼你要說悲觀？」

白素道：「記得他說，他對於生命毫無留戀的原因麼？第一是因為太短暫，第二是因為太痛苦！」

陳長青道：「不錯，人生的確短暫而痛苦！」

他在這樣說的時候，還長長地嘆了一口氣。

白素道：「這就是我之所以感到悲觀的原因。他的靈魂在離開了木炭之後，進入了所謂第三形式。但是所謂第三形式，極可能，是他又進入了另一個肉體之中！」

我和陳長青都張大了口，我道：「所謂——投胎，或者是——輪迴？」

白素道：「是的，我就是這個意思。」

陳長青「啊」地一聲，說不出話來。我也一樣，呆了好半晌，才道：「如果是這樣，他豈不是一樣要從頭再來過，一樣是短暫而痛苦？」

白素道：「是的，那正是他絕不留戀，力求擺脫的事，他追求生命的永恆，然而是不是真的有這種永恆的存在？還是這種永恆，就是不斷地轉換肉體？」

我和陳長青一起苦笑了起來，如果真是這樣一個循環的話，那麼，所謂從肉體解脫，簡直是多餘之極的舉動！因為到頭來，還是和以前完全一樣！

是不是這樣？還是根本不是這樣？

沒有任何人，或任何靈魂可以告訴我，因為從此以後，我再也沒有接收到林子淵的靈魂給我的任何感應。他現在的情形如何，不得而知，但是我相信，總不出我們所揣測的那三個可能之外。

當然，也有可能有第四種情形，然而那是什麼樣的情形，根本全然在我們的知識範圍、想像能力之外，連想也沒有辦法想了！

（完）

影子

影子
影子

序言

在衛斯理故事之中，「影子」流傳相當廣，由於它在故事結構上十分詭異神秘，也有著一種令人戰慄的恐怖氣氛，不少朋友看了之後，印象十分深刻。

「影子」的設想十分奇特，宇宙中除了地球之外，可能有生命，絕對可以肯定，外星生命的形態，無法想像，但地球人還是要不斷的想像，想像到了只是一個平面，也算是極致了。

「影子」的故事似乎還可以發展下去，有機會，當考慮做這件事。

倪匡

第一部：一幢舊屋子

早在寫完「蠱惑」之後，就準備寫這篇「影子」的，但是卻耽擱下來，寫了「奇門」。接著，又寫了好幾篇別的，所以拖下來的原因，是因爲「影子」這篇故事，實在太奇幻，奇幻到幾乎不能解釋的程度。

再奇幻的故事，也可以有解釋的。例如說，一個奇異的生物，來自太空，不知道他來自什麼星球，但總可以知道他是從另一個不知名的星球上來的，那也算是有了解釋了。

然而「影子」卻不然，它實實在在、不可解釋，但整個故事的過程，卻也很有趣，而且有一種極度的神秘，或者說是恐怖的感覺。

事情發生在很多年前，那時，我們都還是學生。我說「我們」，是指我和許信，許信是我的好朋友。

那一年秋季，我和許信以及很多同學，都在郊外露營，年輕的時候，參加過許多活動，再也沒有比露營更有趣的了，日後，顛沛流離，餐風宿野的次數多了，想起以前對露營的那種狂熱的興趣，總有一種苦澀之感，那且不去說它。

那一天晚上，當營火已經漸漸熄滅，整個營地都靜寂下來之際，許信突然來到我的帳幕中，他拿著一支電筒，一臉神秘，低聲叫著我的名字：「出來，給你看一樣東西。」

我給他在睡夢中搖醒，有些疑惑地望著他，但是他已向後退了開去，他的那種神情，使我覺出，他一定有極其重要的事和我商量，所以，我立時拿起一件外套，一面穿著，一面已走出了帳幕。

我們來到一個小丘旁，他的樣子仍然很神秘，我低聲問道：「有什麼事？」

許信道：「這是我下午收到的信，你看。」

他將一封信遞了給我，那封信是一個律師寫給他的。我們那時，還都年輕，看到了一封由律師寄出來的信，心中總有一種很異樣的感覺，我們都是寄宿生，信是先寄到學校，由校役轉送到營地來的。

我接過信來的第一句話，就道：「你下午就收到信了，爲什麼現在才告訴我？」

許信指著那封信：「你看看再說！」

我將信紙抽了出來，那是一封通知，那位律師，通知許信，去領一筆遺產，遺產是一幢房子，他的一個堂叔遺贈給他的。

信上還附著有關那屋子的說明，那是一幢很大的屋子，有著六七畝大的花園。

我看完了之後，許信興奮地搓著手：「你想不到吧，我有了一幢大屋！」

我也著實代他高興，一個年輕人，有了一幢大屋子，那實在是值得高興的事。我道：「露營還有五天就結束，結束之後，就是假期，我想，我大概是你那幢屋子的第一個客人了，是不是？」

「你是屋子的一半主人！」許信一本正經地說：「我送一半給你，但是你必須和我一起，立即離開營地，我真的太心急了，真想明天就看到那幢屋子！」

「離開營地？」我躊躇了一下：「那會遭到學校的處分！」

許信握住了我的手臂，用力地搖著：「你想想，我們自己有了一幢大屋，還有六七畝大的花園，還理會學校幹什麼？」

我們那時都很年輕，現在想起來，那一番話實在是很可笑的，但是當時，我卻立即同意了許信的說法。對，自己有了那樣的一幢大屋子，還理會學校做什麼？所以我立即道：「好！」我們一起來到了營地存放腳踏車的地方，推出了兩輛腳踏車來，騎上了車子，飛快地向前踏著。

我記得十分清楚，當天色快亮，我們也漸漸地接近市區之際，霧大得出奇，我們在到達離一條鐵路很近的時候，可以聽到火車駛過的隆隆聲，也可以感到火車駛過的震動，但是我們卻看不到火車，因為霧實在太大了。

但是我們卻一點也不減慢我們的速度，終於，在天亮時分，到達了市區。我們下了車，每人喝了一大碗豆漿和吃了兩副大餅油條，然後，繼續前進。當我們到律師辦公室時，根本還沒有開始辦公。

我們在門口等著，足足等了兩小時，才辦妥了手續，律師先恭喜許信，然後才告訴他，道：「那屋子很舊，如果不經過好好的一番修葺，不能住人！」

許信那時，高興得是不是聽清楚了律師的話，都有疑問，他揮著手：「什麼都不要緊，只要那屋子是我的，我就能住！」

他的手中，握著兩大串鑰匙，就是律師剛才移交給他，屬於那屋子的。而那些鑰匙，大多數是銅的，上面都生了一重厚厚的銅綠，每一柄鑰匙上，都繫著一塊小牌子，說明這鑰匙是開啓屋中的哪扇門的。

從那些鑰匙看來，它們至少有十年以上未經使用，也就是說，那屋子可能空了十年。但我卻同意許信的話，只要那是我們自己的屋子，哪怕再殘舊，還是可以住的。

我們離開了律師的辦公室，仍是騎著腳踏車，向前飛馳，我們的心中實在太高興了，所以一面還在大唱著歌，引得途人側目。

屋子在郊區的一個十分冷僻的地點，我們雖然在這個城市中居住不少時間，但是仍然花費一番功夫，才能找得到。

我們首先看到一長列灰磚的圍牆，一種攀籐的野生植物爬滿了那一長列圍牆，連鐵門上也全是那種野籐，當我們在門前下了車時，我們已可以從鐵門中，看到了那棟房子。

那是確是一幢雄偉之極的房子，它有三層高，從它的外形看來。它至少有十幾間房間，而且它還有一個大得出奇的花園。

可是我們兩人，卻呆在門前，用一種無可奈何的目光互望著。

那房子實在太舊了！

這時，我們自然還看不到房子的內部，但是，單看看那花園，我們便都有了蠻荒探險的感覺。

那花園中有一個很大的池塘，池上還有一座橋，但這時，橋已斷成了幾截，浸在翠綠的水中，我從來也未曾看到過綠得如此之甚的池水，那簡直是一池綠色的漿糊一樣，洋溢著一片死氣。

在池旁有很多樹，但是大多數的樹上也都爬滿了寄生籐，野草比人腰還高，大多數已衰黃了，在隨風搖曳，在花園中，已根本辨認不出路來。

我們呆了片刻，我第一個開口：「好傢伙，我敢打賭，這屋子至少空置了三十年以上！」

許信有點不好意思，因爲那屋子曾使他如此興奮，卻不料竟那麼殘舊。他吸了一口氣：「不管怎樣，那總是我們的屋子，可以叫人來清理花園，或者，我們自己來動手。」

我搓了搓手：「你說得對，快找鐵門的鑰匙來，我們進去看看。」

許信在五大串鑰匙中，找到了鐵門的鑰匙，插進了匙孔中，可是我們始終無法打開那鐵門，因爲整個鎖都已成了一塊鏽鐵。

在費了足足半小時之後，我們放棄了打開鐵門的企圖，而手足並用，爬過了鐵門，翻進了園子中，落在到達腰際的野草叢中。

我們分開野草，向前走著，走不了十幾步，我們的褲腳上便粘滿了長著尖刺的「竊衣」，我們繞過了那池塘，發現水面居然還浮著幾片枯黃了的荷葉，在一片荷葉上，有一隻大青蛙，用好奇的眼光望著我們。

我們繼續向前走著，來到了屋子的石階前，連階梯上也長滿了野草，當然，不如花園中那樣密。大門一共有八扇之多，下半是木的，上半是玻璃的，但是我們完全無法透過玻璃看到屋中的情形，由於積塵，玻璃已幾乎變成黑色。

我們一來到了門前，在屋簷上，便吱吱喳喳，飛出一大群麻雀，那群麻雀，足有一百多隻，飛了一圈之後，又鑽進了屋簷的隙縫之中。

我笑了起來：「住在這裏，倒有一個好處，光吃麻雀，就可以過日子了。」

但是許信的神情卻有點憤怒，他道：「我要把它們趕走，那是我的屋子！」

我提醒他：「嗨，我有一半，是不是？」

許信道：「當然你有一半，但如果你對這屋子表示不滿意的話，你隨時可以放棄那一半的。」

我道：「你的幽默感哪裏去了？」

「我沒有幽默感，」許信說得很嚴肅：「我已愛上這屋子了！」

我笑了起來：「我也愛上了它，我們之間會有麻煩？」

許信顯得十分高興：「當然不會，別忘記，它是屬於我們兩個人的。」

我推著門，門卻鎖著，我向發鏽的匙孔望了一眼，皺了皺眉，許信已將鑰匙插進了匙孔之中，用力扭動著，我則幫他搖動著門，足足忙了五分鐘，由於門的震動，簷上的塵土，落了下來，落得我們滿頭滿臉。

我們終於推開了那扇門，許信發出一下歡呼聲：「我們一起進去！」

我和他握著手，一起走了進去，我們跨了進去後，不禁都呆了一呆。

那是一個極寬的廳堂，廳堂中，一應傢俬俱全，正中是一盞吊燈，在吊燈上密密的蛛網中，幾隻老大的蜘蛛伏著不動。

在所有的東西上，都是厚厚的塵，我從來也未曾在一間屋子之中，見過有那麼多塵土的。

在牆上，掛著許多字畫，但是沒有一幅字畫是完整的，在陳列架上，還有很多古董，大多數是瓷器，在幾隻大花瓶中，傳出一陣「吱吱」的叫聲，幾隻大老鼠，攀在瓶口，用它們充滿邪氣的眼睛，望著我們。

在天花板上，很多批盪都已破裂了，現出了一根一根的小木條，在那些小木條上，掛滿了蝙蝠，我們推門進去的時候，蝙蝠拍打著翅膀，但是不一會，便又靜了下來，仍然一隻一隻倒掛著。

我和許信互望了一眼，這樣的情形，實在是太出乎我們的意料之外了！

我又想說幾句開玩笑的話，我想說，這屋子借給電影來拍恐怖片，倒真不錯。但是我知道如果我說出來的話，許信一定會大大不高興。

是以，我忍住了沒有出聲，許信則嘆了一聲：「你有信心整理這間屋子？」

我點了點頭：「我們可以慢慢來，總可以將它打掃乾淨的。」

我們繼續向前走著，我們腳下的地板，發出「咯吱」、「咯吱」的聲音來，突然，有一長條地板，翻了起來，在地板下，足有幾十頭老鼠，一起竄了出來。

它們竄出來之後，就停了下來，望著我們，許信揮著拳：「我要養十隻貓！」

老實說，從那麼多老鼠來看，養十隻貓兒，怕還不夠老鼠的一餐！

不論許信對這幢屋子表示如何熱愛，但是當他看到了自地板下竄出了那麼多老鼠之時，他也不禁站定了，搖頭苦笑了起來。

而且，由於老鼠的突然受驚亂奔亂竄，我和許信也立時發現了一個很奇怪的現象！

有一頭碩大的老鼠，在竄過一張桌子桌面之際，「乒」地一聲，撞碎了一隻杯子，那杯子之中，自然也積滿了塵。

杯子跌在地上，碎裂了，這使我們注意到，在桌上，還有好些杯子，看來好像是有五六個人圍著那張圓桌，正在喝咖啡談天，但是談到了一半，便突然離去了一樣，所以，杯子才留在桌上，沒有收拾。

而且，我們又看到，在一張安樂椅的旁邊，有一本書，那本書，已經被老鼠啃去了一半，但那不是這本書應該在的地方，唯一的解釋便是當時有人在那安樂椅上坐著看書。

但是，當他在看書的時候，他卻突然遇到了一些什麼事，是以放下書就離開去的。

接著，我們兩人，雖然站著不動，但是卻發現了更多這屋子的人是倉皇間離去的証據，我比較細心些，我看到有幾隻燈開關是向下的，也就是說，當屋中人離去時，匆忙得連燈都不及熄！

几上也有著杯子和碟子，在一些碟子上，還有著吃蛋糕用的小叉子，當然，已不會有蛋糕剩下的了，就算當時有，也一定被老鼠吃光了。

當我們剛一走進這屋子的時候，我們的心中，都是十分興奮的，雖然感到那屋子太殘舊了，但卻還沒有什麼別的感覺。

然而現在，我從許信的臉色上可以看得出來，我們的心中，都有了一種陰森恐怖之感！

我先開口將心中的感覺說出來：「許信，這屋子怕有點不對頭吧，好像是在突然之間發生了什麼怪事，所以人才全逃走的！」

許信的臉色也很難看，他講起話來，語調也沒有那麼流利了，他道：「別……別胡說，這是一幢好房子，是我們兩個人的。」

我向那些留在桌子上的杯子、地上的書以及另外幾個屋中人是在倉皇中離去的証據指著，道：「你看這些，而且，我看這屋子，本來一定住了不少人，可是你那位堂叔爲什麼忽然不要這屋子了，讓它空置了那麼多年，到死了才送給你？」

許信搖著頭，道：「那我怎麼知道？我那位堂叔，是一個很有錢的人，你要知道，有錢人做起事來，有時是怪得不可思議的。」

我心中的疑惑愈來愈甚：「你見過他？」

「見過幾次，不過沒有什麼印象了。」

「這也是一件奇怪的事，」我又說：「你對他沒有什麼印象，他一定也對你不會有太深刻的印象，你們的親戚關係也很疏，他爲什麼要在遺囑中，將這幢屋子送給你？我看，我們還是——」

當我講到這裡時，我有遍體生寒的感覺，因爲這一切事都令人難以想得通！

許信遲疑著，他自然知道我未曾說完的話，是在提議我們離開這屋子，根本不要再來。

在他的心中，雖然也有同樣的想法，然而，他卻又很不捨得，是以，他還在猶豫不決，而就在這時候，花園的鐵門，突然傳來了「砰砰砰」的一陣響，那一陣聲響，突然傳了過來，我和許信兩人，本來就在心中發毛，再一聽到那一陣突如其來的聲響，兩人都嚇了一大跳。

比較起來，還是我膽子比較大一些，因為一聽到那一陣聲響、許信的臉色發青，立時緊緊地抓住了我的手臂，但是我的頸骨雖然覺得僵硬，卻還有足夠的鎮定，轉過頭去，看了一看。

我看到鐵門外，像是站著三五個人，還有一輛房車停著，那年頭的汽車，幾乎全是黑色的，這一輛，也不例外。

花園很大，我只看到一個女人和那拍門的是一個身影相當高大的男人，別的我就看不清了。

我拍了拍許信的肩頭：「有人在拍門，我們出去看看。」

許信這才轉開頭來，鬆了一口氣：「這些人，怎麼一點聲息也沒有，就拍起門來了？」

我心中只感到好笑，許信那樣的埋怨，自然只是為了掩飾他心中的驚恐，他放開了我的手臂，我們都不約而同地向外退了出去，我們是退出去，而不是轉過身，向外走出去的。當時，我們也根本未去想一想為什麼要那樣，直到事後追想起來，才知道那是我們的心中有著極度的恐懼，生怕屋子中有什麼東西撲出來，撲向我們背後，令我們無法預防之故，所以我們才會面對著屋子，向外退了出來的。

一直來到了花園中，我們才轉過身，奔向鐵門口。

在拍門的人，看到我們向鐵門奔去，不再拍門。我們奔到了門前，喘著氣，看到站在門外的是，是一個五十多歲的婦女和兩僕人。

那老婦女的衣著很華麗，神情也很雍容，另外兩個男人，身體都很強壯，一個多半是司機，另一個則可能是男僕。

許信一看到了那老婦人，便怔了一怔，他有點不肯定地道：「是……嬸娘？」

那老婦人忙道：「你倒還記得我，我們已有三四年未見了吧？」

許信叫那老婦人為「嬸娘」，我便立時想到，那老婦人可能就是許信那位古怪的堂叔的遺孀。

果然，許信的介紹，証明了這一點，我就有禮貌地叫了她一聲：「許伯母。」

老婦人道：「你將門打開來再說。」

許信苦笑著，道：「嬸娘，我打不開這門，我們是爬進來的。」

老婦人回過頭去：「你們兩人將門撞開來。」

那司機年紀輕些，立時答應了一聲，那男僕看來也已有五十上下年紀，他比較慎重：「太太，我看你還是不要進去，讓我們進去的好！」

許信的臉突然漲得很紅，他提高了聲音：「嬸娘，堂叔在遺囑中講明，他將這屋子送給我了，現在，這是我的屋子！」

許信是一個十分倔強的人，從他這時堅決維護他的權益的神態中，可以看出這一點來，他又道：「我不要鐵門被砸爛。」

那老婦人呆了一呆，才笑道：「阿信，我們是自己人，這屋子就算是你的，我難道不能進來！」

「當然可以，但是我是主人！」

那老婦人道：「是的，可是你有沒有注意到遺囑的內容，我可以有權利，在這屋子中取回一些東西？」

我和許信互望了一眼，我們都曾聽律師讀遺囑，但是我們都沒有仔細聽，因爲當時，我們都在自己擁有一幢花園大屋的狂熱的興奮之中。

許信的神態也立時不那麼緊張了，他道：「那當然可以，就算遺囑中沒有規定，我也會讓嬸娘去取東西的，但是門真的打不開，嬸娘也可以爬進來。」

老婦人皺著眉，那司機道：「鎖多半是鏽住了，我有滑潤油，可以再試試！」

他從車中取出了滑潤油來，注入鑽孔之中，許信將鑰匙交了給他，他用力扭動著，鎖中發出「卡卡」的聲音，落下許多鐵鏽來。

他花了大約七八分鐘，終於「格」地一聲，扭開了鎖，用力將鐵門推了開來。

鐵門在被推開的時候，發出一陣難聽的「咯吱」、「咯吱」聲。

鐵門一推開，老婦人便向前走去，那男僕忙跟在她的後面，叫道：「太太，太太！」

老婦人走出了十多步，才站在草叢之中，她的神態很激動，也很憤怒，她不斷地道：「阿尙，你看看，阿尙，你看看！」

「阿尙」自然就是那老僕的名字，他四面看看，也發出一陣陣的嘆息聲來。

老婦人道：「阿尙，你看，好好的屋子，變成了這模樣，老爺也不知道發了什麼神經！」

阿尙在維護著他的男主人：「太太，老爺一定遇到了什麼奇怪的事所以才不要這屋子的，所以，你還是不要進去的好，屋子空了太久，只怕裏面會有一些……東西！」

我用心聽著阿尙和老婦人的對話，因爲我聽出，他們兩人都是曾在這屋子中住過，而且是倉猝離開屋子的許多的人中間的兩個。

我問道：「當時，你們爲什麼不要這屋子了？」

阿尙和老婦人望了我一眼，都沒有回答我的問題，老婦人繼續向前走去，一面走，一面不住搖頭嘆息，當她來到了大廳後石階前，她看到了大廳中的情形，她難過得像是想哭一樣。

許信忙道：「嬸娘，屋子中有上千頭老鼠，你要取些什麼東西，我替你去取好了！」

老婦人卻固執地道，「不，我自己去，阿尙，司機，你們跟著我！」

我們五個人一起走進了大廳，我走在最後，我的心中很亂，我在想，許信的嬸娘這時要來取的東西，一定是極其重要的物事。

由此也可以証明，她離開屋子的時候，真是匆忙到極點的。究竟爲她會如此匆忙離開這屋子呢？據她自己說，是「老爺發神經」，但是阿尙卻說「老爺可能遇到了什麼事」。

究竟爲什麼要離開，只怕他們也不知道！

走進了大廳之後，許信扶著他的嬸娘，因爲老婦人看來，像是要昏過去一樣。

大廳中的情形，實在太陰森可怖，我和許信都是年輕力強、天不怕地不怕的小夥子，尙且一進來，就感到自脊梁骨中，直透出了一股寒意，何況是一個老婦人，更何況她原來是住在那屋子中的。

她的面色變得十分難看，阿尙忙道：「太太，我看你還別上去了，你要取什麼東西，我替你去取，太太，你可以相信我的！」

老婦人也不再向前走去，她喘著氣，轉過身來。

許信仍然扶著她，一行人又退到了門外，她深深地吸著氣：「阿尙，在我的屋中，有一個鑲羅甸的壁櫥，你是知道的了。」

「自然，我記得的。」阿尙回答說。

「那壁的最下一格抽屜拉開來，下面還有一暗格，那暗格之中，有兩隻箱子——」許太太講到這裏時，略頓了一頓。

然後，她像是下了很大的決心，才講了出來：「那兩隻小箱子中，一隻放的是我的首飾，連我的嫁妝也在內；另一隻，則是幾處地契。你老爺在世時，說什麼也不肯讓我去取回來，現在他死了，我非要將它們取回來不可，別的我可以不要，這些東西，我一定要的。」

她在講到「一定要的」之際，神情極其激動。

而我聽得她那樣說法，也不禁呆了。

我早就根據種種情形，推斷這屋子中的人，當年離開屋子之際雖忙到極點的，可是現在，聽得許信的嬸娘那樣說，情形似乎比我所想像的更忙！

因爲她連那麼重要的東西，都未及攜帶，真難想像當時是什麼的情景！

當我想到這裏的時候，我忍不住問道：「伯母，當時你們爲什麼走得那麼忙？」

可是她卻並沒有回答我的問題，她只是望了我一眼，一臉不信任我的神氣。

我雖然亟想知道當時的實在情形，但是自然也不會再去自討沒趣，我沒有再問下去。

阿尚已經連聲答應著：「好，我去取！」

他在答應了之後，向大廳望了一眼，卻又有點畏縮起來：「侄少爺，你和我一起去可好！」

許信比阿尚更害怕，他又望著我：「你也一起去，好麼？」

阿尚立時同意，「好的，好的，多幾個人，總是好的，有什麼事，也可以壯壯膽。」

我略爲遲疑了一下：「好。」

我答應了許信的要求，倒不是爲了別的，而是我想，在許信的嬸娘處，問不出什麼道理來，但是在阿尙的口中，倒可以問出些名堂來的。

我們三人一起走進了大廳，這是我第二次走進大廳了，是以陰森可怖的感覺，也減輕了不少，許信還在說笑著：「唉，不知要花多少錢來修理這屋子，希望堂叔有錢留在屋中。」

阿尙神神秘秘地道：「侄少爺，我知道老爺的書房中，有不少銀洋和金條，他走的時候，一定也來不及帶走，恐怕還在！」

許信高興地道：「阿尙，如果真有錢的話，我分一點給你，你棺材本有了。」

阿尙忙道：「多謝侄少爺！」

我趁機問道：「阿尙，當年你老爺一家人，爲什麼那麼倉皇離開這屋子的，你能告訴我麼？」

這時候，我們已來到了樓梯口了。

阿尙聽得我那樣說，停了下來，嘆了一聲：「這件事，說來也真奇怪，我一時之間說不完。而老爺是絕不准我們提起的。」

我忙道：「你老爺已經死了！」

阿尙道：「是啊！是啊！」

他雖然說著「是啊」，但是他並沒有將經過的情形告訴我的，我不再去逼他，因爲我已看出他是不想告訴我的了。

我道：「現在許太太等著我們拿那兩隻箱子給她，還是有機會時再說吧。」

站在樓梯口，向上看去，只見樓梯上，本來是鋪著地毯的，但現在，地圖被老鼠咬走的部分比剩下的部分還要多。

第二部：倉猝之極放棄住宅

許信的膽子絕不比我大，但可能他對這屋子的熱忱比我更甚，是以他便首先踏上樓梯。木樓梯隨了我們三個人的體重之後，發出可怕的「格吱」、「格吱」的聲音來，從木縫之中，又竄出了許多老鼠。

一直到登上了二樓，並沒有發生什麼意外。

二樓的殘舊情形，比起大廳來，也不遑多讓，阿尚看了，只是搖頭，他向一扇閉著的門指了一指：「侄少爺，那就是老爺的書房。」

許信大感興趣：「堂叔在他書房中，留著不少金銀，可是真的？」

阿尚道：「是，有一次我老母死了，老爺叫我進去，數了三十個大洋給我，我看到的。」

許信向書房門走去，我道：「許信，你還是先將你嬸娘要的東西取出來好！」許信不知是不是聽到了我的話，但是他卻是來到了離門口三四寸處便突然站定了身子，接著，他便叫了起來，道：「衛斯理，你來看！」

他那突如其來的一下叫聲，令得我和阿尚兩人，都嚇了老大一跳，我不禁埋怨道：「許信，什麼事大驚小怪，人會給你嚇死的！」

「你看，」許信還是指著那扇門，「門上面寫著一行字！」

不是許信指著門那麼說，我真看不到門上有字留著，因爲光不是很亮，門是赤褐色的，那一行字，是黑筆寫的，門上又是灰塵，不是來得近了，是決計看不出來門上有字的。

我一看到了門口有字，便也連忙走向前，用衣袖抹去了門上的積灰塵，那一行字，可以看得比較清楚了，那是一行極其潦草的草字，但是我也立即認了出來，那行字是：絕不准打開此門，切記！切記！

我和許信互望了一眼，許信衝動了起來，當時便要握住門柄，將門推了開來，我連忙伸手，將他拉住：「許信，別亂來！」

許信道：「怕什麼？事情過去那麼多年了，這房間中會有什麼？」

我道：「事情未弄清楚之前，我們遲一步進去，又怕什麼，你嬸娘在等著。」

許信望了我半晌，終於同意了我的話。

阿尚顯然目不識丁，他睜大了眼，道：「那些字，說些什麼？」

我拍著他的肩頭：「沒有什麼，我等一會和你詳細說，許太太的臥室在哪裏？」

阿尚眨著眼睛：「在三樓。」

我將許信拉向後，這時候，只覺得在這幢殘舊的屋子之中，可以說充滿了神秘，而神秘的頂峰，自然就是門上的那行字了。

我們又一起向三樓走去，來到了一扇門前，許信伸手將門推了開來，房間中很黑暗，木製的百葉窗簾全關閉著，我們一齊走進屋去，許信想將百葉廉拉開來，但是一用力，「嘩啦」一聲，整扇百葉簾一起跌了下來。

許信將百葉窗簾拋在地上，罵了兩聲，房間中明亮了起來，我看到床上疊著被，但是被子卻又成了老鼠最佳繁殖的地方。

一變得明亮，許多小老鼠，還不會爬行，就從被窩中跌了出來，蚊帳和被褥，已所剩無幾，那些壁櫥的櫥門上，都有著孔洞，裏面的衣服也全都被咬爛了。

許信一面拍著身上的塵土，一面道：「希望那兩隻箱子未被咬壞！」

阿尚已俯身拉開了最後一隻抽屜，當抽屜被拉開之際，一大群蟑螂爬了出來，房間中所發出來的氣味之難聞，真是無與倫比。

阿尚捏著鼻子，又開了一道暗門，再伸手進去，提出了一隻箱子來。那是一隻鐵鑄的箱子，已生了很多鏽，但還沒有損壞。

阿尚喘了一口氣，又伸手將另一隻箱子也取了了出來，兩隻箱子一樣大小，阿尚提著它們，道：「侄少爺，我們可以下去了。」

我推了推許信，許信向我湊過來，我低聲道：「設法將阿尚留下來，我有話問他。」

許信點了點頭，我們一起下了樓，許太太看來已等得焦急了，一看到我們在門口出現，她踏上石階來，阿尚提著那兩隻箱子，報功道：「太太，是不是這兩隻？我一找就找到了！」

「是，是！」許太太將箱子接了過來，放在石階上，她打開手提袋，取出了一串鑰匙來，自言自語道：「幸而這兩隻箱子的鑰匙，我一直帶在身邊！」

她用其中的一柄，去打開一隻箱子，她扭著鑰匙，扭了好久，才將箱子打了開來，在陽光之下，我們都看得很清楚，那箱子中，一層一層，全是極其貴重的首飾，有鑽石，有翡翠、也有珍珠。

我呆了半晌，許太太連忙合上了箱蓋，唯恐被人搶走一樣，她道：「我們回去了，阿信，屋子中別的東西，都歸你了。」

許信忙道：「謝謝嬸娘。嬸娘，我想請阿尚留下來，幫幫我的忙。」

許太太或者是急於要回去了，是以她對許信的問題，幾乎考慮也不考慮，就道：「好的，阿尚，你就留在這裏，幫侄少爺的忙。」

她一面說，一面已轉過身，向車子走去，司機走快幾步，替她打開了車門，她登上了車，車子絕塵而去。

等到車子駛走之後，我拍了拍石階：「阿尚，現在你可以告訴我們，事情是怎樣發生的了？」

阿尚望了望許信，許信道：「你只管說，阿尚，我不會虧待你。」

我們三人，一起在石階上坐了下來。那時，陽光仍然燦爛，我們是對著陽光而坐的，但不知怎地，總有一股陰森之感。

阿尚坐了下來之後，又呆了半晌，才道：「事情過去雖然很久了，但是我還記得很清楚，那天晚上——」

我插嘴道：「事情是發生在晚上？」

「是的，是晚上九點多鐘，天很冷，太太和幾個親戚，在大廳中喝咖啡，聽收音機，我們下人全在廚房中，剛吃好飯，老爺就怪叫著，從樓上衝了下來。」

我和許信互望了一眼，我道：「你老爺平時有沒有那樣的情形？」

「沒有，一點也沒有，我常聽得丁先生說，老爺是什麼……不苟，不苟什麼的。」

「不苟言笑。」我提醒他。

「是的，不苟言笑，丁先生是吃閒飯的，那天，他恰好不在。」阿尚說著。

我明白阿尚口中所謂「吃閒飯」的意思，那位丁先生，多半是清客，有錢人家中，常有這種人。

許信接著又問道：「他叫什麼呢？」

阿尚皺起了眉，道：「當時，我們下人聽得老爺的怪叫聲，還只當是發生了什麼大事，一起衝了出來，當我們來到大廳上時，老爺正拉著太太向外走，不斷地叫所有的人全出去。」

那時，不但阿尚皺起了眉，連我和許信，也一起皺了眉，我忙問：「那時候，他臉上的神情怎樣？」

「駭人極了，臉色鐵青，太太給他拉得向外直跌了出去，太太在叫：『你發神經了？』可是老爺卻只是頓著足，叫屋子中每一個人都離開，老爺平時夠威嚴，沒有一個人敢不聽他的話，雖然大家都覺得事出意外，但還是一起湧著，出了花園。」

許信聽得入了神，忙道：「以後呢？」

「我們全是倉皇奔出來的，什麼也沒有帶，卻不料我們一出了花園，老爺就立時將花園的鐵門鎖上，指著屋子：『誰敢走進屋子一步，就算我不知道，也不會有好結果的！』」

阿尙講到這裏，身子震了一震，哭著臉：「可是現在我已走進來了！」

我回頭向屋子看了一看，心頭也不禁生出了一股異樣的恐怖之感來。

許信安慰著阿尙：「不要緊的，他說的時候，屋子是他的，現在，屋子是我的了！」

阿尙是一個頭腦簡單的人，他的害怕顯然不是屋中有什麼怪異，而是老爺的那句話。而那句話在阿尙的心中，留下了如此深刻的印象，因此也可以知道，老爺在說那句話的時候，神態是何等兇狠和堅決了！

我又問道：「然後呢？」

「太太當時就和老爺吵了起來，說老爺發神經，要衝回屋子去，但老爺的話更可怖，他說，誰要是再敢進這屋子，等於要他死！太太哭了起來，說就算不要屋子，她也要將東西取出來，可是老爺不許，我們當夜是住在旅館中的。」

阿尙繼續說：「後來，沒有幾天，老爺就派人買了另一幢房子，也沒有人再敢來這裏。」

我懷疑道：「那也說不過去啊，你們下人全是住在這屋子的，難道他也不讓你們來到回東西？」

「老爺待下人倒是好的，他給我們每人很多錢，足夠買回我們那些破東西的了。他還對我們說，無論是誰，不管有多少好處，叫我們到那屋子去，都不准去，去了自己倒楣！」

「太太沒有叫你們去？」

「有，叫我們去了幾次，但是有老爺的話在先，我們自然不敢去，我們也曾偷偷來屋子四周看過幾次，但後來，就沒有人再提起了。」

我站了起來，道：「當時，他爲什麼要叫你們離開，你們後來知道了？」

「不，一直不知道，太太的近身娘姨說，連太太也一直不知道，可見老爺未曾對別人說起過。」

許信仰起頭來：「太奇怪了，衛斯理，你說是爲了什麼原因？」

我苦笑著：「我怎麼知道，我甚至未曾見過你那位古怪的堂叔。」

許信道：「我也只不過見過他幾次而已。」

我的心中，又升起了一個新的疑惑：「許信，你見過他的次數並不多，爲什麼他要將這間屋子遺給你，你知道麼？」

許信道：「自從接到律師的通知信之後，我的心中就一直在遲疑著，不知道是為了什麼，直到現在，我才想出原因來。」

「那是為了什麼？」我忙問。

許信道：「首先，我們得假定，在這間屋子中，曾發生過一件不可思議的怪事。」

「那還用說，」我立時同意：「如果不是那件怪事，怪到了極點，那麼，任何人不會在如此倉猝的情形下，放棄了住所的。」

「那麼，」許信說：「我想原因就在這裏了，有一次過年，我到他家裏去拜年，和幾個堂兄弟在一起閒談，我們在談論著世上有很多怪事，當時，我力排眾議說一切怪事，都是科學可以解釋的，世界上，其實並沒有所謂怪事存在。」

我那時還年輕，年輕人的頭腦，總是簡單的，而且，對一個剛接受初步科學訓練的人來說，總覺得科學是萬能的，凡是現有科學水準之外的一切，都否定之曰「迷信」，我當時的情形，正是那樣。

所以，我立時道：「是啊，你的說法很對啊！」

許信道：「當我們正辯得很劇烈的時候，我的堂叔走過來旁聽，他聽了一會，才拍了我的肩頭道：『你的話錯了，世界上有很多怪到無法想像的怪事，絕不是任何科學家所能解釋的，你將來就會知道了！』他講完就走開了。」

我有點明白了：「是了，所以他將這屋子遺了給你，他要你在這屋子中，也碰到他曾遇到的那個不可思議的怪事！」

「我想他就是這個意思。」許信點著頭。

我們兩人在講話時，阿尚用心地聽著，當聽到這裏的時候，他突然害怕了起來：「侄少爺，我看你還是不要這房子了吧，你想想，老爺若不是遇到了什麼怪事，怎會那樣？」

許信拍著胸口，年少氣盛地道：「他怕，我可不，阿尚，你不懂，我們是受現代教育的人，不信鬼怪！」

阿尚點頭道：「是，是，可是侄少爺我……卻很害怕，我……想回去了。」

我們留阿尚在這裏，本來就是想在他的口中，套問出當年發生的事來，現在，他所知道的全說出來了，而他一個人，老實說也幫不了什麼忙，所以他要走，我們都道：「好，你去吧！」

阿尚急急向前走去，好像唯恐走慢一步，就會給鬼怪吞噬了一樣。

老實說，我和許信兩人，當時都有一股寒森森的感覺，但是為了表示我們的大膽，所以當阿尚急急而去的時候，我們都指著他，哈哈大笑著。

等到阿尚走出了花園，我們才停止了笑，許信問道：「你看這裏曾發生過什麼事？」

我道：「不知道，但如果有什麼怪事發生的話，那麼，一定是在你堂叔的書房中發生的。」

許信平時十分喜歡看偵探小說，這時，他壓低了聲音，用十分神秘語氣道：「你看，是不是我堂叔做了什麼不可告人的事，唯恐給人家發覺，是以才故弄玄虛，將人趕走的？」

我心中一動：「也有可能，如果他在書房中，謀殺了什麼人，那麼，這應該是他掩飾罪行的最好方法了，是不是？」

許信握著拳：「所以，我們一定要到書房去看個究竟。」

我立時響應：「對！」

我們一起轉過身，又走進了大廳，然後，上了樓梯，來到了書房的門口。

氣氛本來就陰森，寫在門口那行字，更給我們的心理上增加了不少的威脅，是以當我們來到門口之後，我們都略呆了一呆，互相望著。

然後，我道：「我們一起撞門進去。」

許信點著頭，我們後退一步，肩頭在門上撞著，只撞了一下，「嘩啦」一聲響，整扇門便被撞了開來，揚起了一蓬積塵。

那是一間十分寬大的書房，四壁全是書櫥，但是可憐得很，所有的書，全都蛀成了紙屑了。

在書房正中，放著一張很大的寫字檯，寫字檯旁，有一隻大木框，還有幾張舒服的座椅。一眼看去，已可以將書房中的情形，完全看在眼中了，可是卻並沒有我們想像中的犯罪証據，例如留在書房中的屍體之類（經過了那麼多年，屍體應該變成了白骨了，但是不幸得很，連白骨也沒有）。

我們走進書房，繞著書桌，走了一遭，書房和別的房間一樣，雖然殘舊得可怕，但是卻並沒有什麼太特別的地方。

我們看到，書桌上有一隻墨盒打開著，早已乾了，還有一隻煙斗，跌落在桌旁，最使人覺得奇怪的是，書房中一隻老鼠也沒有。

許信走到那隻木框旁，拉開了木框框門，他發出一下歡呼聲，在木框中，整齊地疊著一疊又一疊的銀洋，只怕有好幾千塊之多！

那時，正是幣值迅速下跌，銀洋最吃香的時候，驟然之間，有了那麼多銀洋，許信如何不大喜若狂，我也替他高興，那種高興，將我們為這屋子的陰森而感到的可怖，一掃而光！

我們歡呼著，跳躍著，衝出了屋子，幾乎要將我們的高興，告訴每一個人。

但我們卻遇不到什麼人，因為那屋子四周圍十分冷僻，冷僻得一個人也沒有。

在接下來的一個月中，我和許信兩人，可以說是忙極了。

而且，我們也成為學校中最出名的人。

因爲我們出一塊銀洋一天，雇用同學來清理這屋子，等到教員和校長，發現營地上一個人也沒有時，暴跳如雷，追查罪魁，查到了原來是我和許信。

而我和許信，平日又是學校中出了名的搗蛋分子，自然罪加一等，立時出布告，記大過，可是同學們參加清除工作的熱忱，卻絲毫不減。

十幾歲的小夥子，正是精力最旺盛的時候，根本不知道什麼叫疲倦，而人數最多的一天，參加工作的人，多達三百餘人，銀洋像水一樣流出，那幢屋子，也漸漸像樣起來了。

半個月後，花園之中，寸草不留，雜草和好草，一律鏟了個乾淨，屋子內外，經過了修整，粉飾，舊家具和清出來的垃圾，全被堆在屋後的空地上，淋上火油，放了一把火。

那一把火，燒得半天通紅，我們三百個人，就圍著火堆，唱著歌，跳著舞，慶祝我們完成了清理屋子的工作，那時，電流也已經接通了，全屋上下，大放光明，一直到午夜，所有的同學，才陸續散去，終於，只剩我和許信兩個人了。

我們回到大廳之中，大廳中空蕩蕩的，幾乎整幢房子都是空的，因爲所有的家具都壞了，連一張可坐的子也找不出來。

我們躺在地板上，這時，老鼠已不見了，在一個聚集了超過兩百個不滿二十歲的小夥子的地方，哪裏還有老鼠立足的餘地？

第三部：不能和影子一起生活

脫了釘的地板也都重新釘好，地板乾淨得和船上的甲板一樣，我們躺在地板上打滾、跳躍，直到我們也感到有點疲倦了。

許信撐起頭來，問我：「喂，我們睡在什麼地方？」

我眨了眨眼：「如果你有足夠的膽子，那麼，我們睡到書房去！」

許信跳了起來：「好！」

我們一起奔上樓，整個房子所有的燈都開著，書房門上的那一行警告，也早已被新的油漆塗沒了，整棟房子中，也只有書房中，還有家具，因爲書房中沒有床，我們在一張大沙發上，坐了下來。

當我們較爲冷靜之後，我就想起許信的堂叔來，我道：「許信，那天晚上，在這間書房中，究竟曾發生過一些中，你想得到麼？」許信搖了搖頭，打了一個呵欠：「想不到，而且，我也不想去想它。」

他在那張大沙發倒了下來，我將大沙發讓給他睡，坐在另一張安樂椅上。

許信不久就睡著了，這時，整幢房子中，靜得出奇，我可以淸楚地聽到自己心跳的聲音。

我用一種十分奇特的心情，期待著一些奇異事情的發生。可是，卻只是寂靜，什麼也沒有，我等了又等，疲倦襲上心頭，我也合上眼，睡著了。

我不知睡了多久，但我的確睡得很甜，如果不是那一下叫聲，來得如此突然和尖厲，我是不會醒來的，我被那一下尖叫驚醒，睜開眼來，看到許信已坐了起來，他滿面驚怖之容，指著我的身後，道：「你……你……」

我被他的樣子，弄得毛髮直豎，遍體生寒，而由於我的背後並沒有長著眼睛，我自然不知道我的背後生有些什麼怪東西在。

我是在沈睡中突然驚醒的，一醒過來，就遇到了那樣的場面，使我實在不知道該如何應付才好，我只是急叫起來：「天，我背後有什麼？」

許信向前指著的手，縮了回去，他揉了揉眼，將眼睛睜得大些，臉上驚怖的神情消失了，代之以一種十分尷尬的笑，他道：「沒有什麼。我……剛才一定是眼花了，沒有什麼！」

直到這時，我的頭頸才不再僵硬，我轉過頭去看一看，在我的身後，是一幅雪白的牆壁，什麼也沒有，我鬆了一口氣：「你剛才看到什麼？」

許信搖著頭，道：「我一覺睡醒覺得燈光刺眼，想熄了燈再來睡，好像看到牆上有一個很大的背影，那黑影像是在俯身看你，所以才驚叫了起來的。」

我已回頭看過了，在我身後的牆上，什麼也沒有，但聽得許信那樣說，我還是不由自主，又回頭向牆上看了一眼。

牆上當然沒有什麼黑影，我放心了：「別吵了，天還沒亮，我們還可以睡，要不要熄燈？」

許信猶豫一下：「好的。」

我站了起來，熄了燈，那是一個陰天，一熄之後，房間中一片黑暗，只有走廊中的燈光，自門縫中，透了一點進來。

我們都沒有說話，說實在的，許信雖然承認是他的眼花，但是他的神情卻也很緊張，我也心中有些疑惑，因爲許信的話很奇怪，他說，看到牆上有一個影子，而那影子「正俯身在看我」。

這不知道是什麼形容詞，影子怎會俯身看人？我一面想著，但是終於敵不過疲倦，迷迷糊糊，又睡著了，等到我們又醒來時，已是紅日高照了！

許信伸著懶腰：「我們睡得很好啊，沒有紅毛僵屍，也沒有變成漂亮女人的狐狸精！」

我笑著：「除了你半夜醒來，看到的那個影子！」

一提起那個影子，許信的神色，仍然有多少不自在，但是他卻隨即打了一個「哈哈」：「那只不過是我的眼花而已。」

我也沒有再說什麼，我們一起到花園中跑了一圈，回來啃著隔夜的麵包，用自來水送下去。

接下來的幾天，我們在這幢屋子中，玩著「尋寶遊戲」。所謂「尋寶遊戲」，是我們在全屋子搜索著，找尋著隱藏著的物事。

而我們的目標，主要是在那間書房之中。

許信的堂叔，真是一個怪人，他的書房，像是機關布景一樣，幾乎每一個書架子都可以移動，而在移開書架之後，便是藏在牆內的暗櫃。

我們打開了很多暗櫃，暗櫃的一切，還都很完整，我們找到很多股票和不少外幣，也找到早已改革了，變成了廢紙的鈔票。

有很多抽屜都是加上精巧的鎖的，我們化很多的心思，去弄開那些鎖，到後來，我和許信兩人，幾乎都成了開鎖的專家。

但是，我們對其中的一個抽屜，卻一點辦法也沒有。那是一隻鋼櫃的鋼抽屜。

所有的暗櫃之中，只有那一隻是鋼的，那鋼櫃有兩呎寬，八呎高，一共有八隻抽屜，其中七隻都沒有上鎖，在第二隻抽屜中，我們找到了一大把美鈔，是以，對那隻鎖住的抽屜，我們更感到莫大的興趣。

我們一面用盡方法想打開它，一面則不斷揣測著，抽屜裏面可能有些什麼。

我們都一致猜想，那抽屜中，一定是最值錢的東西，不然，何以要鄭而重之地將之鎖起來？

正因為如此，所以我們的興趣更大，可是那柄鎖實在精巧，我們用盡了方法仍是沒有法子將它打開來，而我們已在上面化了五天之久了。

最後，在一個下午，我抹著汗：「許信，我們不妨承認自己的失敗，去請一個職業鎖匠來吧，我們打不開這柄鎖！」

許信抬起腳來，「砰」地一聲，在鋼櫃上踢了一腳：「我去請鎖匠。」我點了點頭，許信奔下樓，我聽到了一陣摩托車的「拍拍」聲，那是許信新買的恩物，我從窗口看出去，摩托車噴著煙，他已走了。

我在沙發上坐了下來，望著那鋼櫃。

不知道在什麼時候開始的，我突然想到，現在，整幢房子中，只有我一個人了！

這些日子來，由於根本沒有什麼事故發生。所以我早已將這幢屋子的神秘處忘記了，但這時，卻突如其來，想了起來。

我從第一次來這屋子起，就從未曾一個人在這屋子中過。

最多的時候，我和兩三百個人在一起，而最少的時候，我也和許信在一起。

但是現在，卻只是我一個人。

我的心中起了一陣異樣的感覺，我坐不穩了，站了起來，大聲咳嗽著。

我自然並不是喉嚨癢，我那樣大聲咳嗽，只不是為了要替自己壯壯膽而已，我來回走著，許信去了很久，還不回來，我實在等得有點不耐煩了。

我走到書房門口，我想下樓去等他，可是我才一跨出書房門口，就聽得書房中，傳來了一下很異樣的聲響。

我一直很難形容這一下聲響，但是我的的確確聽到了那一聲響。

那像是有一樣什麼東西，要從一個極窄的縫中，硬擠出來時，所出的聲音。

我嚇了一大跳，連忙轉回身來，書房之中，仍然什麼動靜也沒有。

我向窗子看看，窗子太舊，木頭的窗框，如果給風吹動。可能也會發出這種聲響來的。

但是，窗子雖有幾扇打開著，卻沒有動，也不像有風吹進來過。

我僵立在門口，身上只感到一股又一股的寒意，那是什麼聲響？我是應該走進書房去察看究竟，還是奔到門口去，等許信回來？

就在這時候，我又第二次聽到了那下聲響，而且，我立時聽出，那個聲響是從那個鎖著、我們費了好幾天的時間打不開來的抽屜中發出來的。

我整個人直跳了起來，大叫一聲，轉身就逃，衝下樓梯去，許信駕著摩托車，衝了回來，在摩托車的後面，坐著一個老頭子，那老頭子雙手抱住了許信的腰，眼睛緊閉著，面色青白。

那自然是許信的飛車技術，將他嚇壞了。

這時，我卻可以知道，我自己的面色，也不會比那老頭子好。

許信停了車，向我望了一眼：「喂，你臉色怎麼那樣難看？」

我忙道：「沒有什麼，這位是鎖匠？」

許信拍著那老頭子緊抓在一起的手：「到了，可以放開手了！」

那老頭子這才敢睜開眼來，他喘著氣：「先生，等一會，我自己回去算了。」

許信道：「好啊，我還嫌費事哩，來，快跟我上樓。」

我走到許信的身邊，低聲道：「剛才，我好像聽到，那抽屜中發出了兩下怪響！」

許信呆了一呆，隨即轟笑了起來：「或許是神菩薩在提醒我們要發財了。」

我苦笑著，一隻鎖住了的抽屜中，會發出怪異的聲音來，這本來是很難令人相信的事，所以我也沒有再講下去，我們帶著那老鎖匠，一起上了樓。

那老鎖匠在一進屋子之後，便一臉疑惑的神情，他不住打量著我們兩人。

那實在是難怪這個老鎖匠的，我們兩人年紀很輕，而這幢房子又如此大，我們看來，實在不像這屋子的主人，而且，屋中空蕩地，根本不像是有人住的樣子，我們看來很「形跡可疑」了。

我想，如果不是那老鎖匠怕我們會對他不利的話，他一定會拒絕替我們開鎖的。

但是，在到了二樓之後，老鎖匠也終於忍不住了，他問道：「這房子是你們的？」

「當然是！」許信回答著：「不是我們的，是你的？」

老鎖匠微笑著，沒有再出聲，許信帶著他走進了書房，向那鋼櫃一指：「就是這個抽屜，如果打開了，我給你十元銀洋。」

老鎖匠眨了眨眼睛，十元銀洋，並不是一個小數目，他來到了抽屜前，先仔細端詳了一下，道：「這是最好的德國鎖，我是不是能打開它，還不知道。」

老鎖匠打開了他的工具箱，先取出了兩根細鋼絲來，伸進了鎖孔，不斷地探索著，看他那種聚精會神的樣子，就像那兩根鋼絲，是他的觸鬚一樣。

他足足探索了有十分鐘之久，他的工作似乎一點進展也沒有，我和許信兩人，已經等得有點不耐煩了，但就在此際，老鎖匠滿是皺紋的臉上，突然現出了一絲笑容來，他將那兩股鋼絲，留在鎖孔中，然後，再用一根尖而細的鐵絲，伸進鎖孔去。

他的雙手，不斷做著同一個動作，他將那鐵絲壓下去，每當鐵絲壓下去之際，我們就聽得鎖孔之中，傳來輕微地「拍」的一聲響。

看來，他就可以打開那抽屜了，我和許信兩人的心中，都很緊張，因爲我們急於想知道，那抽屜中究竟有一些什麼。

又過了十來分鐘，那老鎖匠好幾次擦去了手中心的汗，終於，他手指巧妙地一彈，鎖孔中發出了「得」的一聲響，他一拉抽屜，已將抽屜拉開了一寸。

許信忙按住了他的手，道：「行了，我們自己會打開它，沒有你的事了！」

那老鎖匠取回了他的工具，許信數了十元銀元給他，道：「你走吧！」

老鎖匠上的神色更疑惑，他既然有了十元銀洋，他卻也不再說什麼。只是答應著，走下樓，我們在窗中看到他走出了花園。

許信興奮地搓著手：「你猜，在那抽屜中，有什麼？」

我忙道：「別猜了，打開來看看！」

許信道：「我們一起打開它。」

我和許信，一起拉住了抽屜的拉手，用力一拉，將抽屜拉了開來。

在那一剎那間，我心所想的是：滿抽屜的鈔票、珠寶和黃金，可是等到抽屜一拉了開來之後，我和許信兩人，都呆住了。

那抽屜是空的，什麼也沒有！

一隻空的抽屜，鎖得如此之好！

那抽屜真是空的，只要其中有一小片紙屑的話，我們也可以看得到，可是它實在是空的。

許信在看到了那抽屜是空的之後，第一個想法，和我一樣，他立時伸手進去，在抽屜的底部叩著，想弄明白那抽屜是不是有夾層。

然而，他立即失望了。

他抬起腳來，在那抽屜上重重地踢了一腳，罵道：「媽的，白化了十元銀洋！」

我也覺得很沮喪，因爲在事前，我們對這抽屜寄望太大，以爲那裏面是一個可以供我們吃喝不盡的寶藏。

我苦笑了一下，推上了那抽屜，「拍」地一聲響，我推上了抽屜之後，鎖又鎖上了，自然不能再將之拉開來，但是我們卻並不在意，因爲我們都曾看到過，那抽屜根本是空的。

我們的沮喪情緒，也很快就恢復了，因爲屋子中還有很多地方，可以供我們「發掘」的。從那天起，我們將那抽屜完全忘了，我也不再想起在那抽屜曾有怪聲發出來一事。

一直到三天之後，那天上午，許信去採購食物去了，他的摩托車發出驚人的吵聲，漸漸遠去，我留在書房中，覺得無聊，順手從書架上拿下一本書來翻看。那是一本記述西印度群島中巫都教的書籍，其中講到土人中的巫師，可以用巫術，使死人爲他工作，每一個死人，在巫術的操縱人之下，可以被利用三年到五年之久。

我自小就對稀奇古怪的事感到興趣，是以愈看愈覺得有趣，這本書的作者還說，他曾和十個以上被施法而恢復了工作能力的死人見過面，他們完全是死人，不需要進食，只要喝少量的水，他們能完全依照主人的命令而工作，而當地的法律，是禁止巫師對任何死人施以巫術的，我一頁一頁看下去，看得津津有味，當我翻動著書本之際，忽然有一小張紙跌了下來。

我俯身將那張紙拾了起來，那張夾在書本中，可能已經很久了，紙質已有點變黃，我拾起了紙，又隨便將它夾在書中，並沒有在意。

直到我又向下看去，再翻到了我夾住紙張的那一頁，我才向那張紙上，看了一眼，我看到那張紙上，寫滿了潦草的字。

而我一看到那些字跡，就可以肯定那是許信的堂叔寫的，因爲我看出，那字跡和寫在書房門口的那一行警告字是完全一樣的。

這引起了我的興趣，我放下了書本，拿起了那張紙頭來，紙上的字，實在太潦草了，要辨認是相當困難的，而且我看了幾句，那紙是密密麻麻的寫著那字句，好像是他在一種狂亂的情緒上，他自己在和自己講話，前後都不連貫，完全莫名其妙。

我只看了幾行，許信便「砰」地一聲，撞門走了進來：「你可發現了什麼？」

我忙道：「你快來看，我無意之中，發現了你堂叔寫的一張字條！」

許信急走了過來，我們一齊看看那張字條，許信一個字一個字地念了出來，道：「我是在做夢麼？我知道我不是在做夢，那是實在的；然而，那又怎能是實在的？唉，我有問題了！」

許信念到這裏，抬起頭來，笑道：「我看，他有毛病，毛病還不輕！」

我指著那字條：「你再看下去。」

許信看著，一面看一面唸：「這已是第三次了，那究竟是什麼？那究竟是什麼！」

許信讀到這裏，抬起頭來，向我望了一眼，我們兩人，都感到一股寒意。我忙道：「再念下去，我們或者可以知道事情的真相了。」

許信繼續念道：「今天晚上，我實在忍不住了，這屋子已不能住人，我決定放棄它，那些黑影——」

許信又頓了一頓，當他再抬起頭向我望來之際，他的臉色是煞白的，而他發出來的聲音，也幾乎和呻吟沒有分別。

他道：「那些黑影！」

我皺著眉：「黑影怎麼了？」

許信吸了一口氣，沒有再說什麼，但是我卻立即知道，在那剎那間，他想到了什麼！他想到了我們第一晚住在書房中時，他看到過的那個影子！

當時，那影子曾令得他驚叫起來，他還曾說，那影子曾俯身下來看我。

這件事，我和許信，都幾乎已忘記了，但是，許信的堂叔，在那張紙上，也提及了影子，卻又使我們一起想起了這件事來。

許信吸了一口氣，又念道：「那些影子固執地要參加我的生活，我怎能和他們一起生活——」

許信又停了下來，我們互望著，許信搖著頭：「我看，不必再去辨認那些潦草的字了，這是什麼話，什麼叫做『影子固執地要參加我的生活』？我看他是神經病。」

我也不明白許信的堂叔，寫下那樣的語句是什麼意思，但正因為我不明白，是以我要進一步弄清楚，他那樣寫，究竟是想說明什麼。

我將那張紙向我移近了些，繼續看去，又續道：「他們不肯離開我，只好我離開他們，幸而他們不夠狡猾，我可以將他們騙進那鋼櫃的第四個抽屜中去，將他們鎖起來，然而，我不要這屋子了。」

接下來，在那紙上的字跡更潦草，大多數都是重複著「我不要這屋子了」這句，然後，又是三個大字：「立即走。」

我念完了那張紙上的字：「許信，你的堂叔，說他曾鎖了一些什麼，在那抽屜之中！」

許信笑了起來：「我看你也快要神經病了，那屜是空的；你看過，我也看到過。」

我猶豫道：「或許那是什麼奇怪的東西？」

許信笑道：「你將我的堂叔當作是張天師麼？能夠將什麼妖魔鬼怪的靈魂，鎮在那抽屜中，照你那樣說法，我們打開抽屜時，應該有一股黑氣冒出來，化成三十六罡，七十二地煞——」

許信才講到這裏，便突然停了下來。

因爲就在那一剎那間，我們都聽到了一下呻吟也似的聲音！

那一聲響，我們在一聽到之後，立時轉過了頭去，是以我們都聽到，那正是從那個抽屜中發出來的。

在那剎那間，我們兩個人，只覺得有一股寒意，自頂至踵而生，我們好久說不出話來！

那抽屜的確是空的，在老鎖匠打開那抽屜時，我和許信都看過，我們可以肯定這一點。而抽屜又是立時被鎖上，鎖上之後，再也沒有人打開過

那也就是說，抽屜中仍然是空的，那似乎是絕沒有疑問的事了。

然而，空的抽屜，是不會發出聲音來的，這也是誰都知道的事情。

在呆了好久之後，我才道，「許信，我已和你說過了，我曾在這抽屜中，聽到那樣的怪聲，那……已是我第三次聽到這種聲音了。」

「別胡說！」許信的面色發青。

「什麼叫胡說！」我大聲道：「剛才那下聲音，你難道沒有聽到？」

許信的面色更難看，他道：「「不行，再去找那老鎖匠，將那抽屜，打開來看，那抽屜中一定有著什麼，一是有著什麼的。」

我點著頭，指著許信的堂叔留下的那一張紙：「看來你的堂叔並不是神經不正常，而是他真的見過了一些什麼奇怪的東西，而將那些東西，關在那個抽屜之中。」

「可是，我們看到過，那抽屜是空的！」

我皺起了眉，一句話也講不出來，許信道：「我去叫那老鎖匠來。」

我的身上，又升起一股寒意，但是，我卻不好意思說我一個人在這裏害怕，要和他一起

去，我只得硬著頭皮：「好，你快去快來。」

許信像是逃避什麼似地向下衝了下去，我又聽到了摩托車的聲響。

第四部：一個影子擠出抽屜來

當摩托車的聲音，漸漸遠去之際，我轉過身來，望著那抽屜，幾乎一眨也不眨眼睛。

我的心中在暗暗希望，當我一個人在這屋子中的時候，別讓我再聽到什麼古怪的聲音。但是，希望和事實，卻往往是相違背的。

在許信離去之不久，那抽屜中，又響起了那種聲音來，那聲音，好像是有什麼東西，用力在一個極窄的縫中擠動時所發出來的。

我的雙眼睜得老大，我的手中，抓了一個銅鎮紙在手，以防萬一。

接著，我就看到了我一生之中，最最奇怪的事情，我看到一個黑影，慢慢地從抽屜縫中，擠了出來。

那鋼櫃造得十分精緻，抽屜幾乎沒有縫，也只有一個影子，才能從縫中擠出來，因爲影子是根本沒有體積的。但是，沒有物體，又何來影子呢？

然而，那的確是一影子，慢慢地擠了出來。之後，我已經看清楚了，那是一個人頭的黑影。

這時，我心中唯一希望的是：那是我的頭影。

但是，我最後的希望也破滅了！

那個黑影在擠出了之後，擰了擰頭，像是擠得很辛苦一樣，但是我的頭部沒有動過。我的頭沒有動，如果那是我的頭影，又怎麼會動？

那像人頭的黑影，真是在左右搖動著，而且，我還感到，這影子是在「看」著我。

那只是一個黑影，緊貼在那個鋼櫃上，就像是鋼櫃前站著一個人一樣。

如果這時，在那個鋼櫃之前，真是有著一個人的話，那事情就一點也不奇怪了。

在那片刻之間，我只覺得頭皮發麻，身子發僵，我張大口，一點聲音也發不出來，過了好久，我才能勉強將頭低下了一些。

當我低下頭的時候，因爲我的頸骨早已僵硬，是以我甚至聽到了「卡」地一聲響。

我低下頭去，是想看看我的影子，是不是在，我看到了我自己的影子，很淡。那是我的影子，那麼，在鋼櫃上的，從那抽屜中「鑽」出來的，又是什麼的影子呢？

我只感到身上一陣陣發涼，而當我再抬起頭來時，那影子的肩頭，也露出來了，我又立時想到了許信那天晚上所說的話。

他說，他曾看到一個黑影，在牆上俯身看著我。我當時很難想像影子俯身看人是什麼樣的情形，但是我現在知道了。

因爲現在，我的的確確感到，那影子一面在慢慢地從抽屜的縫中擠出來，一面在「看」著我，我自然無法在影子的臉上看到五官，但是我實實在在感到，他是在瞪著我看。

我在剎那之間，突然怪聲叫了起來。

我明白了，我明白許信的堂叔，為什麼要在突然之間，放棄這房子的了。

這是無法令人忍受的一種恐怖，這時，牛自我心底的一股寒慄，令得我的身子，在劇烈地發著抖，那真是無法忍受的，一次也無法忍受。而許信的堂叔，顯然是忍受了許多次之後，才達到精神崩潰的邊緣，才將所有的人都帶離了那屋子，再也不回來的。

那樣來說，許信的堂叔，已經算得是很堅強的人了，至少比我堅強得多。

我那時突然尖叫了起來，是因為極度的恐懼，那種致命的恐懼，先使我一點聲音也發不出來，現在，又使我不斷地發出尖叫聲來，不能停止。

我在不斷地叫著，那影子不再自抽屜中擠出來，它只是側著頭，好像很有興趣地觀察著我。

我知道，許信的堂叔曾將影子鎖在抽屜中——我那時的思緒，已經進入了一種狂亂的狀態之中，我明知影子不是什麼可以摺疊的東西，影子根本不是東西，但是我還是假設了許信的堂叔關住了影子。

但事實，那影子卻可以自由地來去，他曾在我們第一晚睡在書房中時，出現過一次，又迅速地消失。而且，他還會發出聲響來！

我不知道我自己叫了多久，那影子愈來愈向外伸展，已經伸到腰際了。

而且，我還看到，影子有兩隻手和手臂，那完全是一個人的影子！

我的心中不斷在想著，他要出來了！他要出來了！他出來之後，會對我怎麼樣呢？

我不由自主揮著手，突然之間，我看到我手中所握的銅鎮紙，我甚至連十分之一秒鐘也未曾考慮，便立即向前，疾拋了出去！

我自己也難以想像，我的力道，何以是如此之大，因爲銅鎮紙砸在鋼櫃上時，發出的聲音十分響。

銅鎮紙是砸在那影子上的，可是影子根本不是物，它甚至不是一張紙——即使是最薄的紙，所以，銅鎮紙是等於砸在鋼櫃上的。

那影子突然之間，縮了回去，縮進了抽屜中。

而我仍然是叫著，就在這時，許信「砰」地一聲，撞開了門，衝了進來。

我仍然尖叫著，許信衝到了我的面前，按住了我的肩頭，重重地撼著我，搖撼了足足有十下，才令得我停止了尖叫。

許信的面色，變得極難看，他喘著氣：「什麼事，發生了什麼事？我幾乎在一里之外，就已經聽到你的尖叫聲了。」

我忙握住他的手，他又嚇了一跳：「衛斯理，你的手凍得像冰一樣！」

我斷斷續續地道：「許信，我怎麼了？我……可是還活著，是活著麼？」

許信聽了我的話之後，一定也有毛髮直豎的感覺，因爲他的神色更難看。

他咽下了一口口水，才道：「我想你還活著，但是你的臉色卻比死人還難看。」

我抬起頭來，陡地看到門口站著一個人，我又嚇得砰地跳了一下，但是我卻立即認出來，站在門口的，不是別人，正是老鎖匠。

那老鎖匠以一種望著神經病人的眼光望著我，在門口猶豫著，不敢走進來，彷彿他如果一走進來的話，我就會將他扼死一樣。

許信仍然在不斷地問我，發生了什麼事，但是我卻並沒有回答，我漸漸恢復了鎮定：「沒有什麼，我太疲倦了。」

我一面那樣說著，一面向許信眨著眼，表示我有話，但是要等一會再說。

許信究竟是我的老朋友，他立即明白了我的意思，也不再問下去。

我之所以不肯說出來的原因，是因爲我怕我一說出來，那老鎖匠一定拔腿就逃，那麼我打不開那抽屜，就永遠也不能發現抽屜中的秘密的。

這時候，我已經從極度的驚恐之中，漸漸地定過神來了。

我定過神來之後，第一件所想到的事，並不是逃走，而是要弄明白那究竟是怎麼一回事！

許信又在我的肩頭上拍了拍：「現在，你的臉上，總算有了一絲生氣。」

我撫摸著自己的臉頰，我的手還是冰涼的，但是我的頰，卻熱得發燙。

那老鎖匠在門口，指著我：「這位先生，他沒有什麼不對吧。」

許信自然知道，一定有什麼大不對頭的事情曾發生過，是以他的笑容，也顯得十分勉強，他道：「當然沒有什麼，請你快開鎖吧。」

那老鎖匠遲遲疑疑走了進來，一面還不斷地望著我。他道：「許先生，以後有這種事，你找第二個人吧，可別再麻煩我的！」

許信不耐煩道：「你下次不來就不來好了，現在我又不是不給錢，你替我將抽屜打開來，我給你一塊銀洋，還有比這更好賺的錢麼？」

那老鎖匠仍然在嘀咕著，但是他還是向那抽屜走了過去，大約是由於上次的經驗，這一次，他很快就將鎖弄了開來。

和上次一樣，他才將抽屜拉開了一點點，我已叫了起來，道：「行了！」

那老鎖匠仍然對我十分害怕，這自然是他剛才曾聽到我發出過那種驚人的呼叫聲之故，是以我一叫，他立時向後，退了開來。

許信用奇怪的眼光，向我看了一眼。我已經揮著手，抛了一塊銀洋給鎖匠：「走！走！快走！」

銀洋「噹」地跌在地上，老鎖匠立時將銀洋拾了起來，向外走去。

他走到門口，才回過頭來，看樣子，像是想說些什麼。

但是，他並沒有說什麼，只是嘴唇動了動，就立時奔下樓去了。

老鎖匠一走，許信就要抽那抽屜，我大叫道：「許信，別忙！」

許信給我的一聲大喝，嚇得立時縮回了手來，他有點惱怒：「你怎麼了？真好像發了神經一樣，究竟是怎麼一回事？」

我並不怪許信，因爲我自己也知道，我實在是太過緊張了。

但是，我也知道，如果我將我見到的事說了出來之後，只怕許信也未必有膽子，拉開那抽屜來。

我勉強定了定神，道：「剛才，只剩下我一個的，我看到一個像人一樣的黑影，從那抽屜的縫中，向外擠出來。」

許信的手，本來已經要將那抽屜拉開來的了，可是，他在聽了我的話後，卻立即縮了手來：「你……你說什麼？」

我道：「一個影子，你曾看到過的，你記得麼？你還曾說，那影子在俯視著我，你的堂叔也曾看到過，他就是因此而放棄了這屋子的。」

許信深深地吸了一口氣，他的臉色也變得蒼白起來，他向後退來。

我繼續道：「現在，我也看到了，我看到他擠出來，也看到他縮回去，他就在那抽屜中！」

許信的聲音，有點發顫，他道：「別……別嚇我！」

我苦笑著：「你以為我如果不是受了極度的驚恐，會發出那樣的怪叫聲來？」

這句話是最具說服力的，說明我不是和他開玩笑，我講的全是真話！

許信望著那抽屜，它已被老鎖匠拉開了小半寸。有著一道縫。

許信呆了半晌，才道：「如果抽屜根本未曾打開，他也能擠出來……」

他停了一停，苦笑著：「那是不可能的，這抽屜根本沒有縫。」

我提醒他：「可是，你別忘記了，那是一個影子，影子只是一個平面，平面沒有厚薄。」

許信苦笑著：「那樣說來，我們也不必怕什麼，它要出來，開抽屜也出來，不打開，它也是一樣可以出來的。」

我點了點頭，老實說，我這時的感覺，並不是害怕。因為許信的堂叔，在離開這屋子之後，又活了那麼多年，而我們在這裏，也住許多天，也沒有什麼大的損害，我剛才將銅鎮紙，拋了過去，影子立時消失，由此可知，那影子並不能危害我們，所以我們也根本不需要害怕。

而這時，在我心中的，是一股極度的詭異莫名之感！

這種感覺令得我無法控制我自己的身子的發抖，也使我感到陣陣寒意。

我道：「你說得對，而且我們也不必怕什麼，讓我們一起將抽屜打開來，去看個究竟。」

許信點著頭，我們雖然已決定將抽屜打開來，但是我們還是猶豫了好一會，才一起走向前去，一起握住了那抽屜的把手。

然後，我們一起用力，將抽屜拉了開來。

我們在事先，並未曾商量過，但是這時，我們的行動，卻是一致的。

我們一將抽屜拉了開來，便一起急急向後退了開去，一直退到了書桌之前才站定。

然後，我們一起定眼向那抽屜看去。

和上次並沒有什麼不同，抽屜是空的。

我們又一起不約而同，轉過頭來互望著，我大著膽子，慢慢向前走去，許信跟我的身邊，我們一起來到了抽屜之前，再仔細向抽屜中看去。

那實在是不必細看的，任何人只要看一眼，就可以知道了，抽屜中沒有東西。

然而，最奇怪的事，就在那時發生了。

我們都聽到一下十分輕微的聲音，在抽屜的上面，跌下了一個黑影，落在抽屜的底部。

那是一個如同手掌大小的圓形黑影。黑影投在其他的物體上，竟會有聲響發出來，那實在是不可思議怪誕莫名的事。

黑影是一個平面，平面在幾何學上來說，只不過是一個平面，一個單一的平面，絕不能成爲一個物體，平面只有面積，而不佔據空間，平面是沒有重量的，但是，那個黑影，突然出現時，卻有一下輕微的聲響，像是它不是影子，而是一塊極薄的圓鐵片。

但是，那卻的確是一個影子。

我的心中，升起了一股寒意，那是我們無法理解的事，是在三度空間之外的另一空間，是地球上人類的思想無法到達的角落！

許信的膽子可真不小，他自然是想到了和我想到的同一疑問，是以他竟伸出手指去撫摸那黑影，我知道用意，他很想確定，那究竟是一個薄的物體，還是一個影子。

他的手指，在那圓形的黑影上，撫摸了一下立時縮了回來。

而在他的臉上，也立時現出了十分古怪的神色來，他盯住了那黑影，一聲不出。

我也連忙伸出手指去摸了一下，我摸到的，完全是抽屜的底部，可知那絕不是什麼物體，而只是一個影子，那實際是不存在的東西，只不過可以看得到，是一個遮蔽了光線之後出現的陰影而已。

然而，他在落下來之際，卻有聲響。

當我也縮回手來之際，許信尖聲叫了起來：「你看，它在動！」

我自然也看到了，它在動。

它像顯微鏡下的阿米巴一樣在動著，在迅速轉變著形狀，大約在半分鐘之後，它變了一個人影，然後，在向抽屜的一邊移去。

當他移到了抽屜的一邊時，他看來像是「站」了起來，那時，他還不過六七吋高。

然而，他卻在迅速地擴大，轉眼之間，已出了抽屜，到了鋼櫃上，而且繼續在向旁邊移。等到它移到了那幅牆上時，就等於在我們的面前，站著一個影子樣，而那影子，和我們人的大小，完全一樣。

我和許信兩人，全身僵硬，除了張大了眼睛，望著那影子之外，什麼也不能做。

我們望著那影子，那影子也像是在「望」著我們，我們不知道究竟在影子和我們之間，僵持了多久，許信先開口，他的聲音，像是在呻吟，他道：「天，這……究竟是什麼？」

我的聲音也不會好聽多少：「那是一個影子！」

許信眼睜得老大：「當然是一個影子，可是這……這影子，造成這影子的物體在什麼地方？」

我咽下了一口口水：「是不是，有一個隱形人在房間中？」

許信竟立時將我的話接了下去：「朋友，請你……出聲。」

當然，並沒有人回答我，因為連我自己，也知道我的假定是不成立的，如果真有隱形的話，那麼，光線就可以透過他的身體，我們才看不到他，而光線既然能透過，又何來影子？

我搖著頭，我和許信兩人的情緒，都是處在一種混亂的狀態之中。而就在這時，那黑影卻有了動作，我們都看得十分清楚，那黑影在搖著手，同時，又向我們，做了一個手勢，但我們卻看不懂那手勢是意思。

影子繼續搖著手，像是在叫我們不要做一件事，我在呆望了半晌之後，道：「許信，他好像是在叫我們，不要害怕！」

許信神經質的叫了起來。

但是我顯然是說對了，因爲影子立時不再搖手了。

許信也立即住了口，不再叫，他的雙眼，睜得老大，盯住了牆上的那黑影，那黑影不再動，許信緩緩的吸了一口氣，突然向前一指：「你，你是什麼？」

我忙道：「他是一個影子，怎麼會回答你？」

許信聲音，幾乎像是一個人臨死之前的呻吟聲一樣：「他是一個影子，他怎麼會動？」

我的思想也混亂之極，我竟和許信爭論了起來，道：「影子自然會動的，影子會動，有什麼出奇？我們不是經常看到影子在移動麼？」

許信突然又大聲怪叫了起來，他舉起了一張椅子，向那影子拋了過去。

那張椅子，還未曾拋到牆上，影子已然向旁，移了開去，「砰」地一聲，椅子砸在牆上，跌了下來，並沒有砸中那影子。

而那影子，又迅速地向上，移了上去，我們的視線跟著影子移動，那影子一直移到了天花板上才停止，我們一起抬起了頭。

就在這時候，另一個奇怪的現象發生了，那影子在到了天花板上之後，竟然跌了下來。

影子離開了他附著的物體而跌了下來，那是不可想像的事情，然而這時，卻又千真萬確地發生在我們的眼前，那影子飄了下來，像是一大片其大無比的紙一樣。

我在那時，也不知道是哪裏來的這麼大的膽子，竟伸手去撈了一把。

但是，我卻什麼也沒有抓到，我所碰到的，只是空氣。然而，在我伸手抓上去之際，那影子卻散了開來，但是他又迅速地合爲一，落到地上，又在地上移動著，他又變得「站」在牆上了。

看到了這等情形，我和許信兩人，都不由自主發出了一下呻吟聲來。

我和他兩人，都無法忍受下去，我們再面對著那個影子，那麼唯一的結果，就是我們會發瘋！我們兩人，幾乎是在同一時間，向門口衝出去的，衝到了門口，我們的去勢太急了，互相撞了一下。

許信給我撞得向外跌了出去，但是我立時扶住了他，我們兩人，飛也似地下樓梯，掠過了大廳，跳下了石階，許信的摩托車就在門口，他坐上了摩托車，我坐在他的後面。

他立時發動了車子，車子發出驚人聲響，向前疾衝了出去。許信用極高的速度駕駛，但是我卻覺得他開得太慢了。

我們衝過了花園，車子像是飛一樣在路上疾馳著，一直到駛進了一條比較熱鬧一些的馬路，許信才將車子的速度減低。

我要鼓起很大的勇氣來，才能向後看一看，那影子是不是跟著我一起來了。

等到我看到，我身後並沒有什麼影子之際，我才鬆了一口氣，但當我轉回頭來時，我卻又一眼看到地上有兩個影子，我幾乎又尖叫了起來。

如果不是我立即看出，那兩影子，正是我和許信的話，我一定已叫了出來。

我喘著氣：「行了，沒有事了。」

許信停下了車，我跨下車來，他將車子推到了牆邊，喘著氣問我：「這——那影子究竟是什麼？」

我苦笑著，搖了頭：「我怎麼知道，現在，問題是，你還要不要那屋子。」

許信幾乎毫不考慮：「當然不要了！」

我已經鎮定了許多，雖然，我在那樣問許信之際，我也已決定，我不要我那一半了。我道：「可是，我們走得匆忙，有很多東西，留在那屋中了。」

許信的聲音有點發顫：「你——你的意思是，我們回去取？」

我道：「自然是，那是不少的錢啊，難道你也不要了，而且，那影子，似乎不會傷害我們。」

許信猶豫許久，那屋子對他來說，已不再具有任何吸引力，但是那些錢卻總是有用的。他又道：「就我們兩人回去取？」

我道：「自然是我們兩個人！」

許信苦笑著：「你的膽子比我大得多，我實在不敢再回去了，所以還是你一個人去吧！」

我呆了一呆，我一個人再回到屋子去，這的確是我未曾想到的事，但是我還未曾說出話來，許信已經道：「衛斯理，我們是老朋友，我一有了那幢屋子，就分了一半給你，你總不成替我做一點小事，還要推三搪四！」

我忙糾正他的話：「你知道那不是小事，而是大事！」

許信連忙改了口：「自然，自然，但就算再大的事，我們也有這個交情的，是不是？」

我知道，如果我拒絕一個人去那屋子的話，許信是再也不敢去的了，那麼，我們等於放棄那筆錢了。許信又道：「你有一半的啊！」

我嘆了一聲，向街角的一間咖啡室指了一指：「好，將車子給我，你在那裏等我！」

許信如釋重負，忙道：「是！是！」

我跨上了車子，又呆了一會，才發動了車子，發出拍拍的聲響，又向那屋子駛去，我們剛才離開那屋子的時候，是如此充滿了恐懼，但前後只不過相隔了十多分鐘，我卻又要一個人回到那屋子，我心中的感覺，真是難以形容的。

當我逐漸駛近屋子之際，我好幾次想改變主意，有一次，我甚至已掉轉了車頭，但是，我還是駛了回去，繼續向前駛著。

一直到我來到了大門口，我的思想鬥爭，也到達了最高峰。

我在大門口，足足停了十分鐘之久，才走進了大門。在石階前，我的身子在發著抖，又停了好幾分鐘，才抬起了腳來。

就在我抬起腳來的時候，突然，我聽得一陣腳步聲，從大廳中傳了出來。

我整個人都僵住了！

那是腳步聲，清清楚楚的腳步聲，正在向外傳來，毫無疑問，那是有人在向外走來了！

我心中不住地在問自己：我該怎麼辦？但是我的雙腳，像是釘在地上一樣，幾乎一動也不能動。

步聲終於傳到最近，一個人突然出現在我的眼前，我陡地後退一步。

當我退向後時，由於我的心中實在太驚惶了，是以我幾乎一跤跌倒。那從大廳中走出來的人，也陡地一呆。

第五部：古廟幽靈

這時，我已看清，他是一個五十上下的人，看來，好像不像是什麼壞人，我的聲音有些異樣，但是我還是厲聲喝道：「你是誰？」

那中年人的神情，也十分尷尬，他現出十分抱歉的微笑來：「對不起，真對不起，我看到門沒有鎖，是以自己走進來了！」

這時候，我已完全可以肯定，站在我面前的中年人，和我並無不同，是一個普通人，我又喝道：「你走進來，想幹什麼？」

那中年人道：「很多年來，我一直想會見這屋子的主人，但是卻一直未曾達到目的，現在——」

我打斷了他的話頭：「我就是這幢屋子的主人。」

那人「噢」地一聲：「那真太好了，這幢屋子，究竟發生了什麼事？」

我聽得他那樣問，心中不禁一動，道：「什麼意思？」

那人道：「我是一個考古專家。」

他一面說，一面摸出了一張名片出來給我，我一看，上面印著「××大學歷史系主任」的頭銜。而這所大學，正是我中學畢業之後，打算去投考的。

是以，我的態度立時改變了，我又看看他的名字，他叫毛雪屏。

我忙道：「原來是毛教授，因爲屋中沒有人，我剛趕回來，就看到了你，還以爲你另有所圖，是以才出聲喝問的，請你原諒。」

毛教授看到我的態度有了大轉變，他也像是鬆了一口氣：「本來是我不好，我見到沒有人，不應該自己走進來。」

我道：「請進去坐，你——到過二樓了？」

「沒有，我才走到樓梯口，就聽到了車聲，我知道有人來了，真是不好意思。」

我笑著：「不算什麼，請進去。」

我們一起走進了大廳，大廳中總算已有了幾張簡陋的椅子，他坐了下來之後：「據我所知，這屋子本來是屬於一個實業家，姓許的，是不是？」

我點頭道：「是的，但現在屬於我。」

毛教授也沒有問何以這屋子現在會屬於我，他只是道：「我這次已是第四次來了，前三次來的時候，屋子都荒廢著，我也沒有進來，現在，這屋子好像已經不同了。」

我道：「我花了很多功夫，整理過了。」

毛教授又道：「聽說，那位姓許的實業家，是突如其來，放棄這屋子的？」

我聽出他的話中，像是想試探著什麼，我想了一想：「教授，這屋子，很有點古怪，若是你知道什麼的話，你不妨先說說！」

毛教授現出十分興奮的神色來：「什麼古怪，你先告訴我。」

我想了一下，就把那自抽屜中出來的一個影子一事說了出來，我還未曾作任何進一步的解釋，毛教授卻已經叫了起來：「古廟的幽靈，那是古廟的幽靈！」

我不禁機伶伶地打了一個寒顫，那影子，是一個幽靈？我不由自主，抬頭向上看了一眼。毛教授的聲音，聽來十分神秘，他道：「那影子，他在上面？」

「是，剛才我就是被他嚇走的，現在，我回來取一點東西，而且，我再也不要這屋子了。」

「你不必放棄這屋子，他並不害人。」

我呆了一呆，道：「你——你也見過那個影子？」

「見過一次。」

「在哪裏？」我急忙問。

「在泰國的一幢古廟，是一個老和尚給我看的，那老和尚有很多古怪的東西，也會使各種各樣的『降頭術』，你聽說過『降頭術』麼？」

我苦笑了起來，略帶譏諷地道：「教授，剛才你說，你是一個考古學家！」

毛教授對我的譏諷，似乎毫不在乎，他解釋道：「是的，我是一個考古學家，但是因爲古時傳下來的東西中，有許多是我們現在人所不能了解的，是以我也集中力量研究那些事，譬如說降頭術——」

我打斷了他的話頭，因爲我對於這個題目，並不感到特別的興趣，我忙道：「教授，請你先說說那個……古廟的幽靈。」

毛教授給我打斷了話頭，他好像有點不愉快，但是那種不愉快的神情，隨即消失，他道：「年輕人，別心急，事情總得從頭說起。」

我苦笑了一下，因爲他叫我不要心急，而我卻正是一個心急的人。

我只好點了點頭，因爲他要從頭說起，如果我一再打斷他的話頭，只怕他更要說不下去了！

他又道：「我在那古廟中住了很久，那老和尚給我看了很多古古怪怪的東西，但是最奇怪的，卻就是那『古廟的幽靈』。這個名稱，也是那老和尚自己取的，因爲沒有人知道那是什麼！」

毛教授講到這裏，略頓了一頓：「那些古古怪怪的東西，是老和尚的弟子和信徒，從各地帶來給他的，那『古廟的幽靈』，住在一個圓形的石球之中，是泰國北部，叢林之中的一個村落的農民發現，傳到那老和尚手中的。」

我有點忍不住了：「你看到的時候，情形是怎樣的？」

毛教授道：「當時，老和尚問我，要不要看看『古廟的幽靈』，我也不知道那是什麼，老和尚就鄭重地拿出了一個圓形球來，那圓球齊中分成兩半，合在一起時，幾乎看不出它是可以分開來的，當他分開那圓球時，一個黑影，便從圓球中出來，漸漸變大，直到它完全像是一個人的黑影爲止。」

我苦笑了一下：「正是那樣！」

毛教授又道：「那是我一生之中，見過的怪事之中，最怪的一樁了！」

我忙道：「自然是，再也不會有比這更玄的事了，那個黑影，當他在牆上的時候，像是在看著我！」毛教授也不由自主，苦笑了起來：「當時，我也有這種感覺。」

我問道：「教授，那究竟是什麼？」

「我當時也用這個問題，問那老和尚，老和尚的回答很古怪，他說，那是一個幽靈，是他的朋友，他甚至可以用手勢，和那影子交談！」

我立即想起，當那影子在牆上出現的時候，他曾經像我搖過手，像是叫我不要害怕。

毛教授又道：「老和尚說那影子到我們的世界，已有很久了，他自遙遠的地方來，很樂意住在我們的世界上，老和尚甚至可以用手勢，令他回到石球中去，我曾仔細審視過那石球，也看不出什麼特異之處來。」

我的心中，感到了一陣異樣的迷惑，這一切，全只是應該在神話中出現的事，但是卻在我的現實生活中發生了，這實在是一種難以形容的感覺。

我呆了片刻，才問道：「那麼，這影子，它如何又會來到這裏呢？」

毛教授道：「當時，我因爲還有別的事，所以不可能在那廟中住得太久，我離開了那古廟，半年之後，我又回去時，那老和尚已圓寂了。」

我不禁「啊」一聲。

在那刹那間，我悲悼的，自然不是那老和尚的死，而是那老和尚可能是世上唯一能和那影子交談的人了。老和尚死了，那影子究竟是什麼東西，自然更沒有人了解了。

毛教授也嘆了一聲，他道：「我一聽得老和尚已死，便自然而然，關心起廟中那些古怪的東西來，而我最關心的，是那個『古廟的幽靈』，但是廟中的新主持卻告訴我，那些東西，全被人認爲是可以鎮邪的寶物，而給人買走了。」

我忙道：「這所屋子的主人，就買到了那石球？」

「是的，他買到了那石球，這是很容易查出來的，廟中的捐簿上，有著記錄，我也立時查出，他是這裏的一個實業家，可是我卻沒有機會到這裏來，等到我能來的時候，已過了一年，我看到了一幢廢屋，並沒有能夠見到許先生本人。」

我又抬頭向上望了望：「許先生本來是住在這裏的，但是他被那影子嚇走了。」

毛教授望著我：「可是你不怕？」

我苦笑道：「怎麼不怕？起先我們不知道在這屋子中有那樣的一個住客，現在，我也決定放棄這幢屋子了，那影子——」

我講到這裏，實在是不知道該如何講下去才好，因爲一提起那影子來，我的心中，便產生一股極度的寒意，使我不由自主地要打寒顫。

毛教授托著頭，想了片刻：「你沒有見到那隻圓形的石球？」

我搖了搖頭：「沒有。」

他像是不怎麼相信我的話，猶豫地問道：「你是說，那影子真的在樓上？」

我又抬頭向上望了一眼，當我望向樓梯口的時候，我的身子，突然像觸電一樣震動起來，我發出了一下呻吟聲：「他……下來了！」

毛教授突然站了起來。

是的，那影子下來了！

那影子出現在樓梯口的牆上，他似乎在猶豫，是不是應該下來。

我和毛教授，都雙眼發定，望著那影子。

他真的下來了，他不是從樓梯上走下來的，因爲他只是一個影子，他是貼著樓梯的牆慢慢滑下來的。

那影子來勢很慢，足足有兩分鐘之久，他才到了樓梯腳下，離我們大約只有十多尺。

毛教授失聲道：「就是他！」

我盡量將身子靠得離毛教授近些，因爲我感到害怕，我道，「他在這裏，已經有十年以上了，他……究竟是什麼，是生物麼？」

毛教授搖著頭，從毛教授的神情上，可以看得出來，他搖頭並不是爲了別的，不是爲了否定我的話，而是因爲他自己的心中，也感到一片迷惑。

那影子停在樓梯口不動，我和毛教授也呆立著不動，過了好久，那影子突然招了招手。

我猜想他是在向毛教授招手，因爲他和毛教授，是在那古廟中見過面的。

然後，那影子又漸漸向上移去。

直到那影子又上了樓，我和毛教授兩人，才算是吁了一口氣。在毛教授的臉上，突然現出了一種十分興奮的神色來：「如果你決定放棄這幢屋子，那麼，你是不是可以以比較低的價錢賣給我？」

我還沒有回答，許信的聲音，突然從大廳的門口響起：「只是要說一個價錢，我們就賣了。」

許信的聲音，突如其來，我和毛教授都嚇了一大跳，剛才，當那影子從樓上移下來的時候，我們的神情實在太緊張了，是以根本未曾發現許信是什麼時候來的。從許信那種蒼白的神色來看，他到了總也有好些時候了，至少，他曾看到那影子。

毛教授道：「一言爲定！」

我和許信齊聲道：「自然一言爲定。」

毛教授又道：「我買了這屋子之後，你們不能再來看我，而且，要憑你們的信用，遵守一個條件，那就是絕不能對任何人，提起有關這影子的事。」

我和許信互望了一眼，點著頭：「可以。」

毛教授立時自他的衣袋中，拿出了支票簿來：「我的積蓄並不多，我可以給你們五分之四，這數字你們是不是滿意？」

他簽好了支票，遞向了我們，那樣問著。

老實說，我和許信，根本就不想要那屋子了，就算白送給他，我們也是肯的，何況還有錢可以支，我們都道：「滿意，滿意！」

我們接過了支票，支票上的數字，也十分龐大，對這間屋子，我們再沒有留戀，立時向前走去。

當我們走到大廳門口時，我回頭看了一看，看到毛教授正在以一種十分莊嚴緩慢的步伐，走向樓梯，看他的神情，像是在走向祭壇一樣。

雖然，這項交易，完全是毛教授自己提出來的，但是我仍然有他上了當的感覺，我又叫道：「教授，屋子中還有不少食物，如果你需要幫助……」

可是，我的話還沒有講完，毛教授已叫了起來：「走！走！這屋子是我的了，別來打擾我！」

我好心對他說屋中有食物，卻碰了一鼻子灰，心中自然很氣惱，對他的那一點同情，也化爲烏有，和許信一起走了出去。

等到我們跨上了車子，衝出了花園，許信才道：「你是怎麼碰到那老頭子的？我等你不來，怕你有了意外，是以才趕來看你的。」

我將我見到毛教授，和毛教授所講的話，轉述了一遍，那時，我們已經遠離那屋子了。

在我講完之後，許信好一會不出聲，但是，他突然之間，停下了車子：「你說，那影子會不會是一件寶物？」

「寶物？」我驚訝地反問。

「是啊，誰見到他，就是他的主人，可以命令他去做任何事情！」

我忙道：「別胡思亂想了。」

「那麼，」許信瞪著眼：「那老頭子爲什麼要買下那屋子來？」

我也不知道毛教授爲什麼要買下那屋子來，是以我只好道：「或者，他要和那影子長期相處，以便研究那影子究竟是什麼。」

許信嘆了一聲：「我們太膽小了，不然，我們可能會要什麼，就有什麼！」

我只覺得好笑：「是啊，那是阿拉丁神燈，你告訴他，你要一座宮殿，在空地上立即會有一座宮殿，那影子會聽你的使喚！」

許信知道我是在諷刺他，他很不高興地搖著頭：「行了，別再說下去了，朋友，我們到銀行去提錢，提出錢來，一人一半，再也別提這件事。」

我道：「不要了，這些錢，應該全是你的，我們雖然是好朋友，但是我也沒有必要來分你的錢用的。」

許信道：「那是什麼話，我曾經說過，要將那屋子的一半分給你的。」

我道：「屋子是屋子，錢是錢，現在我不要了。」

我們兩人，又爭了很久，許信看出我的態度很堅決，他也就不再堅持，我們當晚就分手了。

當時，我絕未想到的是，這一晚分手之後，我竟再也沒有見到許信，直到如今。

我一直以為許信突然不知所終，實在很是可疑，但是卻又沒有什麼跡象，表示他遭到了意外。我是在第二天下午，才到他家去找他的，他的母親說，他一早就到銀行中取了錢，立即將所有的錢，換成了銀洋和港幣，搭火車到香港去玩了。

他的母親那樣說，我自然只好相信，但是我心中疑惑的卻是，為什麼許信在離開之前，竟不來找我談談呢？我們畢竟是好朋友啊。

難道說，是昨天的爭論，使他認爲我們間的友誼已不存在了？

我想了很久，一面慢慢地在街上踱著，但是卻想不出答案來，當時我的心中，實在很氣憤。

後來，由於局勢的急驟變化，很多人都到香港去，我也到過香港，並且住了一個時期。在那個時期中，我想念許信這個好朋友，我曾盡一切可能，打聽他的消息，我所得到的消息是，他的確到過香港，曾住在半島酒店的華貴套房中，舉止豪闊，不久，他就去了泰國。我也曾托在泰國的幾個朋友打聽過他的下落，但是卻沒有結果。

那全是以後的事情了，在這裏先說上一下，因爲這些事，對於以後事情的發展，都有一定的關係。

當時，我又回到了學校中，年輕人總是較難守秘密的，我將那影子的事，告訴同學，那些同學都笑我，因爲沒有許信做我的証人，我也無可奈何。

那一學期開學之後不久，局勢變亂，學校便停了課，我曾經到過很多地方，最後才定居下來。

第六部：影子的老家

在這些年中，我幾乎將那件事淡忘了，雖然它是我遇到的事情中，最不可思議的一件，而且，幾乎是不能解釋的。

因為我找不出任何理由，也難以作出最荒唐的假定，來弄明白那影子究竟是什麼東西。所以，早在一年之前，我想將「影子」這件事寫出來，卻又沒有寫，就是因為這是一件有頭無尾的事情之故。不是一個完整的故事，寫了出來，怕不給讀者罵死？

但是現在，情形卻又有了不同的發展。

就在不久之前，大約是「影子」開始在登載之後的第二天，來了一個不速之客。

那不速之客的年紀很老了，衣衫也很襤褸，看來實在是一個窮途潦倒的老人，而且，我實在認不出他究竟是什麼人來。

所以，當他顯得十分拘泥地站在客廳中的時候，我不得不問他：「老先生，你貴姓？」

他的聲音有點發顫：「你……你不認識我了？」

我搖著頭：「或許以前，我們見過幾次，但是我實在記不起來了。」

當他一開口之後，我在竭力搜索著我的記憶，那樣的口音，那樣的神態，我曾在什麼地方看到過？我是不是曾見過這個老人？

可是我卻實在想不起來了。

而事實上，也根本不必我多想，那老人已經道：「你還記得麼？我是鎖匠，很多年之前，我在一幢大屋之中，替你開過兩次鎖，有一次，我去的時候，你還在尖叫著，嚇得我以爲你是神經病！」

一聽得他那樣說，我完全想起來了，他就是那個老鎖匠！他當時已經夠老的了，現在自然更老，我對他的確一點印象也沒有了。

我忙道：「請坐，請坐，原來你也離開了家鄉！」

老鎖匠坐了下來，嘆了一口氣：「沒有法子啊，先生，家鄉過不下去，不能不跑出來，可是跑出來，唉，老了，也不是辦法！」

我忙道：「你不是有很好的手藝麼？」

他又嘆息道：「你看我的手，現在也不靈活了，而且，現在的鎖，和以前的鎖也不同了，以前，我什麼鎖都打得開，現在，唉！」

我不禁覺得好奇，道：「你是怎麼找到我的？你可是看到我在報上，提起了以前的事，所以來找我的？」

老鎖匠眨著眼睛：「報上？什麼事？我不識字，從來不看報紙。」

「那你是怎麼來找我的。」

「我的一個同鄉，他認識你，他說，你最肯幫人家的忙，我活不下去了，沒有辦法，所以才老著臉皮來找你的，我一看到你，就認識了，真巧。」

我不禁啞然失笑，事情的確是巧了一些，我還以為他是看到報上我在記憶以前的事，他才來找我的，我取出了一些錢來，交給了他：「你先拿去用，不夠再來找我，我替你去找一個工作。」

他千謝萬謝，接過了錢，就起身告辭。

我送他到了門口，他忽然轉過身來，問道：「衛先生，那間大屋子，就是我去替你們開鎖的那間，屋子中是不是有鬼？」

我呆了一呆：「你為什麼會那樣說？」

老鎖匠遲疑了一下：「後來，我又去過一次。」

我不禁大感興趣：「你又到那屋子去了一次？去作什麼？」

「還不是去裝鎖？可是，我總感到屋子很奇怪，好像是……有鬼。」

我拉住了他：「進來坐坐，你將詳細的經過告訴我，那屋子，我們賣給了一個姓毛的人，可是那位毛先生叫你去的？」

「不錯，他是姓毛！」老鎖匠的面上，現出駭然之色，但是轉眼之間，他卻又笑了起來，自言自語地說：「就算有鬼，現在也找不到我了！」

我的心中十分焦急：「你究竟看到了什麼？」

老鎖匠壓低了聲音：「你不知道麼？那姓毛的，可能就是鬼，他……一個人……有兩個影子！」

我深深地吸了一口氣。我立時明白，所謂「一個人有兩個影子」，是怎麼一回事了。

一個人，自然只能有一個影子，但是那老鎖匠自然是看到了兩個影子。

要不是他看到兩個影子，他也不會懷疑那屋子是有鬼的了，而他看到的那另一個影子，顯然就是那神秘莫測的「古廟的幽靈」。我當然沒有必要去向他解釋那一切，我只是道：「那或許是你眼花看錯了，或者，那時屋中有兩盞方向不同的燈，那自然有兩個影子了。」

老鎖匠搖了頭，他搖頭，好像是在否定我的話，又好像是爲了當時他的確是眼花了。

我又問道：「那位毛先生，他找你去弄什麼鎖？」

「一隻箱子。」老鎖匠回答：「一隻很奇怪的木箱，鎖壞了，他找我去修，那是一種很古怪的鎖，也找不到什麼人會修理的了。」

「那木箱中是什麼？」

老鎖匠搔著頭，道，「說起來就更奇怪了，那箱子中是一隻圓的石球，我曾伸手去碰那石球，可是毛先生卻怪叫了起來，好像……好像他的一個影子，曾向我撲了過來，我當時也嚇昏了。」

我勉強笑著：「你當時一定是太緊張了！」

我口中雖然那樣說，但是，我心中所想的，卻完全不是那樣一回事，我心中知道，老鎖匠並不是太緊張，也不是眼花。

當他順手去摸那石球的時候，那影子可能真的曾向他撲過去過！

因爲，照毛教授的說法，他第一次看到那「古廟的幽靈」之際，廟中的老和尙，是揭開了一個圓形的石球，那影子才從石球中出來的。

從那一點來推斷，那個石球，可能就是那影子的「老家」，或許那影子不喜歡有人碰及他的老家，是以當老鎖匠去碰那石球時，他才會有異樣的動作。

我也可以知道，毛教授一定不知道在那屋子的什麼角落找到了那個石球！

老鎖匠望著：「後來，我匆匆修好了鎖，就走了，沒有幾天，那屋子就起了火。」

「哦？」這一點，更令我感到興趣。

因爲在我離開之後，我還未曾聽到過有關那屋子的任何消息，直到現在，我才知道那屋子起了火。

我自然記得那是一幢木頭爲主的建築物，這樣的建築物生起火來，幾乎無法營救。

我忙道：「屋子起了火，自然燒毀了！」

「自然是，什麼也沒有剩下，燒光了，那個毛先生，好像也燒死了。」老鎖匠說。

「好像？」我問。

「救火隊找不到屍體，但是卻也沒有人看到那位毛先生，他大概已被燒成了灰！」老鎖匠一本正經地說著。

我挺了挺身子，心中不由自主地想，如果毛教授是葬身在火窟之中了，那麼，那影子呢？是不是也被大火燒成灰了？

我一直將那影子當作是一件生物，甚至將他當作是一個人。

如果要解釋，那實在是沒有法子解釋的，因爲影子根本不是什麼東西，影子只是影子！

如果有人像我一樣，見過那影子許多次的話，一定也會自然而然將那影子當作生物，當作是一個以奇異的形態而存在的生物。

我又想：「這一場大火，是如何引起的？是毛教授不小心引起的，還是他故意放的火，甚至於是那影子放的火？」

這實在是一連串難以解答的謎！

我又問道：「從那場火之後，這屋子，又有什麼奇怪的新聞？」

老鎖匠道：「有的，有人在黑夜經過那屋子，聽得廢墟中像是有哭聲，又好像有一個穿白衣服的鬼，在廢墟上晃來晃去。」

我不禁笑了起來，老鎖匠的那幾句話，是絕對不值得去加以研究的。

因為那是最常聽到的「鬼故事」，而這類鬼故事，通常是由於牽強附會，膽小的人自己編造出來的，我道：「沒有別的了？」

「沒有了。」老鎖匠回答著。

我站了起來：「好，你回去吧，你留一個地址給我，如果有了適合你的工作，我會找人來看你的。」

老鎖匠又不住地謝著，告辭而去。

老鎖匠走了之後，我關上了門，獨自坐在客廳中，想了很久，老鎖匠的出現，勾起了我的回憶，當日發生的事情，就像是歷歷在目一樣。

我想到，毛雪屏是一位著名的教授，如果他不是葬身在火窟之中的話，那麼，要找尋他的下落，一定不是什麼困難的事。

我決定打一個電話給小郭，他主持的偵探社，業務非常發達，資料也極豐富，托他去查一下，或者可以有結果。

當我在電話中聽到了他的聲音，而他也知道電話是我打去的時候，他高興地叫道：「真巧，我也恰好要打電話來找你！」

我笑著，道：「別賣口乖了，你想找我，為什麼不打電話來？卻要等我的電話來了，你才那麼說？」

小郭忙分辨道：「也得給我時間才是啊，而且，那是和你有關的事，我又不希望由我的秘書打給你，我想自己和你談談。」

我道：「好了，究竟是什麼事？」

小郭將聲音壓得十分低，聽來像是很神秘，他道：「有人要找你！一個從泰國來的人，要我們偵探社找你，我一聽得他講出你的名字來，幾乎立即就可以將你的地址告訴他的，但是，我卻不知道那人是什麼來路，是以將他敷衍過去了。」

「哦，他是什麼樣的人？」我說。

「和你差不多年紀，態度很詭秘，」小郭回答說：「看來像是什麼犯罪的頭子！」

我也不禁緊張了起來：「他沒有留下住址，也沒有留下姓名？」

「不，全有。」小郭說。

我笑道：「如果他是什麼犯罪組織的頭子，他就不會那樣做了，他叫甚麼名字？」

「他叫許信。」小郭回答著。

我陡地叫了起來：「許信。」

事情湊巧起來，什麼事情，全都堆在一塊兒來的。要就多少年，一點音訊也沒有。要就我才遇到了那老鎖匠，現在許信也出現了。

小郭顯然是被我的高叫聲嚇了一大跳，他道：「你怎麼啦？認識這個人？」

「當然認識，我認識他的時候，你還在穿開襠褲！」我回答說：「他住在哪裏？」

「你等一等，我看看他留下來的地址……嗯，他住在摩天酒店，二十一樓，二一0四號房，是不是要我陪你一起去！」

「不必了，我自己會去對付那犯罪組織頭子的！」我立時回答。

小郭有點不好意思地笑著，而我已迫不及待地放下了電話，我奔出門口，跳上車子，用最高的速度駛向摩天酒店，許信來了，而我已那麼多年，沒有了他的音訊，我見面之後，一定得先揍他兩拳，然後才問他，何以不聲不響就溜走了。

當我置身在摩天酒店的升降機中時，我真嫌升降機上升的速度太慢了，同時，我也罵著許信，為什麼住得那麼高，當我終於在二一0四號房門前站定，敲著房門之際，我的心中，充滿了一陣異樣的喜悅。

房門打了開來，打開房門的，是一個瘦削的，看來有些面目陰森，膚色十分黝黑的男人，我呆了一呆，忙向門上的號碼看了一眼，一點也不錯，正是二一0四號房。

這時，那人也用奇怪的眼色在打量著我。我忙道：「請問，這裏有一位泰國來的許信先生嗎？」

那人怔了一下：「我就是從泰國來的許信，閣下是誰？」

當我聽到了那樣的回答之際，我真正呆住了！

在我面前的那個人，就是許信！

那真是歲月不饒人啊，在我印象中的許信，怎會是那樣子的！

我苦笑了一下，許信望著我的眼光，也十分陌生，當然他也認不出我就是他要找的衛斯理了！。

剎那之間，我的心情，不禁變得十分惆悵，我攤了攤手：「許信，你不認識我了？」

許信顯然仍未曾認出來，他只是望著我道：「閣下是——」

那實在是一件很令人傷感的事，我還想他能夠憑記憶認出我是什麼人來，那樣，我們的重逢，多少還可以有點浪漫的意味。

但是，他卻完全無法認出來了，我只好道：「你怎麼啦，我是衛斯理啊！」

他張大了口，像是我講了出來，他仍然不相信，他足足呆了好幾秒鐘，才道：「天，衛斯理，你怎麼變成了那個貓樣？」

他一開口，我就可以肯定，在我面前的，絕不是陌生人，而真正是許信。許信最喜歡出口傷人，這許多年來他的習慣還沒有改變。

我立時道：「你的樣子也好不了多少，許信，你變得難看極了！」

就像我從他的一句中，認出了他就是許信一樣，他自然也可以從我的話中，認出我是什麼人來！他「哈哈」地笑了起來，伸拳向我肩頭打來。

但是，我出拳卻比他快，「砰」地一聲，已打在他的肩頭之上。

他被我那一拳，打得進了屋子之中，他張開了雙臂：「想不到我們兩人，居然會有一天，互認不出對方是誰來！」

我也進了房間：「那真是想不到的事情，我們分開得太久了！」

他忙揚了揚手：「別說下去了，我自己會解釋為什麼當年我會不辭而別的理由。」

我笑了笑，老朋友究竟是老朋友，他知道我見了他之後，第一件要向他提起的是什麼事！

我道：「我只打聽到你是從香港到了泰國，而你到了泰國之後，就像是失了蹤一樣，這些日子來，你究竟是在搞什麼鬼？在密林之中種鴉片？」

「你這是什麼鬼念頭？」許信問。

「你知道那個私家偵探將你形容為什麼樣的人？他說你是一個犯罪組織的頭子！」我想起小郭的話，大笑著倒在沙發上。

許信有點憤然，但是他立時道：「這些年來，自然沒有人知道我的行蹤，我過著幾乎與世隔絕的生活，你知道我在什麼地方？我在一座古廟之中！」

我揚了揚眉：「什麼古廟？」

「你還記得，我們將房子賣了給他的那個毛教授？」

「當然記得。」

「你自然也記得那影子？」

「少廢話了，誰能忘得了他。」

「毛教授說，」許信在走來走去：「那影子是從一座古廟來的，而那座古廟中，又有許多稀奇古怪的東西，全是各地鄉民送來的，我就是到那座古廟去了。」

我望著他，心中充滿了疑惑，許信並不是一個做事有恒心的人，而他竟然在那古廟中，住了那麼多年，這實在是一件難以想像的事。

我道：「你去做什麼？」

許信的臉上，現出一種十分迷茫的神色來，他並沒有回答我的話，只是自顧自道；「我們那天，分了手之後，我整晚睡不著，本來我想來找你的，但是我想，你未必肯和我一起去。」

「你那時已經決定要到那古廟去了。」

「是的，第二天一早，我拿了錢，只對家中說了一聲，就走了，一直到現在，我連自己也不明白，何以我會有那樣的決心，那好像不是我自己的決定，而像是有很多人在影響我作出那樣的決定！」

我的心中，不禁感到了一股寒意。

「我先到了香港，」許信又道：「後來又到了泰國，我找到了那古廟，我也說不上，那究竟是什麼時代的建築，當我表示要在廟中久居的時候，廟中的和尚，表示歡迎，開始的時候，我只是聽他們講廟中所有的奇怪的東西，那些奇怪的東西，大都已經散失了，但是仍有人不斷送來怪異的東西。」

「那都是些什麼？」

「真是世界上其他地方難以見得到的，我看到過比竹籮還要大的蜂巢，石頭上有著天然形成的文字花紋，有的枯木的形狀簡直就是一隻活生生的鴨子，也有鄉民抬著足有三四百斤的大鱔來放生，還有一些從泥中挖出來的，不知來歷的物件。」

「你有沒有見到那種影子？」

許信突然靜了下來。

他沈默了相當久，才道：「那是最近的事。」

第七部：完全不同形式的生命

他雖然還未曾說出什麼來，但是我卻已從他的神情，他的語氣之上，感到了一股極度神秘的意味，那種神秘的感覺，逼人而來，令得我不由自主，機伶伶地打了一個寒戰，我也在不由自主，壓低了聲音：「許信，你又看到了那……影子？」

「不是那個影子，」許信搖著頭：「但是我相信，那是他的同類。」

我的腦中混亂得可以，是以我一時之間，還不明白他那樣說，是什麼意思。

許信又補充道：「那是另一個影子，我已將他帶來了，我就是為了這個，才離開了泰國來找你的，你似乎很出名，我問起過一些人，他們都說聽到過你的名字，但是卻不知道你的確切住址，是以我只好去找私家偵探了。」

我根本沒有聽清楚他以下的話，在聽到他說「我已將他帶來了」之後，我的心便陡地一凜，也未及去注意他又說了一些什麼。

我急急地道：「他……你帶來的那影子，在哪裏？」

我當時的心情，實在十分矛盾，我又怕再見到那種古怪的影子，事情隔了那麼多年，但是一想起那種不可思議的影子來，我仍然會不寒而慄。

但是，我卻又希望再見一見那樣的影子。因為現在，我不再年輕，在這許多年中，我經歷了許多稀奇古怪的事，當我再見到那影子的時候，我想，我或者可以了解那影子究竟是什麼！

許信望了我一眼，他沒有再說什麼，就打開了衣櫃，提出了一隻皮箱來，他打開皮箱，又取出了一隻皮袋，那皮袋中放著一個球形物體，那是隔著袋子也可以看得出來的。

我屏住了氣息，這時，許信的動作，就像是一個印度大魔術師一樣，充滿了神秘感。

他拉開了皮袋的拉鍊，從皮袋中，取出了一個石球來，我早已知道，那種影子，是「居住」在石球之中的，但是我卻還是第一次看到那樣的石球。

它大約像保齡球那樣大小，深灰色，表面粗糙，凹凸不平，它顯然相當沈重，因為許信是雙手將它捧了出來，放在桌上的。

許信雙手按著那石球：「衛斯理，你別害怕，我已証明，他不會傷害人。」

我苦笑著：「你也該知道，我並不是害怕，而是那種神秘得不可思議的感覺，令我發抖！」

我的身子，的確在微微地發著抖，或許，這就是許信以為我感到害怕的原因。

許信的雙手，仍然按著那石球，他道，「這石球是一個農民發現的，據那農民說，他夜間在田中工作，泰國人大都很迷信，相信各種各樣的邪術，其中有些邪術的確也不可思議——那我慢慢再和你說，他看到天空上有很多流星飛過，然後，就在離他不遠，有重物墜地的聲音。」

我吸了一口氣：「這石球，從天上跌下來？」

「根據那農民的敘述，確然是那樣，他走過去一看，就看到了石球，據他所說，那石球的四周圍，當時還有一團像雲一樣的東西包著，但是當他走近的時候，那雲一樣的東西就消失了。」

我再吸了一口氣：「那麼說來，這石球像是殞石？雖然這樣大小的殞石並不多見，但是比他更大的也有。」

許信緩緩地道：「你說得對，但是，是不是別的殞石之中，也有著一個影子呢？」

許信說著，雙手突然移開，伸手撥了一撥，那石球在桌面上滾動了一下，在滾動之中，裂成了兩半。

我實在想踏前一步，去仔細觀察一下，但是我卻又實在想退後幾步，因為我心中的那種神秘恐懼感，已愈來愈濃了。

在那樣矛盾的心情下，我終於變成了呆立不動，我看到，那石球在裂成了兩半之後，當中是空的。出乎我意料之外的是，它的中空部門，並不是球形，而是方形的。

接著，我就看到，一團黑影，在那正方形的中空部分，迅速地擴大，轉眼之間，一個影子，便已出現在那張桌子上，於是，我和許信都看到，一個影子在牆上，就像是有人站在牆前，而又有一支射燈照向那個人一樣，雖然實際上並沒有人在牆前。

那影子，和我多年前所看到過的影子，一模一樣，當他貼在牆上的時候，我又有了他在「看」我的那種感覺，我也盯著他。

我發出了苦澀的笑聲：「許信，你還記得你曾說過，他可能是阿拉神燈中的妖魔，你想他做什麼，他就會做什麼，是不是那樣？」

許信也發出了同樣苦澀的笑聲來，道：「你何必再提當年的幼稚話？現在，我問你，他究竟是什麼？」

我回答的話，幼稚得連我自己也覺得可憐，我道：「那是一個影子。」

許信尖叫了起來：「我知道那是一個影子，但是他究竟是什麼？」

這個問題聽來十分可笑，影子就是影子，還會是什麼，然而，那影子究竟是什麼呢？

我望著那影子，無法回答許信的問題。

許信顯然比我鎮定得多，或許那是由於他和這個影子已相處了相當久的緣故，他又指了指凝立在牆上的那影子，問我：「那麼，你至少要回答我，你認為這影子是不是生物？」

我仍然苦笑著，「影子」和「生物」之間，是絕對聯繫不上的。任何生物，在光線的照射下，都會有影子，在牆上的，是一個人的影子。不但是生物，任何物體，都會有影子，那是小孩子也知道的事。

但是影子的本身，卻並不是一件物體，既然不是一件物體，又怎會是生物？

我先將我要回答許信的話，在心中想了一遍，然後，才照我所想的，講了出來。

許信點著頭：「你想的和我一樣，在我和你以及所有人的概念之中，影子根本不是一個物體，只不過是光線被局部遮蔽之際，出現的一種現象，影子是不存在的，但是現在，我和你看到的事實，卻是破壞了我們的一切概念！」

我又轉頭向牆上望去，那影子仍然站立著，但當我向他望去的時候，他卻移動起來，他移到了窗口，然後，移出了窗外，他的一半，貼在窗外的牆上，像是在欣賞窗外的街景。

許信的聲音似乎更鎮定：「我們有了不少人生閱歷，我們能設法解釋這影子究竟是什麼嗎？」

我嘆了一聲：「我想聽聽你的意見。」

「那是一種生命。」許信回答。

我望了許信一眼，許信說得十分肯定，說那影子是一個生命。但不論他的語氣多重，就算他對天發誓，他的話仍然是沒有說服力的。

所以，我搖了搖頭。

許信卻並不氣餒：「那是一個生命，我們對生命的觀念是，任何生命，總是由細胞所組成的，所有動物和植物的生命，都是如此，最簡單的生命是單細胞，甚至還不是細胞，但是，事實上，我們對生命的概念，只可以說，是地球上生命的概念。」

他在「地球上生命的概念」這一句話上，特別加強了語氣。

然後，他又指了指那影子。

這時候，那影子已縮了回來，仍然貼在牆上，他道：「而我們不知道這影子來自什麼地方，但是我們不能否定這是一個生命，它甚至不是立體，只是一個平面，只是一個影子，他的生命構成，和地球上的生命構成，完全不同，我們根本無法想像，但是他會動，我敢說他有思想，他們的同類之間，一定有溝通思想的辦法！」

許信在揮著手，他的神情也愈來愈是激動，像是一個演講家，講到了酣暢淋漓時一樣。

然而，他所說的話，卻令我愈來愈感到迷惑。

或許，在遼闊無際，神秘莫測的宇宙中，真有一個星球上，生命是平面的。但是我卻無論如何，無法接受這樣的概念。

我望著許信，緩緩地道：「老實說，我未曾聽到過比你剛才所說的更大膽的假設。」

「這不是假設，」許信叫了起來：「這生命就在你的面前，你可以看到。」

我變得有點口吃，我道：「那麼，你認為他是來自另一個星球？」

許信搖著頭：「不，我並不那麼想，如果他來自一個星球，那麼，這個星球——」

他講到這裏，伸手叩了叩那石球，然後又道：「這個石球，就應該是一艘太空船了，但是，那卻只是一塊中間空心的殞石。」

我的話，多少有一點諷刺的意味：「或者，對於太空船，或者是機械的觀念，也有所不同，他們的機械，只是一塊石頭！」

許信無可奈何地苦笑了起來，他無法反駁我的話，生命可以是平面的，可以只是一個影子，那麼，為什麼太空船不可以是一個石球呢？

許信一面苦笑著，一面雙手捧起了那石球來：「我卻有我自己的想法，我自己的想法是，這個石球，本身就是一個星體。」

我呆了一呆，但我卻沒有說什麼。

那石球很小，不會比一個足球更大，但是，它當然可以是一個星體。星球有大得不可思議的，也有極小的，在宇宙中運行的，甚至還有許多宇宙塵，它們是極其細小的微粒！比起宇宙塵來，那麼，這個石球，當然已是一個龐大的星體了，在宇宙中，大和小的概念，本來就是接近無窮大和無窮小的。

我不由自主地點了點頭。

許信看到我終於有了同意他的話的反應，顯得十分高興：「這樣的星體，在宇宙中一定極多，和地球一樣，它們雖然小，但是卻有條件產生生命，產生了單一的生命，在它的內部，不知是由什麼原因，它脫離了運行的軌跡，被地球的吸力，吸引到了地面上來，朋友，這就是影子人的來歷。」

我半晌不語，這時，那影子在漸漸移動著，他繞著房間的牆壁遊移著，進了浴室，又從浴室中出來，最後，他又沿著地毯，來到了桌邊，然後，他移上了桌子。

當他來到了桌面的時候，他的面積，在顯著地縮小，等到他來到了石球附近之際，他變得只有巴掌大小，可是卻仍是人形的。

接著，他像是決心結束他的遊歷了，他「爬」上了石球內部，那正方形的空間中，那時，他只是一個小黑點而已。

許信將石球的另一半蓋上，抬起頭來，道：「他時時那樣，出來不久之後，定要回到石球中去，像是他必須在石球中，他的生命才安全。」

我將手按在許信的手臂之上：「許信，我知道有一個機構，是專門研究這類稀奇古怪的事情的，我也認識這個機構的主持人，我和你一起去找他，和他一起，共同研究這個……影子。」

卻不料許信搖著頭：「不，衛斯理，如果我和你，單獨到了另一個星球上，我們最希望獲得的是什麼？」

我呆了一呆，這幾乎是無法回答的問題，而我也從來未曾想到過，我會單獨地到另外一個星球上去。

在我瞠目不知所對時，許信已自己回答了這個問題：「我如果在那時候，最需要的，自然是對方的友誼，而決不希望被人家研究！」

我又感到了一股寒慄：「許信，你瘋了？你想和這影子做朋友？」

許信卻十分固執地道：「他既然是一個生命，我為什麼不能和他做朋友？」

我想說一些輕鬆些的話，因為那實在是一件很可笑的事。但是我卻只是張大了口，無法說得出來。

許信又道：「你還記得那位毛教授的話麼？他曾說，那老和尚和另一個影子，可以憑藉手勢而交談，我可以斷定這是一個生命，就是根據這一點而來的，他一定能發出一種電波，或者是類似的東西，知道外界究竟發生了什麼事。」

我忙道：「那麼，你為什麼不讓他參加科學的試驗，讓他在各種精密可靠的儀器中，來顯示他的能力，以証明他究竟是什麼？」

「不！」許信大聲回答。

他可能是因為我再度提出，要將那影子送去作試驗，而心中十分惱怒，許信本來不是那麼衝動的人，尤其在我的面前，他不應如此衝動，更何況我們是久別重逢的好朋友，他是特地來找我的！

但是，我卻十分難以了解他這時的精神狀態，他好像將和那影子之間的「友情」，看得比我和他之間的友誼更重。

他好像「中了邪」一樣，滿面怒容，一面大聲說「不」，一面捧著那石球，在桌上用力頓了一頓，發出了「砰」地一聲來。

他那一頓，令得那石球裂下了一小片來，同時，在石球中，也發出了一下類似呻吟、掙扎的聲音來。

我竭力想使氣氛變得輕鬆些，是以我忙道：「許信，別衝動，你的影子朋友受驚了！」

許信沒有說什麼，他捧起了那石球，用皮袋套好，放回了箱子之中。

然後，他抬起頭來：「我很失望。」

我知道他的意思：「你本來想怎樣？」

「我想邀你一起和我回到那座古廟去，那地方十分清靜，可以供我們慢慢來研究那影子，我們可以共同和那影子交談，但你顯然不會答應。」

我皺著眉：「你計畫用多少時間？」

「如果我一個人的話，我想至少十年，八年，但如果我們兩個人在一起，時間自然會縮短很多，我想，有三五年也就夠了。」

將三五年的時間，花在努力和「影子」的交談上，如果真有成績的話，倒也不是不值得的事。

我停了片刻，才道：「許信，我想你不必失望，我可以和你一起去。但有很多事務，你要讓我好好交代一下。」

許信顯得十分高興：「好，但我卻要先回去，現在對於城市生活，變得很不習慣！」這一點，我是早已看出來的了，他非但對城市變得很不習慣，而且，他人也變得很怪。我道：「你何必那麼急於回去！」

他道：「不，我一天也不想多留。」

我知道他的脾氣，所以我道：「好的，那麼，我們一起去吃飯，我介紹你認識我的妻子。」

卻不料許信連這一點也搖頭拒絕，他道：「不，不必了，我不想和外人多接觸，我立即就走，你在安排好了你的俗務之後來見我！」

他按了叫人鐘，當侍者進來之後，他就吩咐道：「請你替我結算房錢，我要走了。」

我呆立在桌邊，許信那樣不近人情，雖然我念及他一個人在那古廟中住了那麼多年，不免古怪些，但是我的心中，仍然有點生氣。

我看著他匆匆忙忙地整理著行李，我也沒有說什麼。在他忙碌時，我看到了桌面上那石球的碎片，我心中不禁動了一動，趁他不覺，我將那碎片，放進了袋中。

許信在半小時之後，就離開了酒店，他甚至拒絕我送他到機場去，他只是在酒店門口，和我握別，道：「你就算不來，我也不會怪你，但是你一定要找人帶一封信來給我，好叫我不要空等。」

我答應道：「一定！」

他上了車，駛走了。我在酒店的門口，呆立了片刻，從口袋中，摸出了那塊碎片來，我並沒有回家，而是直接到了一間化學實驗所，那實驗所的主持人，我是認識的，我將那碎片交給了他，請他盡快地將分析的結果告訴我，這才回到了家中。

到了家中，我坐在柔軟的沙發上，享受著清香的龍井茶，我已經改變了主意，我實在不想到那個充滿了荒誕的古廟之中，去度過三五年和那不知道是什麼的影子打交道的光陰了。

所以，我根本沒有將這件事告訴白素，只是休息了片刻之後，到了我的那家進出口公司之中，叫一個可靠的職員，請他到泰國去走一遭，去告訴許信，我不去了，叫他不必等我了。

那職員仔細聽了我的話，立即去辦旅行手續，而當我在傍晚時分，回到家中時，實驗所的主持人，已經來了兩次電話。

我連忙打了一個電話給他，我的心情，多少有點緊張，問道：「你分析的結果，發現了什麼？」

「大量的鎳和鐵，」他回答：「那好像是一塊隕石，但是它的結構卻十分鬆，充滿了氣體。」

「什麼氣體？」我忙問。

「那自然無法知道，當將之敲成碎片的時候，氣體立即逸走，除了鎳和鐵之外，便是矽和鋁，大體上，和地球上的岩石相仿。」

「沒有別的成分？」

「沒有，分析報告上沒有表示有什麼特異的成分，你還有什麼問題？」

我本來想問他，在那樣的成分中，是不是會產生一種像影子一樣的生命，但是我卻沒有問出口，因為我知道，如果我問了出來，也一定沒有結果的。

我道：「謝謝你，沒有別的事了。」

我放下電話，下定決心，要將這件事完全忘記。但是在那職員還沒有回來之前，要忘記這件事，倒也不是十分容易的事。

在那幾天中，我幾乎一閉上眼睛，就看到那神秘的影子，同時，也翻來覆去地想著許信所說的那一番話，我竭力想使自己理解那一番話，相信宇宙中，真有一種生命，只是一個平面。

但是，我實在沒有辦法做到這一點，因為那實在是在我們思想範疇以外的事。

十天之後，那職員回來了，他帶給我的消息，出乎我意料之外，他告訴我，在他到達那古廟的前兩天，那古廟失火燒成了灰燼，一個姓許的中國人，不知所終，可能已被燒死了。

那情形，和毛教授那幢房子，完全一樣！

自然，沒有人再見過那影子，那影子似乎也在大火中消失了，但是，如何會有那一場大火的？何以竟如此湊巧，都有一場大火？

這些問題，自然無法解答，而我只記得許信曾說過：「那影子是什麼？是一個生命。」

那影子真是一個生命麼？如果有人再問我一遍，我將仍然回答不出來！

尾聲

在知道了那古廟失火之後，我和好多人談起過這件事，我轉述了許信的一個小星球，一個生命的說法，但是沒有一個人，肯接受這種說法的。

後來，我遇到了一個對星體生物素有研究的科學家，我將這件事的詳細經過，原原本本地講給他聽，他在聽了之後，卻表示對許信的說法，予以支持。他道：「那是可能的，在宇宙中，不可測的事實在太多了，我們和普通人不同，我們的工作，就是研究地球之外，是不是有生物存在，如果我們不摒棄地球上對生物的概念，那麼，我們將永遠發現不了什麼。」

當時，我又問道：「那麼，你認為有一種生命，可能只是一個平面？」

那位科學家笑了起來，道：「衛先生，不但可能是一個平面，還有可能，生命是什麼也沒有。」

「什麼也沒有？」我不明白。

「是的，生命可能是什麼也沒有，只是一束無線電波，或類似的東西，也不是不可能的事，宇宙實在太神秘了，太不可測了！」

我沒有再說什麼，的確，宇宙的秘奧，實在是深不可測的，地球上的人類，可能一直到永遠，也無法完全了解宇宙的秘奧，在我們這一代而言，更是可以肯定，我們無法了解宇宙！

（完）

倪匡珍藏限量紀念版 14

衛斯理傳奇之

不死藥

（含：不死藥・天外金球）

他花費二十年時間尋找弟弟，卻又一把將弟弟推下山崖
原因竟和不死藥有關，不死藥真有如此神奇？

本書包含〈不死藥〉及〈天外金球〉兩篇故事，生於南太平洋神秘島嶼上的一種植物，可提煉出超級抗衰老素，喝了可長生不死，然而，一旦停止不喝，卻會有極可怕的後果；一顆天外飛來的金球，可以令西藏宗教領袖自其中得到啟示，他的精神將會擴展到極度遙遠、不可思及的地方，這顆金球究竟是什麼？

倪匡珍藏限量紀念版 16

衛斯理傳奇之

魔磁

（含：魔磁‧鬼子‧創造）

三個科學家的死，沉在海底的飛機，特務的謀殺行為，
一個富有的中國人送出來的東西，一個球狀物，
這一切一切，在衛斯理的腦中糾纏著……

本書包含〈魔磁〉、〈鬼子〉及〈創造〉三篇故事，三位知名科學家攜帶著一件神秘禮，就在飛往博物館開幕的途中墜海。究竟是某國特務的謀殺行動？還是磁性超強的神秘球狀物影響？擁有如魔鬼般強大磁力的球體，究竟從何而來？「南京大屠殺」血腥殘酷，懊悔的鬼子們又有幾人？累犯王亭遭綁架，欲改造罪犯的博士夫婦究竟是好人還是壞人？

倪匡珍藏限量紀念版 19

衛斯理傳奇之**木炭**

作者：倪匡
發行人：陳曉林
出版所：風雲時代出版股份有限公司
地址：10576台北市民生東路五段178號7樓之3
電話：(02) 2756-0949
傳真：(02) 2765-3799
執行主編：朱墨菲
美術設計：許惠芳
業務總監：張瑋鳳
出版日期：2023年8月倪匡珍藏限量紀念版一刷
版權授權：倪匡
ISBN ：978-626-7303-77-1
風雲書網：http://www.eastbooks.com.tw
官方部落格：http://eastbooks.pixnet.net/blog
Facebook：http://www.facebook.com/h7560949
E-mail：h7560949@ms15.hinet.net
劃撥帳號：12043291
戶名：風雲時代出版股份有限公司

風雲發行所：33373桃園市龜山區公西村2鄰復興街304巷96號
電話：(03) 318-1378
傳真：(03) 318-1378
法律顧問：永然法律事務所 李永然律師
　　　　　北辰著作權事務所 蕭雄淋律師

行政院新聞局局版台業字第3595號 營利事業統一編號22759935

國家圖書館出版品預行編目資料

衛斯理傳奇之木炭 ／ 倪匡著. -- 三版. --
臺北市：風雲時代出版股份有限公司，2023.07
面；公分　倪匡珍藏限量紀念版

ISBN 978-626-7303-77-1（平裝）

857.83　　112007636